古典詩歌研究彙刊

第二二輯

龔鵬程 主編

第 13 冊

龔自珍詩文研究（上）

吳 文 雄 著

國家圖書館出版品預行編目資料

龔自珍詩文研究（上）／吳文雄 著 — 初版 — 新北市：花木
蘭文化事業有限公司，2017〔民 106〕
目 2+244 面：17×24 公分
（古典詩歌研究彙刊 第二二輯：第 13 冊）
ISBN 978-986-485-123-2（精裝）
1.（清）龔自珍 2. 清代文學 3. 文學評論
820.91   106013433

ISBN-978-986-485-123-2

9 789864 851232

古典詩歌研究彙刊
第二二輯　第十三冊　　　　　ISBN：978-986-485-123-2

龔自珍詩文研究（上）

作　　者	吳文雄	
主　　編	龔鵬程	
總 編 輯	杜潔祥	
副總編輯	楊嘉樂	
編　　輯	許郁翎、王筑　美術編輯	陳逸婷
出　　版	花木蘭文化事業有限公司	
社　　長	高小娟	
聯絡地址	235 新北市中和區中安街七二號十三樓	
	電話：02-2923-1455／傳眞：02-2923-1452	
網　　址	http://www.huamulan.tw 信箱 hml 810518@gmail.com	
印　　刷	普羅文化出版廣告事業	
初　　版	2017 年 9 月	
全書字數	278572 字	
定　　價	第二二輯共 14 冊（精裝）新台幣 22,000 元	

龔自珍詩文研究(上)

吳文雄　著

作者簡介

吳文雄，台灣省雲林縣人，中國文化大學中國文學研究所博士。大學時期頗醉心於現代詩的閱讀與創作，退伍後進入廣告公司工作，擔任企劃文案一職，至今雖已遠離廣告業許久，仍然懷念那段夜以繼日進行腦力激盪的日子。三十三歲以後投入教職工作，先後在高職與科技大學任教。年輕時所投注於文學研究的心力，因爲任教所需，轉而從事於文化加值的探索，至今所發表的學術性論文，均與廣告影片的形象修辭有關，是又舊夢重彈，當年孜孜於創意的心緒始終還在。

提　　要

　　本論文計分六章，首章爲緒論，主要概述前人對於龔自珍詩文的研究概況；第二章爲龔自珍的散文研究，分主體情志、文本形態與整體評價等三部分敘述；第三章爲龔自珍的詩歌研究，敘述亦分主體情志、文本形態與整體評價等三部分；第四章爲龔自珍的詩文淵源研究，則分轉益多師、規撫經史與點化佛教等三部分加以論述；第五章爲龔自珍的文學思想研究，分尊情與尊史兩部分敘述，第六章結論，爲總結前四章論述所得。總而言之，龔文與龔詩在主體情志上，並非完全重疊。前者因本身的倫理傾向較爲鮮明，故偏向兼濟的憂患情感；而後者更因作者對於情感的界定，不似散文拘囿，故能集仙、俠、禪與艷等四者於一身。至於龔詩風格的雄奇哀艷，則是作者在集儒、仙、俠、禪與艷等諸種生命態度所外顯的逸、奇、怪、麗等風格裡，因爲遭受時代環境的衝擊日益加劇，故較前人在雄奇之外，多了一分憤怒的峭刻之美，而在哀艷之外，亦滲入一種不甘蟄伏的雄奇氣概。最後，有關文學思想部分，原非作者一生所在意者。惟其所屢屢強調的尊史與尊情等兩大命題，不僅彙整了明代中葉以來有關情感解放的重要主張，使情的內容更形完備。同時亦兼具了一時之性情與萬古之性情的趣尚，進而將文學、經學與政治等三者予以會通，使文學規範在需同時反映個人情感與時代情感之外，還要賦予形象本身具有振衰起弊的淑世作用。

目

次

第一章 緒 論

　　龔自珍逝於清道光廿一年（西元 1841 年），距今已有一百五十年之久。在他整整半個世紀的歲月裡，留下了散文三百四十餘篇、詩六百零四首、詞一百五十餘闋。除詞之外，散文與詩對近代文學，都有著不可磨滅的影響力量。雖然，梁啓超說龔自珍的「文辭俶詭連犿，當時之人弗善也」，但「光緒間所謂新學家者，大率人人皆經過崇拜龔氏之一時期。」〔註1〕，張之洞就說晚清之際，京師之士於經學講《公羊》，經濟講王安石，文章則講龔自珍。〔註2〕而龔詩自蔣子湘以下，更爲人所搰搰殆盡，包括黃遵憲、《新民叢報》以及南社諸作者，乃至新文學作家，如魯迅、蘇曼殊與郁達夫等人在內，往往踵武學步，時而節取之，規撫之。是以，論者每豔稱龔自珍爲「近代文學的開山祖」〔註3〕。

　　龔自珍的詩文，雖然引起如此巨大的迴響，但學界對它採取較具系統而且深入的研究，則是近廿年間的事而已。此前，縱有中的之論，非評點式的隻字片語，就是論詩絕句，難窺長篇大論。梁啓超

〔註1〕見氏著《清代學術概論・二十二》，《飲冰室合集》第 8 冊，中華書局，1989 年 3 月北京第一版，頁 54。

〔註2〕見《張文襄公詩集》卷四，轉引自孫文光、王世芸合編《龔自珍研究資料集》，黃山書社，頁 98。

〔註3〕郭延禮《中國近代文學發展史》(1)，第一章標題即冠以「近代文學的開山祖：龔自珍」，山東教育出版社，1990 年 3 月第一版。

在《清代學術概論》與《飲冰室詩話》中所言，算是脫離了評點式的論詩絕句的藩籬，以較大的篇幅討論龔自珍的詩文。前者的一些論點，更左右了後代論者的批評眼光。章太炎雖也在龔自珍的身上花了不少筆墨，但由於門戶的主觀意見作祟，所論多詆毀譏斥之語，難有平情之論。〔註4〕

民國二十六年間，《廣州學報》連續兩期刊載了朱傑勤的《龔自珍研究》，朱氏後來又將此前發表的同系列文章結集成書，以同名出版。這是龔自珍逝世近百年裡，第一部也是唯一一部全面而深入研究龔自珍詩文的書。朱氏在前言說：「世之知定盦者多愛其文學，而文學一科，正定盦之末技，而彼又不欲以此名家也。」因此，全書雖分為〈龔定盦別傳〉、〈龔定庵之革命思想〉、〈龔定盦之掌故學〉、〈詩人龔定盦〉、〈龔定盦之史地學〉、〈龔定盦之金石學〉等六個目次，文學研究則僅居其中一小端而已。〔註5〕除朱氏外，發表於前後一年的錢穆《龔定庵思想之分析》與張蔭麟《龔自珍誕生百四十年紀念》，分別就龔自珍的學術思想與〈己亥雜詩〉進行爬梳。規模雖遠不及朱書，但概括性強，所論均精微，置於今日，仍教學者汗顏。而張蔭麟氏一則謂「自有七絕詩體以來，以一人之手，而應用如此之廣者，蓋無其偶，而自珍復能參錯謠諺讖佛偈詞曲之音調語法以入此體，用能變化無端，得大解放，而為七絕詩創一新風格。」純從文體的觀點出發，不僅予龔詩特高的評價，更揭示其在文學史上所具有的「開風氣」意義，足以與梁啟超所論相媲美。二則以「要之自珍者，蓋一多情好玩之慧公子，一易地之李後主、納蘭成德，而戴上經生策士修道士預言者之重重面具者也」，解釋龔自珍富於矛盾意味的複雜性格，更是設身處地的平情之論，不作空泛的褒揚語，亦不為賢人曲說迴護。較之章太炎所論，實近人情。〔註6〕

〔註4〕見註2，頁142。
〔註5〕朱傑勤《龔定盦研究》，臺灣商務印書館，1972年3月臺二版。
〔註6〕同註2，頁223。

　　而在民國四十年至六十年的二十年間，學界在以往研究的成果基礎上，也取得了不錯的成績。四十八年間，王珮諍在邃漢齋校訂本與王文濡校編本的基礎上，經過整理、校訂、標點與輯佚的工夫，交由《中華書局》印行了比較完善的《龔自珍全集》。此一校本，於民國六十四年間，又交由上海人民出版社重印。其中雖仍有不少文章失收，至今仍是最完整的一個本子。〔註7〕

　　民國四十九年，《四川師範學院學報》創刊號，刊載了由該校《中國古典文學教研組》聯合執筆的《龔自珍詩研究》，在朱傑勤的《研究》基礎上，集中討論了龔詩的主體情志與文本形態，並作出評價。〔註8〕但學界對龔自珍詩文的研究，也就從此時開始，因政治因素的干擾，走向了歧路。在往後的十年間，有關的論文著作，不可謂不多；卻多集中在龔自珍「尊法反儒」的思想議題，刻意而且嚴重的扭曲了龔自珍的思想原貌。待「十年浩劫」過後，政治干擾的因素廓清，纔又緩緩回復正軌。〔註9〕

　　民國六十六年，王元化在《中華文史論叢》復刊號發表了洋洋灑灑的《龔自珍思想筆談》。文章分文學思想與散文思想兩部分，以較超然的學術態度為龔自珍「平反」，而後者更寄予寓言性雜文較多的注意與肯定的評價，是一篇辨析性極強的文章，不僅撥正了此前學界有關龔自珍思想研究的歧誤，更一下子將這方面的研究推前了好幾步。〔註10〕

　　此後的十幾年間，學界不斷有不錯的成績出現，大大鼓勵了後進對龔自珍詩文的研究興趣。民國六十九年間，劉逸生獨力箋注了龔自珍長達三百一十五首的大型組詩：〈己亥雜詩〉，其後陸續有人針對

〔註7〕 臺灣河洛圖書公司於 1975 年 9 月曾翻印發行。
〔註8〕 收入《中國近代文學論集・詩文卷》（1949～1979），中國社會科學出版社，頁 116～154。
〔註9〕 見註 2 書《附錄三・龔自珍研究論文索引》，1967 年至 1979 年論文題目可知。
〔註10〕 同註 8，頁 190～226。

龔自珍詩文進行箋注的工作，至今選注本約有三、四種之多。〔註11〕
七十年與七十二年間，臺灣的研究生先後提出了兩篇有關龔自珍的
學位論文。〔註12〕七十三年，《黃山書社》印行了孫文光與王世芸合
編的《龔自珍研究資料集》，予龔自珍的研究者很大的方便。同年除
了吳調公以較新的美學角度，發表了《兼得于亦劍亦簫之美者——論
龔自珍的審美情趣與意象內涵》，擴大了研究龔自珍詩文的堂廡外
〔註13〕；管林、鍾賢培與陳新璋等三人更合編了《龔自珍研究》一
書，以十章的論文結構，分別從微觀與宏觀的角度，更詳盡的論述了
龔自珍的時代、生平、文藝思想；〈己亥雜詩〉；「編年詩」；〈能令公
少年行〉、〈詩歌的藝術特色〉；〈佛學思想與詩文創作〉；〈經史研究與
詩文創作〉；〈散文的特點〉；詞；在文學史上的地位和影響。〔註14〕
這一年可說是龔自珍研究史上最豐收的一年。

　　而此後的幾年裡，學者對龔自珍詩文的研究，更有日趨多元化的
傾向形成。有專從龔自珍思想的兩重矛盾性進行探討，有著眼於龔自
珍文學思想的承傳問題，有留意於龔自珍對晚清詩壇的影響現象，以
及其在近代文學史上的定位問題等等，與以往的研究相比，顯然更為
活潑而立體。

　　龔自珍所處的時代，是鴉片戰爭的前夕，是傳統社會面臨崩潰的
轉型時期。其人誠如張蔭麟氏所言，一方面致力孔經，篤信孔道，以
當世之申伏自期；一方面卻又景慕「西方聖人」，自信已「證法華三
昧」；而另一方面，更發「溫柔不住住何鄉」之間，所過通都，耽游
北里，高唱「風雲材略已消磨，甘隸妝臺伺眼波」；但在另一方面，
卻又是憂患天下之志士，穿梭上下古今，討究經國緯民之大計，效痛

〔註11〕劉逸生《龔自珍己亥雜詩注》，中華書局，1980 年 8 月。
〔註12〕韓淑玲《龔自珍詩研究》，臺灣大學中國文學研究所七十年班碩士論
　　　　文，阮桃園《龔自珍研究》，東海大學中國文學研究所 72 年班碩士
　　　　論文。
〔註13〕見《文學評論》，1984 年第 5 期。
〔註14〕管林等著《龔自珍研究》，人民文學出版社，1984 年 1 月。

哭流涕之賈生，以開風氣爲己任。〔註15〕其詩文則俶詭連犿、雄奇哀艷，「有感時諷政之作，有談禪說偈之作，有論經史考據之作，有思古人詠前世之作，有敘交游品人物之作，有話家常描寫瑣事之作，亦有傷身世道情愛之作。」〔註16〕龔自珍其文其人本身，皆深具「近代味」，多重而富有個性，是值得深入探討的議題。

　　本文共分六章：首章爲全文緒論，略述龔自珍詩文研究概況與全文章節。第二章爲龔自珍散文研究，分主體情志、文本形態與整體評價三小節敘述。主體情志部分，著重探討作者在創作心理上的特徵及其構成背景；文本形態部分，則分從情感基調、傳達特徵、語言作風與氣質格調等方面著手論述。情感基調乃在求出貫穿作品之間的情感主線，以明瞭作者的終極關懷所在；傳達特徵則是美學原則的確定，此一問題關係作者的語言作風的形成；而語言作風的確定，又決定了作者在文本中的修辭現象；至於氣質格調，則在論述文體風格的心理決定因子，主要是指作者的心理機制現象而言，包括識見、胸襟、格調與氣勢等，都在討論的範圍之內。至於整體評價部分，則站在前人評價的基礎上，借力使力，權衡補充。第三章是龔自珍詩的研究部分，章節結構如第一章，茲不贅述。

　　第四章爲龔自珍詩文淵源的研究，分轉益多師的一瓣心香、規撫經史的夷牧箴言與點化佛教的千手千眼等三節論述。第一節部分，由於龔自珍所節取的前輩作家極多，其中又有主流與支流之分，本節僅取屈原、莊子與李白等三人進行研討；第二節部分，則就龔自珍的經史研究與詩文創作的關係，分由形式與內容兩方面，瞭解前者對後者的影響程度。第三節則依據龔自珍面對佛教的態度，分成三個時期，探討其逐漸深入龔詩，爲龔詩所應用的情形。

　　第五章爲龔自珍文學思想的研究，由於龔自珍生前「口絕論文」之故，《全集》中有關文學批評理論的著述，頗爲零碎。本章將之歸

〔註15〕同註6。
〔註16〕同註6。

納爲「尊情」與「尊史」兩個主要範疇，各爲一節，每節之下，又分別探討了它在歷史上的承繼情形，與轉益後的嶄新內容，以及由此二大範疇所衍生出來的四個文學概念的具體涵義。第六章爲結論，則是總結前四章論述所得，以一窺龔自珍詩文的全貌。

第二章　龔自珍散文的研究

　　龔自珍的散文創作頗多，唯流傳至今，散佚亦多。單是今人王佩諍所編《龔自珍佚著待訪目》中，即有六十一篇[註1]；而王氏失收，他人又陸續發現者，亦在二十篇左右。因此，估計龔文的編篇數，當在四百五十篇上下。

　　從文學的範疇來論，除掉一部份經學、金石學與佛學之作，從內容和形式上來看，又約略可分為政論文、寓言雜文、記敘文和書信序跋文四類。這些文章，有獨特的思想內容，新奇文體形式，以及炫爛多姿、俶詭譎怪的藝術風格，既有別於當時講求義法的桐城古文，又不同於鑽研餖飣的樸學之文，更與宗法六朝駢麗的選派文章，大異其趣。在當時的文壇裡，可說是異數中的異數。康有為就曾說龔自珍的散文，是個「特立獨出者」[註2]；梁啟超也認為：「其文辭俶詭連犿，當時人弗善也。」[註3] 無論是「特立獨出」或「俶詭連犿」，

[註1] 見王氏所校《龔自珍全集》（以下簡稱《全集》）附錄，河洛圖書出版社，1975 年 9 月臺初版，頁 643～646。

[註2] 康有為《廣藝舟雙楫・述學第二十三》，轉引自孫文光、王世芸合編《龔自研究資料集》（以下簡稱《資料集》），黃山書社，1984 年 10 月第一版，頁 117。

[註3] 梁啟超《清代學術概論》二十二，《飲冰室合集》第 8 冊，中華書局，1989 年 3 月，頁 54。

都是適切的評語。

但是，如梁啓超所言的「當時人弗善也」的記錄，卻未妨礙後來的文人學士對龔文的著迷。張之洞在《張文襄公詩集》卷四論學術條之中，就記錄了當時龔文流行京都的情形說：「二十年來，都下經學講《公羊》，文章講龔定庵，經濟講王安石，皆於出都以後風氣也。遂有今日，傷哉。」梁啓超在《清代學術概論》之二十二中也說：「光緒間所謂新學家者，大率人人皆經過崇拜龔氏之一時期。初讀《定庵文集》，若受電然，稍進乃厭其淺薄。然今文學派之開拓，實自龔氏。」〔註4〕張、梁二氏，雖都記錄了龔文廣大深遠的感染力及其影響力，但卻也不約而同，或含蓄或直截的道出了龔文不好的一面。姑不論二氏的暗示或揭發是否持平，將《公羊》學、王安石、新學家與龔自珍並論，卻是正確無誤的。不僅透顯出龔文的思想性格，也明示了龔文開新學家風氣的功勞。而梁氏所謂的「文辭俶詭連犿」，當然更道出了龔文的藝術特徵；唯其所以然的背景因素，梁氏則未及揭盡。此一背景因素的形成，極具關鍵意義。「俶詭連犿」的形成，自與龔自珍的沾染《公羊》，而《公羊》家言多「非常異義可怪之論」有關，同時，也與龔自珍在個性上的跌宕通脫，「喜為要眇之思」有關；〔註5〕但更與他個人的主體情志，在客觀情勢的激擾之下，所採取的應對方式，有莫大的關連。

因此，本章節的論述，共分三節。首在就作者創作的主體情志部分，進行爬梳與辨析的工作；其次，在揭發文本的諸種形態，包括其感情基調、傳達特徵、語言作風與氣質格調等；最後，則針對文本的思想與藝術價值，進行總評價。但論文進行中，因重點有別，為免枝蔓蕪累，不免有所側重，唯亦儘量兼顧諸種主客觀因素的論及，以免因偏立而有武斷之虞。此是正式進入本論文前，需事先聲明的。

〔註4〕同上。

〔註5〕同上。

第一節　主體情志的研究

壹、不離經史的論政心理

　　從作者的主體情志來看，政論無疑是龔自珍散文創作的大宗。在庚辰編年詩〈又懺心一首〉中，他就說：「經濟文章磨白晝」。所謂「經濟文章」，即是《京師樂籍說》中所說的「論議軍國臧否政事之文章」。這是帝王處心積慮，以官妓制度牢攏消耗士人壯志，亟欲除之而後快的文章。對身為異姓臣子的龔自珍而言，也即是〈古史鉤沉論四〉中所強調的「祖宗之兵謀，有不盡欲賓知之矣；燕私之祿，有不盡欲與賓共者矣；宿者之武勇，有不欲受賓之節制者矣；一姓之家法，有不欲受賓論議者矣」，關乎兵謀、家法之類的文章。然而，凡此種種的箝錮禁制，終究壓抑不住龔自珍創作的熱情，在《上大學士書》中，他就奮勉地說：「夫有人必有胸肝，有胸肝必有耳目，有耳目則必有上下百年之見聞，有見聞則必有考訂異同之事，有考訂同異之事，則或胸以為是，胸以為非，有是非，則必有感慨激奮，感慨激奮而居上位，有其力，則所是者依，所非者去，感慨激奮而居下位，無其力，則探吾之是非，而昌昌大言之。」龔自珍一生雖困居下僚，但他既有自覺，其一生大半的光陰與精力，便也就用在琢磨「經濟文章」上面。

　　這些文章，依據其篇旨的性質，勉強可分為兩類；一是揭發並且批判現實社會與政治現象的諸種不是，如〈古史鉤沉論〉、〈乙丙書〉、〈明良論〉及〈壬癸之際胎觀〉等組文。一是陳述個人對政經外交的建言，如〈農宗〉、〈平均論〉、〈西域置行省議〉、〈御試安邊綏遠疏〉、〈祀典雜議五首〉、〈對策〉、〈述思古子議〉及〈上大學士書〉等。前者每從形勢著眼，企圖大筆勾勒出當時已是衰象畢露的「衰世」時代。而後者，則多從事物的技術層面入手，提供當局改良現狀的方案。兩者雖各有所偏，卻又相互交錯，不能截然分開。這些論文，不僅是龔自珍提倡「經世致用之學」的前導，也是其「天地東西南北之學」的

體現。前人論述龔文時，未嘗不首先注目於此。

　　龔自珍的這些政論文，雖旨在現實社會與政治的批判及改變，按理而論，在文章上，應力求平實淺易，以便達到溝通、宣傳以及普及的效用；但結果則不然，這些文章，往往反其道而行，在文體風格上，每呈現出奇怪而且艱澀的傾向。溯其原因，龔自珍個人在身世上的讒憂交集，以致遮遮掩掩，未能直書胸懷，暢所欲言，自是加深讀者瞭解難度的重要因素。就像對詩的創作一樣，他曾自白說：「欲爲平易近人詩，下筆情深不自持」。顯然，其政論文的創作，恐怕也有這樣的難處。在〈定盦文錄序〉中，魏源就說：

> 生百世之下，能爲百世以上之語言，能駝宕百世以下之魂魄，春如古春，秋如古秋，與聖詔告王獻酬，躙勒、差而出入況、雄，其所復詎不大哉！火日外景則內闇，金水內景則外闇，外闇斯內照愈專。君憒憒於外事，而文字突奧洞鬭，自成宇宙，其金水內景者歟？雖錮之深淵，絨以鐵石，土花繡蝕，千百載後，發硎出之，相對猶如坐三代上。〔註6〕

曹籀在〈定盦文集序〉中，也以「奧義深文，佶屈而聱牙」〔註7〕，形容龔文。

　　不過，文體的艱深傾向，其背後每有更深層的意涵存在。它往往蘊含著作者反對現實的意義，是對現實不滿之後的變革。因爲，爲了達成這樣的變革，作者每必須跨越當代，回溯到過往的時代，以追尋另一個適切的「典範」，用來支持自己新變的主張。這是傳統文化裡，最典型的變革模式。唐朝中葉的古文運動是如此，甚至時至近代的五四文學革命，也有人表示它與魏晉文學的精神是相通的。因此，魏源便曾扣緊龔自珍的「逆俗」，用以闡述他所以「能爲百世以上之語言」的「復古」，說：

> 其道常主於逆，小者逆謠俗，逆風土，大者逆運會，所逆

〔註6〕　魏源《定盦文錄序》，轉引自《資料集》，頁 31。
〔註7〕　曹籀《定庵文集序》，轉引自《資料集》，頁 73。

者愈甚，則所復愈大，大則復於古，古則復於本。若君之
學，謂能復於本乎，所不敢知，要其復於古也決矣！〔註8〕

　　但是，思變以及創新所借以依憑的對象，雖是復古，其復古的方
式，則在通過對古的重新闡述與掌握，而不是照單全收。而重新闡述
與掌握所借以依憑的，卻是當代的形勢。這就是龔自珍爲了提倡改
制，反而步上「復古」之途的原因了。從他在〈對策〉中，對於經術、
史事與時務三者之間的互動關係的論述，便可明白復古與創新之間的
弔詭：

人臣欲以其言裨於時，必先比其學考諸古。不研乎經，不
知經術之爲本源也；不討乎史，不知史事之爲鑑也。不通
乎當世之務，不知經、史施於今日之孰緩、孰亟、孰可行、
孰不可行也。……經史之言，譬方書也，施諸後世之孰緩、
孰亟，譬用藥也。宋臣蘇軾不云乎，藥雖呈於醫手，方多
傳於古人。若已經效於世間，不必皆從於己出。至夫展布
有次第，取舍有異同，則不必泥乎經史。要之不離乎經史，
斯又大易所稱神而明之，存乎其人歟？

將經術視爲後世經邦治國的本源，將歷史看成是後世行事的借鑑，將
當代時勢認爲是衡量後世援用經史的大前提。龔自珍這種託古改制，
古爲今用的手法，就在出入古與今之間，從抗逆、牴牾、批判、重構
的複雜過程裡，巧妙地將個人的存在感受，與歷史結合，然後藉由重
新理解、掌握之後的歷史意識哩，透顯出批判當代的時代意識來。

　　具體地說，龔自珍是經由「以經術作政論」及「以朝政國故世
情民隱爲質幹」的兩種方式，將古與今糾合爲一，然後倡導改制的主
張的。

一、以經術作政論

　　龔自珍在創作情志上的「以經術作政論」的形成背景，可從他對
乾嘉樸學的批評以及在治經態度上的轉變兩項，窺得究竟。

〔註 8〕同註 5。

　　清代是一個經學復興，進而昌盛的時代。但是，這種研經風尚的興起，從學術界的角度來看，與清代所盛行的文字獄，有著莫大的關聯。龔自珍在乙酉編年詩〈詠史〉中，就說：「避席畏聞文字獄，著書都為稻粱謀」。不僅點出了當時經學刻意迴避政治，轉而偏重名物訓詁的研究風尚，而且，也反襯出龔自珍的抗逆意識，及其亟思以經世致用為其思想歸趨的治經態度。

　　對於乾嘉時期的考證大家錢大昕在考據領域上所鑽研的成果，龔自珍曾一反常人的看法，以「考證瑣碎，絕無關繫，而文筆亦拙，無動人處」﹝註9﹞的結論，嚴厲批評錢氏的《潛研堂集》。但是這樣的評語，並不意味著龔自珍在學問上，從不涉及考據學的領域。事實上，龔自珍所反對的，祇是「絕無關繫」的餖飣之學，是「考據主義」，而不是考據的精神。在龔自珍認為，考據是為經世致用作準備，而不是為考據而考據。因此，治經的目的，是為了經之「義」，而不是經之「文」。這從以下的論述中，可一一得到證明。

　　龔自珍因家學之故，與小學的淵源頗深。在外祖段玉裁的薰陶下，年十二即受說文部目，自謂是「以字說經，以經說字之始」﹝註10﹞。年廿七中舉，又出自王引之門下。因這一層因緣之故，龔自珍在小學上的造詣，是不可等閒視之的。其一生有關聲韻、文字、訓詁以及目錄等考定之作，計有〈六經正名〉及〈答問〉、〈大誓答問〉、〈說中古文〉、〈非五行傳〉、〈表孤虛〉、〈蒙古聲類表序〉、〈最錄穆天子傳〉、〈最錄平定羅煞方略〉、〈最錄尚書考靈耀遺文〉、〈最錄易緯是類謀遺文〉等。舉其犖犖大者，如他認為今古文的分野，是由於「讀者人不同，故其說不同」﹝註11﹞所致。在旁通漢、滿、蒙、回、藏五族的語言情況下，他主張聲韻是小學的樞紐。﹝註12﹞凡此，都可證明

﹝註9﹞　《全集・語錄》，頁429。
﹝註10﹞　《全集・己亥雜詩》第五八首自注，頁514。
﹝註11﹞　《全集・大誓答問第二十四》，頁75。
﹝註12﹞　《全集・蒙古聲類表序》，頁215。

龔自珍在小學的造詣上，自有其卓絕的過人之處。

　　但是，在龔自珍早年的持論裡，卻也已經顯漏了他對乾嘉樸學的治學態度的不滿。在廿六歲致江藩的〈與江子屏牋〉中，他即批評其《漢學師承記》將名物訓詁之學，視為聖人之道的不當作法。他說：

> 瑣碎餖飣，不可謂非學，不得爲漢學。……若以漢與宋對峙，尤非大方之言，漢人何嘗不談性道。……近有一類人，以名物訓詁爲盡聖人之道，經師收之，人師擯之，不忍深論，以誣漢人，漢人不受。

在〈與人牋一〉中，對於魏源的染上「考訂」之習，他也不加深諱的說：

> 客言：足下始工於文詞，近習考訂。僕豈願通人受此名哉！又云：足下既習考訂，亦兼文詞。又豈願通人受此名哉！足下示吾近作，勇去口吻之冶俊，爲汪洋鬱栗沖夷，是文章之祥也，而頗喜雜陳枚舉夫一二瑣故，以新名其家，則累矣累矣。古人文學，同驅並進，於一物一名之中，能言其大本大源，而究其所終極！綜百氏之所譚，而知其義例，遍入其門徑，我從而笵鑄之，百物爲我隷用。苟樹一義，若渾渾圓矣，則文儒之總也。

治理名物，是要以能言其大本大源，爲終極的關懷；是要從百家的言談之中，歸納出可供依循的義例，以便爲我所用。兩者都能同驅並進，纔是文儒的總術。

　　因此，在〈江子屏所著書序〉中，對於江藩所著的《國朝漢學師承記》，龔自珍便以「聖者因其所生據之世而有作」的道理，批平江藩離開現實的社會生活，以從事超現實的學問研究的不當：

> 《傳》不云乎？三王之道若循環，聖者因其所生據之世而有作。……孔子沒，儒者之宗孔氏；治六經術，其術亦如循環。孔門之道，尊德性，道問學，二大端而已矣。二端之初，不相非而相用，祈同所歸；……自乾隆初以來，儒術而不道問學。所服習非問學，所討論非問學，比之生文

　　　家而質家言，非律令。小生改容為悶，敢問問學優於尊德
　　　性乎？曰：否否。是有文無質也，是因迭起而欲偏絕也。

孔門之道，有尊德性、道問學二端，但此二端是不相非而相用的；
所以，在龔自珍認為，以制度名物為之表，以窮理盡性為之裏，以詁
訓實事為之跡，以知來藏往為之神，表裏合一，而「不以文家廢質
家，不以質家廢文家」〔註13〕，由博返約，文質兼備，纔合乎孔聖
之道。

　　這一觀念，在《陳碩甫所著書序》中，得到進一步的闡述：

　　　孔子曰：「吾道一以貫之」。故《記》曰：「黃帝正名物，以
　　　明民共財。」告仲由曰：「名不正，則言不順；言不順，則
　　　事不成，禮樂不興，刑罰不中。」子游曰：「有始有卒者，
　　　其惟聖人乎？」古者八歲入小學，教之數與方名，與其灑
　　　掃進退之節。保氏掌國子之教，有書有數。六書九數，皆
　　　謂之小學。由是十五入大學，乃與之言正心誠意，以推極
　　　於家國天下。壯而為卿大夫、公侯，天下國家名實本末皆
　　　治。

所謂「一以貫之」的聖人之道，是要「有始有卒」；而始卒之道，即
由小學的數與方名之教，以及灑掃進退之節，進而為大學的誠意正心
之言，然後終於家國天下的大治。

　　龔自珍因此批評後世廢小學而獨尊大學，是「無本」之學，其結
果也將因「不由其始」，而「終不得究物之命」。而對於當時因矯枉過
正而罷黜空談，獨尊小學的樸學，他則認為是「守鈍樸之迂迴，物物
而名名，不使有循」，其結果也將是「有高語大言者，拱手避謝，極
言非所當。」職是之故，他便更明確地說：

　　　使黃帝正名，而不以致上世之理，孔子之正名，而終不能
　　　以興禮而齊刑，則六藝為無用，而古之儒之見詬，與詬古
　　　之儒者齊類。彼陟顛而棄本，此循本而忘顛，庸愈乎！且
　　　吾不能生整齊之之後，既省吾力，而重負企待者。於是使

〔註13〕同上。

> 以六書九數之術，及條禮家曲節碎文如干事推之，欲遂以
> 通於治天下。

獨守著「正名」，而無「興禮」、「齊刑」之效，則六藝便是無用之學。因此獨尊性道者，是陟顛棄本；而獨治名物者，是循本而忘顛，皆非聖人「一以貫之」之意。

　　龔自珍雖認爲獨尊性道，或獨治名物，僅得聖人之道的一端；但他卻不因此而否認其中的任何一端所具有的特殊貢獻。如前述，他本身在小學上的卓絕造詣，即是他肯定名物之學有其客觀價值的體現。在《全集》的語錄部分，便收有他肯定乾嘉學者的治學態度的記載：

> 七十子之徒，周末漢初，去聖人則近矣，彼其徒之識道理，
> 與屬詞比事，或尚不及後之大賢也。若非後大賢識之，是
> 弗好古也。若謂過於後大賢，則是古之瓦甒賢於今之金玉
> 也。

從考覈精密的觀點出發，乾嘉樸學的「實事求是」，是有其特殊的貢獻的。

　　在〈抱小〉中，龔自珍也認爲小學的樸拙、完密、精微之至的態度，是與仁愛孝弟之行的道理相同的：

> 小學者，子弟之學；學之以侍父兄師保之側，以待父兄師
> 保之顧問者也。孔子曰：入則孝，出則弟，有餘力以學文。
> 學文之事，求之也必劬，獲之也必創，證之也必廣，說之
> 也意澀。不敢病迂也，不敢病瑣也。求之不劬則粗，獲之
> 不創則剿，證之不廣則不信，說之不澀則不忠，病其迂與
> 瑣也則不成。其爲人也，淳古之至，故樸拙之至；樸拙之
> 至，故退讓之至；退讓之至，故思慮之至也；思慮之至，
> 故完密之至；完密之至，故無所苟之至；無所苟之至，故
> 精微之至。小學之事，與仁、愛、孝、弟之行，一以貫之
> 已矣。

　　因此，對於王引之「用小學說經，用小學校經」、「著書不喜放其辭」的嚴謹態度，及其「以事親爲讀書，以讀書爲事親」的行徑，在

〈工部尚書高郵王文簡公墓表銘〉中，龔自珍便表達了他的崇敬之
意說：

> 自珍受而讀之，每一事就本事說之，憬然止，不溢一言，
> 如公言。公之色，孺子色，與人言，未嘗有所高論臮譚。

並且撰銘文，讚之曰：

> 璞之瑟瑟，外有文也；鏐之沈沈，中有堅也；君子肖之，
> 以事其親也。於乎！欲事親者考斯，欲事君者考斯，斯人
> 而不敢承，孰爲大道？

在語錄中，還稱讚王所著《經傳釋詞》是「古今奇作，不可有二。」
而引文中，所謂「事親」與「事君」考斯云云，其所強調的，也還是
循著六書九數而上達於家國天下的治經態度。

綜上述，龔自珍對乾嘉樸學的批評，衹要是就其因偏立以致枯竭
的流弊立論，而他一再爲文所強調的治經態度，則是由博返約，本顯
兼顧，文質並備，循著六書九數以上達於家國天下的「一以貫之」的
聖人之道。在〈阮尚書年譜第一序〉中，對於阮元的治經態度，他便
闡述說：

> 公精研七經，覃思五禮，以爲道載乎器，禮徵乎數。……
> 莫遯空虛，咸就繩墨，實事求是，天下宗之。是公典章制
> 度之學。……聖源既遠，宗緒益分，公在史館，條其派別，
> 謂師儒分繫，肇自周禮，儒林一傳，公手所創。談性命者
> 疏也，恃記聞者陋也，道之本末，畢賅乎經籍，言之然否，
> 但視其躬行，言經學而理學包矣，觀躬行而哆爭可息矣。
> 且夫不道問學，焉知德性？劉子以威儀定命，康城以人偶
> 爲仁，門戶之見，一以貫之。是公性道之學。……凡若此
> 者，固已匯漢、宋之全，拓天人之韜，泯華實之辯，總才
> 學之歸。

阮元在治經態度上的「匯漢、宋之全，拓天人之韜，泯華實之辯，總
才學之歸」，龔自珍所給予的評價是「偉哉絕業，莫之與京」。其背後
意義，與其說是公字眞的推崇之意，毋寧將之視爲龔自珍在闡述自己
的治經態度。

　　龔自珍雖因乾嘉樸學在治經態度上的「偏枯」，而主張宜泯華實之辯，匯漢、宋之全，拓天人之韜，總才學之歸，纔合乎聖人的「一以貫之」之道。但由於時代亟變的因素影響，龔自珍在實際的態度取向上，遂不得不有所偏重。如同在〈抱小〉中，他以「不曰不可得聞，則曰俟異日，否則曰：我姑整齊是，姑抱是，以俟來日」，形容樸學家在面對所謂「天命之奧，大道之任，窮理盡性之謀，高明廣大之用」的德性之學的態度時一樣，對於無法收立竿見影之效的小學，他也不得不待之以「俟異日」的態度了。

　　因家學之故，龔自珍自幼即濡染樸學之風，早年曾有志寫定群經。在〈古史鉤沉論三〉中，他就說：

> 予大懼後世益不見《易》、《書》、《詩》、《春秋》。李銳、陳奐、江藩，友朋之賢者也，皆語自珍曰：曷不寫定《易》、《書》、《詩》、《春秋》？方讀百家，好雜家之言，未暇也。
> 內閣先正姚先生語自珍曰：曷不寫定《易》、《書》、《詩》、《春秋》？又有事天地東西南北之學，未暇也。

但十年過後，龔自珍終究沒有寫定群經。審其原因，如他所言，因讀百家、雜家之言，及從事「天地東西南北之學」，而沒有多餘的時間整理，是理由之一。不過，因後世有意無意間的「踵事增華」，也使得經文的眞貌，因而無法斷定，以致「所革者功不大」，亦是重要理由之一：

> 今天《易》、《書》、《詩》、《春秋》之文，十五用假借焉，其本字蓋罕矣。我將求其本字，然而所肄者孤，漢詩之氾見雅記者闕；孤則不樂從，闕則不具，……諸師籍令完具，其餘七十子之所請益，倉頡、史籀之故，孔子之所雅言，又不知果在否焉。則足以慰好學臚古者之志，終無以慰吾擇於一之志。……卒不能寫定《易》、《書》、《詩》、《春秋》。

對於群經多異文的問題，龔自珍欲以「考文之聖」與「深於義訓者」自居，從事糾虔的工作。可見其寫定群經的方法，基本上是與乾嘉樸

學採取一致的步調，皆著重於文字的考辨及校讎上。但由於所得的結果，是否真是聖人的原意，龔自珍認爲是無法確定的。

群經的寫定，既然無法取得絕對符合聖人原意的答案；而「有文無質」的考據之學，雖有「好學臚古」之名，卻往往又忽視了經書原本所具有的經世意義，其結果也將使得經學淪爲「因迭起而欲偏絕」的局面，失去了它原來對人生所具有的溫潤作用。因此，在治經的態度上，龔自珍便不得不改旋易轍，轉而傾向於體現「擇於一之志」了。

所謂「擇於一之志」，即是捨棄原有瑣瑣於文字訓詁上的考據，轉而著眼於經義的擷取，換言之，也即在攸關政事的治道上下工夫。在〈五經大義終始論〉中，龔自珍就說：

> 昔者仲尼有言：「吾道一以貫之。」又曰：「文不在茲乎！」文學言游之徒，其語門人曰：「有始有卒者，其惟聖人乎！」誠知聖人之文，貴乎知始與卒之間也。聖人之道，本天人之際，臚幽明之序，始乎飲食，中乎制作，終乎聞性與天道。

引文中，「始乎飲食，中乎制作，終乎聞性與天道」的終始之道，即是「擇於一之志」之謂；而其詳義，也即〈答問一〉中的「食貨者，據亂而作，祀也，司徒、司冠、司空也，治升平之事。賓師乃致太平之事」。舉凡食貨的開發、司徒百官的制作以及聞性與天道的致太平等，自是政事上的範疇。而這些範疇，在龔自珍認爲，證之於群經文字，又歷歷俱在。可見五經的經義中，確實皆含有聖人的終始治道。以「始乎飲食」爲例，他便舉證說：

> 謹求之《書》曰：「天聰明，自我民聰明。」言民之耳目，本乎天也。民之耳目，不能皆肖天。肖者，聰明之大者也，帝者之始也。聰明孰爲大？能始飲食民者也。其在《序卦》之文曰：「物稺不可不養也，屯蒙而受以需，飲食之道也。」其在《雅詩》，歌神靈之德，曰：「民之質矣，日用飲食。」是故飲食繼天地。又求諸《禮》曰：「夫禮之初，

　　始諸飲食。」

　　不過，「擇於一之志」與前揭文〈陳碩甫所著書序〉及〈抱小〉
中所強調的「一以貫之」，雖略有不同，但卻不衝突。後者所強調的，
是以六書九數的小學爲進階，然後上達於治天下；是主張道問學與尊
德性兩者，皆不可偏廢。但因爲這種由本臻於顛的途徑，並非一蹴可
及；如《江子屏所著書序》中所說：「陳說艱難，算師疇人，則積數
十年之功，始立一術」，然則天下臻於治，也將遙不可及。但是，世
變在即，救亡圖存的危機，迫在眉睫，兩相考量之下，唯有權取經典
的大義，以爲經世致用，纔是要緊。此也即是龔自珍雖然肯定「抱小」
的作用，卻終須「俟異日」的原因所在。在〈古史鉤沉論二〉中，論
及孔子「攘臂河洛，憫周之將亡也」時，龔自珍便強調：

　　本立政，作周官，述周法，正封建之里數，逸於後之雜眞
　　僞以求之者。誦《詩》三百，篇綱於義，義綱於人，人綱
　　於紀年，明著竹帛，逸於後之據斷章生諫以求之者。

時代危亡，專力於政事的開發、人倫綱記的維繫，顯然是較從事於文
字的眞僞與斷章取義的研討，是更迫切需要的。

　　因此，在〈上大學士書〉中，龔自珍雖然認爲有胸肝必有耳目，
有耳目必有見聞，有見聞必有考訂異同，有考訂異同必有是非之評
斷，這原本即是他倡導由六藝九數的小學臻於治國平天下的「一以貫
之」之道，但他終究因恓惶於當時的形勢，轉而跨越「考訂異同」的
務實關卡，直接由見聞而有是非的判斷，也是因爲此一緣故。

　　如前述，經書既蘊藏著治道的精義，然則以經術作政論，便成爲
可行。唯龔自珍在權取經典的大義之際，其理論的基礎，則是援自於
《公羊》學說。所謂「始乎飲食，中乎制乎，終乎聞性與天道」的五
經終始說以及八條自設的〈答問〉等，其論據都是《公羊》「三世」
說的廣泛應用。但是，龔自珍援引《公羊》之義，以譏切實證的因緣，
其關鍵乃在於時代亟變，現實的社會環境，實已不容許學者終日瑣瑣
於隻字片語的詁訓。當務之急，主要在於立竿見影的政事要求上。職

是之故，治經講求微言大義，而不拘泥於文字訓詁的《公羊》學說，便與龔自珍氣味相投，而爲他所援引應用了。

在〈春秋決事比自序〉中，他即說：

> 自珍既治春秋，……乃獨好刺取其微者，稍稍迂迴贅詞說者，大迂迴者。……獨喜效董氏例，張後世事以設問之。以爲後世之事，出《春秋》外萬萬，《春秋》不得而盡知之也；《春秋》所已具，則眞如是。後世決獄大師，有能神而明之，聞一知十也者，吾不得而盡知之也，就吾所能也，則眞如是。

在龔自珍認爲，《春秋》不僅有明是非、當興王等的精義，隱乎其中，而且，還足以爲後世的殷鑑。因此，他便也起而效法董仲舒的作法，自設後世事以比之。而其所得的結果，竟是「就吾所能比，則眞如是。」如此一來，便深化且更加堅定了龔自珍以經術作政論的態度。

在〈春秋決事比答問第一〉中，他便以「不定律」自設問說：

> 不定律者，權假立文也。權假何以立文？假之吏也。天下大獄必赴吏，……《春秋》當興王，假立是吏而作。今律，有部議，有部擬，有閣臣票雙簽、票三簽，有恩旨緩決，皆本於《春秋》立文者也；先原奏，後旨意，兩者具，然後獄具。作者曰：是亦吾所爲測《春秋》也。

在〈答問二〉中，對於孔子所說：「父爲子隱，子爲父隱」一事，他則認爲：

> 《春秋》之常律也。今律，子弟訐發父兄罪，雖審得實，猶先最訐發者，是亦吾所爲測《春秋》也。

在〈答問四〉中，對於所設問之事，他更直接了當說：

> 欲令今之知律者有所溯也。……今律與《春秋》小齟齬，則思救正之矣，又吾所以作。

由此可見，龔自珍不僅以《公羊春秋》之律，救正當世之律，而且，活用了《公羊》的「三世」說。非特用來解釋五經的終始大義，使其有關治道的次第，在「三世」說的配合下，更見積極的意義；而

且，還將之作爲論述人才的依據，用以譏刺朝廷對人才的壓迫，從而提出「賓賓」的主張，並預示世人以衰世的來臨，及亂世的將屆。

綜合上述，龔自珍「以經術作政論」的背景因素及其具體的運用方式，便也條理順暢分明。梁啓超在《中國學術思想變遷之大勢》中，說龔自珍「於《春秋》蓋有心得，能以恢詭淵眇之理想，證衍古誼。」在《清代學術概論》中，也說：

> 今文學之健者，必推龔魏。龔魏之時，清政既漸陵夷衰微矣，舉國方沉酣太平，而彼輩若不勝其憂危，恆相與指天畫地，規天下之大計。考證之學，本非其所好也，而因眾所共習，則亦能之，能之而欲頗用以別闢國土，故雖言經學，而其精神與正統派之爲經學而治經學者則既有以異。……故後之治今文學者，喜以經術作政論，則龔魏之遺風也！〔註14〕

不過，龔自珍雖在廿八歲時，正式從劉逢祿受《公羊》春秋，且從此盡棄蟲魚之學，「甘作東京賣餅家」〔註15〕。但這樣熱切的宣告，祇能看作是喜逢知己下的鼓舞心情罷了。在〈資政大夫禮部侍郎武進莊公神道碑銘〉中，對於莊存與的「陰濟於天下」，龔自珍雖也深表崇敬之意，但他的治《公羊》學，究竟與常州學派以及董仲舒、何休等人有異。他不僅刊落條例，亦不爭今、古文的問題。對於《公羊春秋》，祇能說他是援引而已。他的援引《公羊》之義以譏切時政，是爲了譏切時政而援引《公羊》之義，是將個人的時代意識，隱藏在經典意識裡，從而借由經典意識透顯出自己的時代感受。而莊、劉等人，雖也力圖從今文經學的「微言大義」中，企圖尋找維持大一統的方案，卻是奉《公羊》爲金科玉律，斤斤計較於經書的章句，但也不免因此爲師法所拘囿。龔自珍不同於他們的是，他所關心的是，能否經世的問題，至於學派的條例如何，他是無暇兼顧，也不願意遵

〔註14〕同註3。

〔註15〕《全集·雜詩，己卯自春徂秋，在京師作，得十有四首》之六，頁441。

守的。

要言之，**龔自珍**的「以經術作政論」，所擷取的是經義，是轉化和重構後的《公羊》家言，是經書的「微言」精神，所謂「一派微言我敬承」，正是此意，而不是規行矩步的家法觀念。

二、以朝政國故世情民隱為質幹

龔自珍之所以以朝政國故世情民隱爲其政論文的質幹，主要可從他所極力倡導的「鉤沉古史」以及「尊史之心」兩項，窺見其中形成的脈絡。

龔自珍的「鉤沉古史」，其最直接的背景因素，乃是由於時化亟變，他個人已經敏銳的預感到國家正處於危急存亡之秋所致。在〈古史鉤沉論二〉中，他就說：

> 夢夢我思之，如有一介故老，攘臂河洛，憫周之將亡也，與典籍之將失守也，搜三十王之右史，捨不傳之名氏，補詩書之隙繚，……嗚呼！周道不可得而見矣，階孔子之道求周道，得其憲章文、武者何事？夢周公者何心？吾從周者何學？……辭七逸而不居，負六失而不卹，自珍於大道不敢承，抑萬一幸而生其世，則願爲其人歟！願爲其人歟！

所謂「憫周之將亡」，其實也即是**龔自珍**預見了清朝即將覆亡的影射。

但在朝政面臨覆亡之際，**龔自珍**卻終日汲汲於鉤沉古史；其中原因，則在於國家的存亡，係繫於史的存亡身上：

> 周之世官大者史。史之外無有語言焉；史之外無有文字焉；史之外無人倫品目焉。史存而周存，史亡而周亡。……滅人之國，必先去其史，隳人之枋，敗人之綱紀，必先去其史；絕人之材，湮塞人之教，必先去其史；夷人之祖宗，必先去其史。〔註16〕

〔註16〕同上。

　　國家的存亡，既繫於史的存亡；然則，史統的存續問題，就屬要事。在前文中，他便接著說：

> 周之東，其史官大罪四，小罪四，其大功三，小功三。……
> 夫功眾之際，存亡之會也，絕續之交也。天生孔子不後周，
> 不先周也，存亡續絕，俾樞紐也。史有其官而亡其人，有
> 其籍而亡其統，史統替夷，孔統修也，史無孔，雖美何
> 待？孔無史，雖聖曷庸？……夫周，自我史佚、辛申、史
> 籀、史聃、史伯而無後，無聞人焉，魯自史克、史邱明而
> 後，無聞人焉，此失其材也。七十子之徒，不之周而之
> 列國，此失其志也。不以孔子之所憑藉者憑藉，此失其
> 器也。三尺童子，瞀儒小生。稱爲儒者流則喜，稱爲群流
> 則慍，此失其情也。號爲治經則道尊，號爲學史則道絀，
> 此失其名也。知孔氏之聖，而不知周公、史佚之聖，此失
> 其祖也。

龔自珍認爲，自周代以後，史統所以湮沉不興，溯其根源，乃肇端於無史之聞人、求史於列國、述史不以孔子所憑藉者爲依歸、喜爲儒者流而慍爲諸子流以及尊經而絀史所致；換言之，「失其材」、「失其志」、「失其器」、「失其情」、「失其名」以及「失其祖」等「六失」，是史統替夷的關鍵。

　　「六失」既是史統替夷的關鍵，因此，欲鉤沉古史，以恢復史統，自然需從鉤沉「六失」著手。而詳審「六失」的問題重心所在，乃在於經、史源流的偏歧上。所謂「聖智不同材，典型不同國，擇言不同師，擇行不同志，擇名不同急，擇悲不同感；天吝材，材吝志，志吝器，器吝情，情吝名，名吝祖」〔註17〕，即是問題的所在。所以，鉤沉的首要之務，便在於辨正經、史的源流上。換言之，重估經學與諸子的源流問題，纔是徹底的解決之道。

　　龔自珍既認爲「周之世官大者史。史之外無有語言焉；史之外無有文字焉；史之外無人倫品目焉。」對於經學與諸子所採取的正名溯

〔註17〕同上。

源之道，便是將二者皆收攝在史的範圍之中，認爲五經是「周史之大宗」，而諸子是「周史之小宗」。他說：

> 夫六經者，周子之宗子也。……今夫宗伯雖掌禮，禮不可以口舌存，儒者得之史，非得之宗伯；樂雖司樂掌之，樂不可以口耳存，儒者得之史，非得之樂；故曰：五經者，周史之大宗也。……孔子歿，七十子不見用，衰世著書之徒，蜂出泉流；漢氏校錄，撮爲諸子。諸子也者，周史之小宗也。……劉向云：道家及術數家皆出於史，不云餘家出於史。此知五緯、二十八宿異度，而不知其皆繫於天也；知江河異味，而不知皆麗於地也。故曰：諸子也者，周史之支孽小宗也。〔註18〕

在《六經正名》中，龔自珍雖未明言五經皆史，但其意則甚明：

> 孔子之未生，天下有六經久矣。莊子《天運篇》曰：「孔子曰：某以六經奸七十君而不用。」《記》曰：「孔子曰：入其國，其教可知也。有《易》、《書》、《詩》、《禮》、《樂》、《春秋》之教。」……仲尼未生，先有六經；仲尼既生，自明不作；仲尼曷嘗率弟子使筆其言以自制一經哉？

孔子自言非作經，則孔子與六經之間的關係，即如前引文中所說：「史統替夷，孔統修也，史無孔，雖美何待？孔無史，雖聖何庸？」是在於「存史」也。惜後世不以孔子之所憑藉而憑藉之，以致尊經而絀史，致使史統替夷不興。

值得注意的是，龔自珍論述五經與諸子皆史時，所借以爲論據的例證，即從周時，「史於百官，莫不有聯事」的觀點推演而來。因此，所有的語言文字與人倫品目，既均出之於史，「學」與「治」之間的「一以貫之」，便也是周時所講求的。在〈對策〉中，龔自珍就說：

> 臣考之周之三物六行，鄉大夫、遂人掌之，而飲射讀法，及教民祭祀之禮，及書其過惡，皆州長、黨正主之。然則

〔註18〕 同上。

> 黨正即一黨之師，州長即一州之師，明矣。上而鄉遂之大
> 夫，亦即鄉遂之師。豈若後世官吏自為官吏，師儒自為師
> 儒，曰刺史、約守令以治民，曰博士、曰文學掾以教士之
> 區分乎？君與師之統不分，士與民之藪不分，學與治之術
> 不分，此所聞於經者也。

周時，黨正即一黨之師，州長即一州之師的官師政教的合一，以致形
成君師之統、士民之藪、學治之術皆不分的情形，在龔自珍認為是
「制治之本」〔註19〕。

這一觀念，在〈乙丙之際著議第六〉中，有更深一層的論述：

> 自周而上，一代之治，即一代之學也；……天下不可以口
> 耳喻也，載之文字謂之法，即謂之書，謂之禮，其事謂之
> 史職。以其法載之文字而宣之士民者，謂之太史，謂之卿
> 大夫。……奉租稅焉者，謂之民。民之誠立法之意者，謂
> 之士。士能推闡本朝之法意以相誡語者，謂之師儒。……
> 王、若宰、若大夫、若民相與以有成者，謂之治，謂之道。
> 若士若師儒法則先王、先冢宰之書以相講究者，謂之學。
> 師儒所謂學有載之文者，亦謂之書。是道也，是學也，是
> 治也，則一而已矣。

對三代而言，一代之治即一代之學。所謂「治」，是指為史官所職守
的「法」，能為眾人所遵行，以致有成而言。所謂「學」，是指士和師
儒所相互誡語、講究的「書」而言。而載之於文字的，既謂之「法」，
又謂之「書」。然則治學、政教合於一也。而且，所謂「法」與「書」，
既皆為史所職守，則一切治道與教化之所本，皆出於史，便也不言
可喻。

龔自珍從鉤沉古史之中，不僅得出五經與諸子同出於史的源流，
更因此造出一個師儒之學的流變。認為自周以上的三代，所以是道、
學與治合一的治世。其原因即是：

> 師儒有能兼通前代之法意，亦相與誡語焉，則兼綜之能也，

〔註19〕同上。

> 博聞之資也。……必以誦本朝之法，讀本朝之書爲率。

即使在亂世，史統替夷，師儒流爲諸子，也還是能夠「各守所聞，各欲措之當世之君民，則政教未失也。」但後世的師儒則不然，不唯不學無術，亦不盡「相誡」之責：

> 後之師儒不然。重於其君，君所以使民者則不知也；重於其民，民所以事君者則不知也。生不荷槤鋤，長不習史事，故書雅記，十窺三四，昭代功德，瞠目未睹，上不與君處，下不與民處。由是士則別有士之淵藪者，儒者別有儒之林囿者，昧王霸之殊統，文質之異尚。其惑也，則且援古以刺今，囂然有聲氣矣。

三代之所以治，乃學與治一也，師儒皆有兼綜之能、博聞之資，又能善盡言責；而後世之所以有「道德不一，風教不同，王治不下究，民隱不上達」等種種弊端，是因爲師儒昧於王霸之殊統，與文質之異尚，既不諳民隱，又不習史事，對於前代之法意，不是十窺三四，即是瞠目未睹。

由此可見，龔自珍的鉤沉古史，不唯是要從辨正五經與諸子的源流，得出兩者皆出之於史的答案；而且，還要以此得出治學合一，官師合一，政教合一的歷史教訓。透過師儒之學的流變，也即是史統所以替夷的原因，印證治世所以治，衰世所以衰的關鍵，乃在於師儒是否有兼綜之能，博聞之資以及善盡言責與否？換言之，龔自珍的鉤沉古史，其終極關懷，乃在於提倡當代師儒皆能以朝政國故世情民隱爲學問的質幹，對於「故書雅記」，既要有博聞之資，對於「昭代功德」，也要有兼綜之能，以便起於衰世於沉痼之中。

龔自珍既認爲國家存亡的危機，係由於史統替夷，以致「王治不下究，民隱不上達」。乃立志鉤沉古史，提倡治學合一，以培養兼綜博聞，又能盡言責的人才。有了如三代時的師儒，替夷的史統，纔得以復興，風教與道德也纔能歸趨於一。因此，遵循著這一理路往下推演，龔自珍終將走上「尊史」的道路。

基本上，龔自珍所提倡的「尊史」，其宗旨與章學誠的「史學所

以經世，固非空言著述」〔註20〕的歸趨，是一致的。均將「整理排比」、「參互搜討」等不具有史意，而是近乎考據的史纂、史考、史例、史選、史評，排除在史學之外。〔註21〕在《尊史》一文中，龔自珍即首揭「史之尊，非其職語言，司謗譽之謂，尊其心也。」所謂語言、謗譽等等，也即是章氏所說的史纂、史評等等。

至於「尊其心」之所指為何？在前揭文中，龔自珍便有一番精采的論述：

> 心何如而尊？善入。何者善入？天下山川形勢，人心風氣，土所宜，姓所貴，皆知之；國之祖宗之令，下逮吏胥之所□守，皆知之。其於言禮、言兵、言政、言獄、言掌故、言文體、言人賢否，如其言家事，可謂入矣。又如何而尊？善出。何者善出？天下山川形勢，人心風氣……有聯事焉，皆非所專官。其於言禮、言兵……如優人在堂下，號咷舞歌，哀樂萬千，堂上觀者，蕭然踞坐，眣睞而指點焉，可謂出矣。

所謂「尊其心」，是對於天下山川形勢、人心風氣、歷代故實與當世見聞等，都要能夠出入其間，知之甚詳，並且眣睞指點，沒有垣外之見：

> 不善入者，非實錄，垣外之耳，烏能治堂中之優也耶？則史之言，必有餘竅。不善出者，必無高情至論，優人哀樂萬千，手口沸騰，彼豈復能自言其哀樂也耶？則史之言，必有餘喘。是故欲為史，若為史之別子也者，毋竅毋喘，自尊其心。

這種以善入善出的尊心方式尊史，其實是在即事言理當中，將歷史意識巧妙地與個人的時代感受結合一起的作法。換言之，龔自珍的尊史，也同他的治經一樣，皆重在「大義」的闡明與發揚。在《己亥雜詩》第三〇五首中，龔自珍便說：

〔註20〕見章學誠《文史通義・浙東學術》，仰哲出版社，頁523。
〔註21〕同上。

> 欲從太史窺春秋，勿向有字句處求。抱微言者太史氏，大
> 義顯顯則予休。

並自注說：「兒子昌匏書來，問《公羊》及《史記》疑義，答以二十
八字。」可見龔自珍不僅援引《公羊》學說，以貫通經義，而且以之
貫通史義。然也因此，龔自珍的經學與史學，便有了溝通。這是其論
五經皆史的精要處。

而尊心的結果，在龔自珍認為，正是師儒之位可以恢復，師儒之
言可以有用，甚至救亡圖存之道，也存在其中：

> 心尊，則其官尊矣，心尊，則其言尊矣。官尊言尊，則其
> 人亦尊矣。尊之之所歸宿如何？曰：乃有所大出入焉。何
> 者大出入？曰：出乎史，入乎道，欲知大道，必先為史。

因此，龔自珍在尊史之後，便也起而以史職自任，以太史公之志
自期。在〈尊史三〉中，他就說：

> 後之人必有如京師以觀吾書者焉，則太史公之志也。

在〈乙丙之際著議第九〉中，他也說：

> 智者受三千年史氏之書，則能以良史之憂憂天下，憂不才
> 而庸，如其憂才而悖，憂不才而眾慄，如其憂才而眾畏。

值得注意的是，龔自珍以五經皆史，進而倡導尊史之餘，也還提
出了「賓賓」的主張，以救亡圖存。所謂「賓賓」，〈古史鉤沉論四〉
中說：

> 王者，正朔用三代，樂備六代，禮備四代，書體載籍備百
> 代，夫是以賓賓。賓也者，三代共尊之而不遺也。夫五行
> 不再當令，一姓不再產聖。興王聖智矣，其開國同姓魁傑
> 壽考，易盡也。賓也者，異姓之聖智魁傑壽考也。……王
> 者於是芳香其情以下之，玲瓏其語令以求之，虛位以位
> 之。……禮樂三而遷，文質再而復，百工之官，不待易世
> 而修明，微乎儲而抱之者乎，則弊何以救？廢何以修？窮
> 何以革？……恃前古之禮樂道藝在也。故夫賓也者，生乎
> 本朝，仕乎本朝，上天有不專為其本朝而生是人也。是故
> 人主不敢驕。

龔自珍生值清勢逐漸陵夷之際，舉國方沉酣太平，然朝廷對於漢人，仍多設禁令，致使經濟之才，不得與聞政事。但既身爲異姓之人，又喜放言議論，以致讒憂交集，然時變日亟，既不勝憂危，乃有「賓賓」之議。賓既是異姓聞人，是史材，爲三代所共尊而不遺。且救弊、修廢、革窮之道，乃在於「恃前古之禮樂道藝在也」，然則，龔自珍的倡「賓賓」之說以存史，其歸趨仍在救亡圖存也可知。

龔自珍從鉤沉古史中辨明，一代之典章故實，即一代之教化。因此，唯有典章故實大張，教化纔得以昌明。但典章故實之所以大張，並非僅以搜羅排比、考證訂訛爲務，而是必須洞悉得失，審析判弊，以史爲鑑。因此，龔自珍一方面注意朝政國故的搜羅，一方面留心世情民隱的考察，以便有助於現實政治的改革。魏源在〈定盦文錄序〉中也說龔自珍「於史長西北輿地」。梁超啓在《清代學術概論》中，則說龔自珍「好作經濟談，而最注意邊事。……作〈西域置行省議〉，至光緒間實行，則今新疆也。又著〈蒙古圖志〉，研究蒙古政俗而附以論議。」此即龔自珍在政論文的創作上，以朝政國故世情民隱爲其質幹的最好說明。

綜上述，龔自珍一生的治學重心，主要屬意於治道之上。雖然，家學的淵源，曾使他有志於群經的寫定。但時代亟變的因素，終使他改弦易轍，以經術作政論，以朝政國故世情民隱爲治史的質幹，俾有助於現實的改革。在〈送夏進士序〉中，他就說：「天下事，舍書生無可屬。」在〈送吳君序〉中，他也說：「十八夷讀古書，執筆道天下事。」將天下事、古書與書生三者串聯一起，龔自珍的用意，甚是明白。正如〈農宗〉所說：「龔子淵淵夜思，思所以探簡經術，通古近，定民生。」龔自珍一切認識活動的歸趨，是皆通向於「定民生」的。

在〈對策〉中，便可看出龔自珍的「探簡經術，通古近」，係皆以「定民生」爲主要歸趨：

　　人臣欲以其言裨於時，必先以其學考諸古。不研乎經，不

　　知經術之爲本源也；不討乎史，不知史事之爲鑑也。不通
　　乎當世之務，不知經、史施於今日之孰緩、孰亟、孰可行、
　　孰不可行也。

龔自珍的「考諸古」，是爲了驗證自己所提出裨於時的學說可行與否，以便有更積極的理論基礎。但所取以驗證的經史，又必須與現實的環境相互參討，纔不致陷入泥古的深淖，反爲經史所束縛。因此，對於經史的援引，他便也作了規範說：

　　經史之言，譬方書也，施諸後世之孰緩、孰亟，譬用藥也。
　　宋臣蘇軾不云乎，藥雖呈於醫手，方多傳於古人。若已經
　　效於世間，不必皆從於已出。至夫展布有次第，取舍有異
　　同，則不必泥乎經史。要之不離乎經史，斯又大易所稱神
　　而明之，存乎其人也歟？

從文獻的觀點來看，經史當然是客觀不變的；但是，其內在意義卻不是凝固的。因此，一旦涉及到主體的理解活動，便也同時進入個人與經史的互動階段，主觀進入客觀之中，客觀也同時融匯於主觀之內。今托於古，古即如今，復古也便潛藏著創新的基因。何況如前所論，龔自珍在治經方面，是取經之大義，在治史方面，是尊史之心。所以，所謂「不必泥乎經史」與「存乎其人」云云，便也爲龔自珍的闡述經史，開啓了大方便之門。不僅「改制」有了理論基礎，又可「托古改制」。由此可見，龔自珍不離經史的論政心理，其實是將個人的時代經驗，寄寓在古典意識之中，從而借由古典意識以透顯出自己的時代意識。

　　然則，龔自珍在〈明良論四〉文中所說：「仿古法以行之，正以救今日束縛之病」，也就不能簡單的理解爲退化了。在〈乙丙之際著議第七〉中，他就說：「思我祖所以興，豈非革前代之敗耶？前代所以興，又非革前代之敗耶？」後世所借以變革而興的，正是在借鑑於前車的教訓。因此，即使是「仿古」，也是在可以「救今日束縛之病」的前提下，纔決定的。

　　至於，龔自珍不離經史的論教心理，落實在創作中的成效爲何？

段玉裁在看了四篇〈明良論〉之後，曾經加墨矜寵說：「四論皆古方也，而中今病，豈必別製一新方哉？」〔註22〕而龔自珍自己在〈己亥雜詩〉四四首，回憶起當年殿試的時務策時，也頗為自信的說；「霜毫擲罷倚天寒，任作淋漓淡墨看。何敢自矜醫國手，藥方只販古時丹。」顯然，他對於借鑑經史的論政方式，是頗為滿意的。

貳、猖狂恢詭的難言情懷

在龔自珍的四類散文中，除書信類因為性質私密之故，較能見到作者個人宣言無諱的細微心曲外，大部分的政論文、雜文以及一部分的記敘文、雜文以及一部分的記敘文，往往因為作者無法暢所欲言，以致梁啟超認為「其文辭俶詭連犿，當時之人弗善也。」事實上，細審梁氏的批評，不僅指向文章的內容，也包括作者所選擇的藝術手段。以政論文為例，龔自珍儘管還保持著傳統的論說文的正格，以考史論經為主要的論述形式，但卻又自覺地採用今文學的「微言大義」，作為主要的傳達手段，在古與今的類比之下，透顯個人的中心旨意。在《清代學術概論》之二十二中，梁啟超就說：

> 今文學之中心在《公羊》，而公羊家言，則真所謂「其中多非常異義可怪之論」……段玉裁外孫龔自珍，既受訓詁學于段，而好今文，說經宗莊、劉。自珍性跌宕，不檢細行，頗似法之盧騷，喜為要眇之思。其文辭俶詭連犿，當時之人弗善也，而自珍益以此自喜。往往引《公羊》義譏切時政，詆排專制。晚歲亦耽佛學，好談名理。綜自珍所學，病不在深入，所有思想，僅引其緒而止，又為瑰麗之辭所掩，意不豁達。」〔註23〕

從龔自珍「性跌宕，不檢細行」，「喜為要眇之思」的個性氣質，闡述龔文所以「俶詭連犿」、「意不豁達」的原因，這樣的批評，親切則親切矣，卻未必能真正揭發龔文所以採用瑰麗之辭以遮掩其文旨的

〔註22〕《全集・明良論》附錄，頁36。
〔註23〕同上。

眞相。

首先，就藝術表現言，無論是考史論經，或是「微言大義」，對龔自珍來說，都是虛擬的。前者儘管「典實」，卻是龔自珍借古諷今，以實出虛的手法運用，其目的在將個人主觀的時代感受融於歷史意識之中，期盼從歷史意識裏，透顯出個人的存在意識來。從傳達的效用來看，這種徵古、述古的方式，一方面可借由「體多眞實」〔註24〕的權威性，增強文章的說服力。《莊子》所以採用的「重言」，即是此義。但另一方面卻也能產生時空的距離感，減少因爲諷刺所帶來對諷刺對象的衝擊力量，使得「言之者無罪，聞之者足以戒」。這在往往一言肇禍的帝王時代，多少有著遠禍全身的作用，因此，文人學士們樂用之。

而「微言大義」的選擇與運用，更是與君主帝王掌握生死予奪的大權，以及因此而形成的政治氣候，有著莫大的關連。董仲舒在《春秋繁露‧楚莊王》中就說：

> 義不訕上，智不危身，故遠者以義諱，近者以智畏，畏與義兼，則世逾近而言逾謹矣，此哀定之所以微其辭。以故用則天下平，不用則安其身，《春秋》之道也。〔註25〕

這樣的解釋，是古人疑懼於帝王專權的反映，也是專制在士人心底所投下的陰影。因此，龔自珍的沾染《公羊》學說，在積極意義上，雖有力圖從其「微言大義」之中，尋找解救社會危機的用意在。如他的鉤沉古史與尊史，是意在將古史官之職的重要性恢復到近史官的身上，是要把史職當作人民的喉舌來看待，是將誅伐與建設同時藏寓於褒貶的「微言」之中。〔註26〕這種從古典意識裡透顯出個人的時代意識，正是他實踐其經世致用主張的一貫手法。但從另一個角度來看，如此的迂迴婉轉，曲折其意，又何嘗不是隱藏著在清代文化統治政策

〔註24〕 《莊子‧天下篇》，見郭慶藩《莊子集釋》，華正書局，頁884。
〔註25〕 轉引自李金苓、易蒲合著《漢語修詞學史綱》，吉林教育出版社，1989年5月，頁93。
〔註26〕 見侯外廬近代中國思想學說史》，坊間影本，頁623。

之下，不得不如此的苦衷。在〈春秋決事比自序〉中，他就說：「自珍既治《春秋》，……乃獨好刺取其微者，稍稍迂迴贅詞說者，大迂迴者。」在〈送徐鐵孫序〉一文中，對於誦史鑒，考掌故，以從事史學的研究時，他更說：

> 于是乃放之乎三千年青史氏之言，放之乎八儒、三墨、兵刑、星氣、五行，以及古人不欲明言，不忍卒言，而姑猖狂恢詭以言之之言。

所謂「猖狂恢詭以言之之言」，也即是何休所說的「非常異義可怪之論」的意思。龔自珍的將五經、諸子以及一切人倫品目等，都收攝在史的範圍之內，並援引《公羊》之義以排詆時政，在時人眼中，誠是「異義可怪之論」。但這祇是泛論而已，並未觸及龔自珍創作的內心。所應留意的，是「古人不欲明言，不忍卒言」的難言情懷。其所揭示的，纔是龔自珍以「微言大義」為傳達手段的另一層深層意義。祇是他更變本加厲的，以瑰麗之辭將微辭、婉辭變而為「猖狂恢詭」之辭罷了。如此一來，便更加深了其散文的生僻程度，使後人不得不有「文辭俶詭連犿」的慨嘆。

　　龔自珍以議論為主的政論文已如此，則其以寓言為主要形式的雜文，及「旁出氾湧，更端以言」〔註27〕的記敘文，由於形象性的加強，相對的，其明晰程度也就隨之降低的情況之下，龔文的總體相也就更加顯得「俶詭連犿」了。

　　其次，就敘述內容言。龔自珍對官吏、政客的昏庸、自私的鞭撻，無論是隸屬於中央或地方的，皆可謂不遺餘力，力透紙背。但是，對於權力的最高中心者的批判，則不免有些迂迴，不如對官吏般的明快清晰。在描繪的手法上，他往往「東雲露一鱗，西雲露一爪」〔註28〕，後人必須將有關的單篇綜合著研究，纔能有較清處的認識。如〈古史

〔註27〕《全集・續溪胡戶部文集序》，頁 207。
〔註28〕《全集・自春徂秋，偶有所觸，拉雜書之，漫不詮次，得十五首》之十五，頁 488。

鉤沉論一〉，著重從「一人爲剛，萬夫爲柔」的角度，顯示帝王君主的霸道；如〈明良論四〉，以動輒得咎的官吏的處境，反襯出帝王君主的偏狹與冷酷；又如〈論私〉，在議論「天下有私」的過程中，也輕描淡寫地披露出帝王君主的爲己謀私。

更有甚者，如〈尊隱〉一文，通篇雖採議論的方式進行，卻寫得撲朔迷離，離奇異常，似論說非論說，似寓言又非寓言；而〈京師樂籍說〉一文，分明是抨擊統治者用「苦心奇術」的陰謀，消融士人的良知與抱負，使他們心力俱廢，無暇「論議軍國，臧否政事」，但通篇所敘述的，卻又是在清代早已明令廢止了的官妓制度。這些對於「勇於言行」的龔自珍來說，均不是偶然的，而是他在自覺下的調整。這種調整，則是龔自珍在面對清朝整個嚴苛的文化統治政策以及個人的身世遭遇時，所採取的不得已的選擇。正如在〈壬癸之際胎觀第六〉中所說：「大人之所難言者三：大憂不正言，大患不正言，大恨不正言」，龔文中所透露出的猖狂恢詭的難言情懷，正是他在清朝文字獄的陰影以及個人讒憂交集的身世兩相激擾下形成的。

一、文字獄的陰影

清朝是我國傳統社會裡，在文字獄方面最爲嚴密，也是最爲巧妙的朝代。文人學士因爲一言半語賈禍，而株連親族的，所在多有。在嘉慶以後，君主政體雖一仍其舊；往下苟延殘喘了近百年；不過，因爲內憂外患的紛至沓來，統治效能的急劇下降，朝廷中央縱有意繼續加強文化思想的箝制，無奈捉襟見肘，力不從心，駭人聽聞的文字獄，也就自然偃旗息鼓，逐漸銷聲遁跡了。然而，嘉慶以前諸帝利用文字所羅織構陷的浩劫，卻也給後代留下龐大而深沉的陰影，始終揮之不去。文人學士的下筆，變得小心謹慎多；大部分的人甚至乾脆就醉心考據，鑽研饾飣，汲汲於生計的經營，而無視於社會，在醞釀急劇重大的變化。無怪乎龔自珍在乙酉編年詩〈詠史〉之中，就要情緒激憤，感歎深沉的說：「避席畏聞文字獄，著書都爲稻粱謀」了。

　　儘管龔自珍警覺到文人學士紛紛「避席」的流弊，而他自己也有勇於言行的膽識與勇氣；但是，文字獄所帶來的驚駭以及恐懼之情，既深且遠，在龔自珍所生活的時代裡，仍然餘悸猶存。再者，龔自珍曾經任職於國史館，對於累朝的硃簽以及絲綸簿，以他喜讀百家雜言的習性，必定十分清楚。在辛巳編年詩〈夜直〉中，龔自珍就記錄了他夜裡獨自值班宮廷，升梯取讀累朝硃簽的情形說：「天西涼月下宮門，夕拜人來第一番。蠟燭飽看前輩影，屋梁高侍後賢捫。沉吟草草聽鐘漏，迢遞湖山赴夢魂。安得上言依漢制？詩成侍史佐評論。」句間並自注：「累朝硃簽及絲綸簿，皆胲床頂，須梯而升，皆史官底本也。」何況浙江地區是清朝的人文淵藪，杭州人氏如汪景祺、查良嗣等，都成了文字獄的犧牲者。世祖雍正就曾說：「朕向來謂浙江風俗澆薄，人懷不逞，如汪景祺、查良嗣之流，皆謗訕悖逆。甚至民間氓庶，亦喜造言生事，皆呂留良之遺害也。」〔註29〕政策的陰影、累朝的史實加上地緣的不良記錄，龔自珍即使再勇言奮行，也不可能暴虎憑河，昧於世態，逞性孤行。

　　在辛巳編年詩〈夜讀番禺集，書其尾〉以及〈又書一首〉中，他就以朦朧的文字，運用奇士與幽女的形象，隱約透露出屈大均詩文集的觸忌說：「奇士不可殺，殺之成天神；奇文不可讀，讀之傷天民」，「卷中覯幽女，悄坐憺妝束。豈無紅淚痕，掩面面如玉」。詩題「夜讀」，詩句「奇文」，都強烈投射出作者在文字獄的陰影籠罩下，有不得已的顧忌。在〈江南生橐筆集序〉中，他就乾脆直言：「本朝糾虔士大夫甚密，糾民甚疏，前代矯枉而過其正」，可謂激憤已極！

　　不過，龔自珍身處在瀕於危亡的國家裡，畢竟無法克制自己心中不勝憂危的惶惶情緒，在文字獄的餘悸猶未銷盡之際，他為平「人鬼

〔註29〕轉引自王元化《龔自珍思想筆談》一文，收入《中國近代文學論文集・詩文卷》（1949～1979），中國社會科學出版社，1984年9月，頁220。

之所不平」，仍毅然「舍天下之樂，求天下之不樂」〔註30〕，以最大的限度，運用旁出更端的冷筆手法，直觸君主逆鱗地寫下了〈杭大宗逸事狀〉，暗示上位者的凶狠殘忍。由此可見，龔自珍在創作情志上的堅持與勇氣。

二、讒憂交集的隱痛

根據吳昌綬《定盦先生年譜》道光二年條下所附載的程秉釗語，龔自珍在三十一歲時，曾「有蜚語受讒事」〔註31〕。由於現存資料的不足，其中具體情事已無從查知。惟借由他在本年內所寫的詩文，對於龔自珍在創作情懷上，所以「不欲明言，不忍卒言」的難言之隱，則有不少幫助。

但在正式探討龔自珍「蜚語受讒」的情形之前，此前有些事件須事先作一番交代；這不僅可以幫忙我們瞭解龔自珍的讒憂交集，是「其來有自」，也更可以體會到在當時的處境之下，他仍然勇於言行的可貴。

龔自珍自少年時代起，即有不拘細節、譎語驚眾、縱橫論天下事的習性。在〈己亥雜詩〉第四十九首中，他就曾以「東華飛辯少年時」，形容自己少年時代的意氣風發。不過，他的這種行徑，卻成為師友們憂心他速禍的原因。早在龔自珍二十六歲時，王芑孫在覆信中，就針對〈佇泣亭文〉的鋒芒，憂心忡忡地勸告說：「詩中傷時之語，罵坐之言，涉目皆是」，「口不擇言，動與世忤」，希望他「修身慎言，遠罪寡過」。〔註32〕兩年後，王氏的擔憂，果然不幸言中。龔自珍旁若無人的「狂言」舉止，終於引來當時權貴的疾視與施壓。這些疾視與壓力，在這段時期的詩作裡，都隱約可見。如二十八歲時，〈吳山人文徵、沈書記錫東餞之虎邱〉中的「我有簫心吹不得，落花風裏別江南」、〈行路易〉中的「果然龍蛇蟠我喉舌間，使我說天夷難，說地夷

〔註30〕《全集・壬癸之際胎觀第四》，頁16。
〔註31〕見吳昌綬《定盦先生年譜》，《全集》附錄，頁606。
〔註32〕王芑孫《復龔瑟人書》，轉引自《資料集》，頁7。

難、踉蹌入中門」、〈雜詩，己卯自春徂秋，在京師作，得十有四首〉
之二中的「常州莊四能憐我，勸我狂刪乙丙書」，及十四中的「欲爲
平易近人詩，下筆情深不自持。洗盡狂名消盡想，本無一字是吾師」
等都是。而龔自珍也聽從了友人的規勸，刪掉不少詩文。如王芑孫所
提及的〈佇泣亭文〉，今已佚失；而現存的〈乙丙之際著議〉，從第一
到第二十五，其中亦缺十四篇。

　　但龔自珍的心情，卻也因此陷入極端矛盾的苦痛中，時而意氣
消沉，時而憤慨激切。在二十九歲時的詩中，如〈驛鼓三首〉之三
中的「書來懇款見君賢，我欲收狂漸向禪」、〈又懺心一首〉中的「心
藥心靈總心病，寓言決欲就燈燒」、〈鳴鳴碚碚〉中的「寄言後世艱
難子，白日青天奮臂行」、〈寒夜讀歸佩珊夫人贈詩，有『刪除盡筴閒
詩料，湔洗春衫舊淚痕』之語，憮然和之〉中的「虀蕪徑老春無縫，
薏苡讒成淚有痕」，及〈戒詩五章〉之四中的「屈曲繚戾情，千義聽
吾剖。不到辨才天，安用哆吾口」，就表露了他無奈、矛盾與屈曲的
複雜情緒。而最令他感到詫異的，是當權者對他的注意，竟已到了晝
夜不分的地步。三十歲的編年詩〈束陳碩并甫奐，曰其偕訪歸安姚先
生〉中，就記錄了與友人促膝夜談，忽然有外人闖入，查問二人議論
何事：

> 切切兩不已，喁喁心腑溫。自入國西門，此意何曾宣？客
> 心飴我苦，驅我眞氣還。華冠闖然入，公等何所論？

對於不速之客，龔自珍以「華冠」形容之，其身分爲何，自不待言。
可見龔自珍的「蜚語受讒」，是其來有自的。

　　當權者對於龔自珍的排擠與迫害，終於在道光二年化暗爲明。當
龔自珍任職國史館校對官時，就倍感重重的壓制。〈己亥雜詩〉第二
九四首中的「何況東陽絳灌年，賈生攘臂定禮樂」，就是當時情形的
記錄。而這年的九月二十八日，龔自珍在杭州的老家，又突遭一場莫
名的回祿之災，藏書大半被焚。〔註 33〕待他頂著大風雪從京裏趕回

〔註33〕見吳昌綬《定盦先生年譜》，《全集》附錄，頁 605。

時，卻發現事有蹊蹺，又不便為外人道也。這種難言之隱，終於使其心情再度陷入極端的痛楚之中。在〈致鄧守之書〉中，他就說：

> 兄冒三十三日之冰雪，踉蹌而歸。家嚴、慈幸皆無大恙，家慈受驚不小，兒子等幾乎不救。痛定思痛，言之心骨猶懍。而奇災之後，萬事俱非，或者柳子厚所云黔其廬，赭其垣以示人，是亦祝融回祿之相我耶？此事頗有別情，患難起於家庭，殊不忍言。然外間固有微聞之者，未卜足下曾聞之否也？〔註34〕

孰料「別情」，正是另一場災厄來臨前的預示？

果然未幾之後，權貴們又無恥地散播「流言蜚語」，逼得龔自珍無法自辯。他父親也在此時遭受了降級留任，並奉旨賠修牙署的處分。〔註35〕這一連串無情的打擊，使得龔自珍本無後顧之憂的家庭，從此便也走上下坡的道路。在〈十月廿夜大風，不寐，起而書懷〉中，龔自珍就屈曲悲憤的說：

> 貴人一夕下飛語，絕似風伯驕無垠。平生進退兩顛簸，詰屈內訟知緣因。側身天地本孤絕，矧乃氣悍心肝淳！鼓斜謔浪震四座，即此難免群公瞋。名高謗作勿自例，願以自訟上慰平生親。縱有噫氣自填咽，敢學大塊舒輪囷。

詩中，不僅直接揭發了「貴人一夕下飛語」的蠻橫粗暴，也自審權貴們所以瞋怒，加害於己，是由於自己的嘲諷權貴、抨擊時政所引起的。但是，強加於身上的流言蜚語，卻又叫人無法辨駁，自我澄清。所以，祇好自抑自咽，忍氣吞聲，將滿腔的怨憤與無可奈何勉強抑住，而不敢像大地起風時那樣，盡情的傾吐委屈！這就是龔文所以多「俶詭連犿」、「猖狂恢詭」的原因所在。

但龔自珍的言行，並未因這一次的受讒事件，而收斂多久。他依然不改往昔「謔浪震四座」〔註36〕的習性，依舊令人為他擔憂不已。

〔註34〕《越風》第22、23、24期合刊，署名鐵崖山館藏稿，1963年12月。
〔註35〕同上。
〔註36〕同上。

在〈致龔定庵書〉中，魏源就以略帶責備的口吻說：

> 近聞兄酒席談論，尚有未能擇人者。夫促膝之言，與廣廷
> 異；密友之爭，與酬酢異。苟不擇而施，則於明哲保身之
> 誼，深恐有關。不但德性之疵而已。承吾兄教愛，不啻手
> 足，故率爾諍之。然此事須痛自懲創，不然結習非一日可
> 改，酒狂非醒後所及悔也。〔註37〕

雖則如此，魏源仍是無法體會龔自珍近年來所受的遭遇，在他心中所
引起的衝擊。

　　在〈與江居士箋〉中，龔自珍就明白告訴江鐵君，自己近年來激
憤的情緒。以極不願意輕言歸隱，仍亟思有所作為的打算：

> 別離以來，各自苦辛，榜其居曰積思之門，顏其寢曰寡歡
> 之府，銘其憑曰多憤之木。所可喜者，中夜皎然，於本來
> 此心，知無損已爾。……重到京師又三年，還山之志，非
> 不溫縈寤寐間，然不願汩沒此中，政未易，有山便去，去
> 而復出，則為天下笑矣。顧發語言，簡文字，省中年之心
> 力，外境迭至，如風吹水，萬態皆有，皆成文章，水何容
> 拒之哉？

愈挫愈勇，實在是龔自珍個性的最佳寫照。但其中，仍然掩抑不了心
中「本有難言」的苦楚。

　　可惜龔自珍「與人共為道」的夙願，終究無法得償。一連串的失
意仍然接踵而至。道光九年，龔自珍三十八歲，參加第六次會試，中
式第九十五名。在殿試時雖因效法王安石精神，提出建言，而震動朝
廷一時。但朝考之際，卻又因對於邊政問題直言不諱，閱卷諸公大
驚，乃以「楷法不中程」，不列優等，斷絕了他亟思進入翰林的希望。
〔註38〕道光十八年，龔自珍四十七歲，林則徐奉旨以欽差大臣身分前
往廣東查辦鴉片。行前，龔自珍在〈送欽差大臣侯官林公序〉中，以
「三種決定義，三種旁義，三種答難義，一種歸墟義」鼓舞之，並表

〔註37〕魏源《致龔定庵書》，轉引自《資料集》，頁29。
〔註38〕見吳昌綬《定盦先生年譜》，《全集》附錄，頁618。

達隨同前往的意願。林氏在復札中說：

> 惠贈鴻文，不及報謝，出都後，於輿中紬繹大作，責難陳
> 義之高，非謀識宏遠者不能言，而非關注深切者不肯言
> 也。……至閣下有南游之意，弟非敢沮止旌旗之南，而事
> 勢有難言者。〔註39〕

所謂「事勢有難言者」，實即龔自珍送序中所云：「古奉使之詩曰：『憂
心悄悄，僕夫況瘁。』悄悄者何也？慮嘗試也，慮窺伺也，慮洩言也。
僕夫左右親近之人，皆大敵也」之謂。龔、林二人在此次鴉片案中，
同為非當權的「主戰派」，而當權的「主和派」，如穆彰阿等人，早窺
伺已久，故林氏纔有「事勢有難言者」之語。

　　不料，龔自珍終因此一事件，被迫以父母年邁，叔父龔守正又任
禮部堂上官，的「例當引避」為由，被迫辭官南歸，為他坎坷多蹇的
一生仕途，畫上了句點。〔註40〕從〈與吳虹生書〉之十二中，仍然可
見他即使事隔一年，在心緒上的盪漾，依然波動不已：

> 江春靡靡，所至山川景物，好到一分，則憶君一分，好到
> 十分，則憶君亦到十分。所至恨不與虹生偕，亦不知此生
> 何日獲以江東游覽之樂，當面誇耀於君，博君且羨且妒，
> 一拊掌乃至撅鬚一相詬病。已矣，恐難言之矣。

寫信的時間，是道光二十年的春天。此時，龔自珍被迫出都已近一年，
生活仍在未定之際；所以，信中雖自言能夠徜徉於山川美景之中，並
期盼與老友見面，拊掌傾談。但一句「已矣，恐難言之矣」，卻也將
他一生所壓抑累積的層層哀愁與屈曲，完全透露在情致悱惻的言詞之
外。他個人愈是強作嘲謔之言，則愈發襯托出心情上的悲涼淒切，也
愈顯露出外在的險惡環境，加諸於其身的難言之隱。

　　誠如他自己在〈哀忍之華〉中，所悲吟者：

> 有植焉，在天地間，不能以名，強名之曰忍。是能華而香
> 不外出，氤氳沉沉，以返乎其根。……飄搖猗，悲風颸猗。

〔註39〕林則徐《復龔自珍扎》，轉引自《資料集》，頁 25。
〔註40〕見吳昌綬《定盦先生年譜》，《全集》附錄，頁 622。

> 慘憺猗，陰氣栽猗。淒心魂猗，鬱盤猗。毒霾霾猗，蛇虺
> 所蟠猗。心若猗，不可以傳猗。

以「忍」此一植物，譬況自己「才高動觸時忌」的一生。而在受盡煎
迫之餘，還要強忍著冤曲，不能夠盡情宣洩，實是天地間最莫能以名
的傷痛！而這也正是龔自珍在不能自抑，又不得不忍的相互激盪之
下，終於走上「猖狂恢詭」的原因。事實上，在二十六歲時所作的〈王
仲瞿墓表銘〉中，他早已經借王氏酒杯，澆自己胸中塊壘，暗示其中
原因說：

> 王君少從大喇麻章佳胡圖克圖者游，習其游戲法，時時演
> 之，不意卒以此敗。君既以此獲不白名，中朝士大夫，頗
> 致毒君。禮部試同考官揣某卷似浙王某，必不薦；考官揣
> 某卷似浙王某，必不中式；大挑雖二等不獲上。君亦自問
> 已矣，乃益放縱。每會談，大聲叫呼，如百千鬼神，奇禽
> 怪獸，挾風雨、水火、雷電而下上，座客逡巡引去，其一
> 二留者，僑隱几，君猶手足舞不止。以故大江之南，大河
> 之北，南至閩、粵，北至山海關、熱河，販夫騶卒，皆知
> 王舉人。言王舉人，或齒相擊，如譚龍蛇，說虎豹。

龔自珍與王曇是忘年之交，情誼在師友之間。以氣質相類之故，龔在
下意識裡，又有追隨王氏之意。〔註41〕故龔謂王氏所以「放縱」云云，
實亦自言其所以如此云云。二人皆出於時代的激擾，而於性情上又不
願視若無睹所致。

　　儘管龔自珍有著「不欲言明，不忍卒言」的難處，甚至也採取了
戒詩、燒稿、埋稿、禮佛的舉動〔註42〕，以示懺悔之意。但觀其一生，
由於「酸辣」〔註43〕的文名早已遠播，即令他再如何地閃爍其詞，故
作廋語，終究無法使他脫離被視為動觸時忌的「狂言」形象。何況他
本人亦不甘委身於銷聲匿跡之境。因此，在離京之後的〈與吳虹生書〉

〔註41〕見註 24 所引書信。
〔註42〕見吳昌綬《定盦先生年譜》，《全集》附錄，頁 603。
〔註43〕《全集・因憶兩首》中有「文章酸辣早」句，作者自注：「年十三住
　　　　橫街宅，嚴江宋先生評其文曰：『行間酸辣』」，頁 445。

之十二裡，龔自珍雖也強作歡顏，請吳虹生以「心緒平淡，雖江湖長往，而無所牢騷」諸語，轉告同年好友；但他卻又接著說：「甚不忘京國也」。「心緒平淡」是假，是無可奈何之下的自我消遣；「不忘京國」是真，是確實說出了他仍然心在國家的盛志。所以，在道光二十一年的夏秋間，也即是龔自珍生平的最後一年；當中、英交戰日熾之際，他也纔又會修書予梁章鉅，表達自己有意「即日解館來訪，稍助籌筆」〔註44〕的打算。不意，八月十二日竟壯志未酬，曝死於講學的丹陽書院，終年五十。

參、苴補國史的史家懷抱

龔自珍雖有登上史職，就任史官的宏願，但三十八歲時的朝考，因對邊政的直言無諱，震驚閱卷諸公，遂以「楷法不中程」，不列優等，從此斷絕了他進入翰林院，主國史的機會。

龔自珍雖與史官一職無緣，無法參與國史的修撰工作，盡到「所是者依，所非者去」的振衰起弊之責。但他對於挽救史統於替夷之意既堅，有「願為其人」的擔負勇氣；對於司馬遷的「藏之名山，傳之其中，副在京師」，更有起而效之的強烈願望。在〈尊史三〉中，他就說：「後之人必有如京師以觀吾書者焉，則太史公之志也」。顯然，他是要以私人著述的途徑，迂迴復興史統，實現振衰起弊的使命。在〈張南山國朝詩徵序〉中，就可見出他的這種打算。他說：

> 網取所無恩，恩殺，至所恩之人而臚之，高下之，名曰作史；網取其人之詩而臚之，或留或削，名曰選詩。皆天下文獻之宗之所有事也。……若人殆樂網取其人而臚之，而高下之歟？殆非徒樂網取其詩也歟？然則若人號稱選詩也何故？曰：是職不得作史，隱之乎選詩，又兼通乎選詩者也。

所謂「是職不得作史，隱之乎選詩，又兼通乎選詩」，正是這個意思。在〈乙丙之際著議第十七〉中，他也說：「詩人之指，有瞽獻曲之義，

本群史之支流。」認為詩和史有源流的關係，兩者的功用，都在對於社會歷史作出評斷。所以，作詩的目的，也便和作史一樣。這其中當然牽涉到他借《公羊》學說，將史的範圍擴及到一切，但其歸趣，也同樣還是在於恢復史統，使史職為人民喉舌。

　　但如何實現此一迂迴的策略呢？在〈尊史〉中，他就說：「史之尊，非其職語言，司謗譽之謂，尊其心也」，「心尊，則其官尊矣，心尊，則其言尊矣。官尊言尊，則其人亦尊矣。」先解除了傳統對於史官過於偏狹拘圉的看法，再提出史官地位的得以復興之道，乃在於「尊其心」。而「心如何而尊？」則在於「善入」與「善出」。對於天下山川形勢，人心風氣，土所宜，姓所貴及一切人倫品目，如禮、兵、政、獄、掌故、文體、人賢否等，都能「眒睞而指點」，無垣外之見。如此一來，龔自珍之所以積極從事甄綜人物，搜輯文獻的工作，其深層意義也便可知了。在〈國朝春曹提名記序〉中，他說：「掌故不備，則無以儲後史，無以儲後史，則太平不文致，重負斯時。」即是此一用意。

　　在〈送徐鐵孫序〉中，談到詩的極境問題，他則認為：

> 放之乎三千年青史氏之言，放之乎八儒、三墨、兵、星氣、五行、以及古人不欲明言，不忍卒言，而姑猖狂恢詭以言之之言，乃亦摭證之以並世見聞，當代故實，官牘地志，計簿客籍之言，合而以昌其詩，而詩之境乃極。

選詩、作詩與作史之旨，其間既可相通，則詩如何而尊，其實也即「心如何而尊」的問題，這便是〈尊史〉的翻版。而所謂「放之乎三千年青史氏之言」云云，也即是出入於「天下山川形勢」云云。不僅又印證了前面所論史與詩之間的關係，更說明龔自珍對於甄綜人物，蒐輯掌故的重要意義的高度自覺。

　　而龔自珍一生也確實篤實踐履著這項工作。江沅等友人勸他寫定經典的異文，他便以「方讀百家，好雜家之言，未暇也」以及「事天地東西南北之學，未暇也」為由婉拒了。對於「自古及今，法無不

改，勢無不積，事例無不變遷，風氣無不移易」的定律，他在〈上大學士書〉中，也回憶說是「少讀歷代史書與國朝掌故」歸納而得。對於魏源的「習考訂」一事，他也同樣標榜學問的步驟，應是「綜百氏之所譚」，而「知其義例」，加以規勸之。

即如目錄、校讎、古器物和石刻之學，他也不敢稍存偏廢之心。在〈上海李氏藏書志序〉中，他就認爲目錄之學，始於劉向，其後一分爲三，而有朝廷官簿、私家著錄與史家著錄三類；三者體例雖有異，實相資爲用，不能偏廢。對於古器物上的銘文，他也主張用作爲補充史學的研究資料，在〈漢器文錄序〉中並認爲「非兼通倉頡以來眾體，不得爲史。」在石刻方面，如碑刻、古印等，他也莫不以「史之大支」、「史之別子」及「亦補古史」，可以「思古人之深情」〔註45〕視之。

當他在晚年被迫辭官離京南下，重遊揚州之際，對於盛況不再，已露初秋蕭瑟氣象的城景，在〈己亥六月重過揚州記〉中，他也不忘惕勵自己，以甄綜人物，蒐輯文獻的工作自任：

> 嘉慶末，嘗於此和友人宋翔鳳側豔詩，聞宋君病，存亡弗可知，又問其所謂賦詩者，不可見，引爲恨。臥而思之，余齒垂五十矣，今昔之慨，自然之運，古之美人名士富貴壽考者幾人哉？此豈關揚州之盛衰，而獨置感慨於江介也哉？抑予賦側豔則老矣；甄綜人物，蒐輯文獻，仍以自任，固未老也。

以揚州的盛況不再，喻整個清朝世運的衰微，從而自勵從事甄綜人物，蒐輯文獻的工作，以儲後史之用。這種悽惶的心情，完全是他在〈古史鉤沉論二〉中所說：「如有一介故老，攘臂河洛，憫周之將亡也，與典籍之將失守也，搜三十王之右史，捨不傳之名氏，補詩書之隙罅，逸於後之剔鐘彝以其求之者」的體現。衹是時空轉易，周朝的河洛換成清代的揚州城罷了。

〔註45〕《全集・説印》，頁266。

　　所以，在別人譏誚他晚年已「非復有網羅文獻、搜輯人才之盛心」時，在〈己亥雜詩〉一零二首中，他便答覆說：

> 網羅文獻吾倦矣，選色談空結習存。江淮狂生知我者，綠
> 箋百字銘其言。

身世遭遇的依然困厄，加上平日穿梭於「宗室、貴人、名士、緇流、偷儈、博徒」〔註46〕之間，借以排遣空虛的心靈，時間、心力自然花費不少，大有力不從心之感。所以，造成自己在「網羅文獻」的壯志，與「選色談空」的「結習」之間徬徨游移。說他「網羅文獻」的盛心已不復存在，他顯然有些不服氣；但身世困厄所帶來的失意空虛，以及爲排遣空虛而染上的「結習」，又令他使不上力來。心情上的複雜與矛盾，可想而知。

　　龔自珍的一生，雖在「網羅文獻」的盛心，與「選色談空」的結習之間，徬徨游移；但他確實留下了不可忽視的創作成果，提供後史補隙之用。他的記人之作，如〈敘嘉定七生〉、〈書番禺許君〉、〈記王隱君〉、〈吳之矓〉、〈書果勇侯入覲〉、〈潘阿細碣〉、〈王仲瞿墓表銘〉、〈杭大宗逸事狀〉、〈書葉機〉、〈顧學士像題辭〉及〈書金伶〉等，是他在網羅文獻之際，屬於方志譜牒之學的體現。而他的記遊之作，如〈說京師翠微山〉、〈說昌平州〉、〈說天壽山〉、〈己亥六月重過揚州記〉、〈說京北可居狀〉、〈說居庸關〉以及〈說張家口〉等，則是屬於「天地東南西北之學」的體現。這些記敘文章，往往寄寓了他個人眒眜指點的「史意」。

一、方志譜牒之學的體現

　　章學誠曾經指出，方志是一方之史，族譜是一家一族的史，年譜是一人之史，三者都可資國史取材之用。〔註47〕由此可見，譜牒對於國史的重要意義。龔自珍既有志於苴補國史，則其對譜牒之重視，亦屬必然。在〈壬癸之際胎觀第二〉中，他就說：「民我性能類，故以

〔註46〕見魏季子《羽岑山民逸事》，轉引自《資料集》，頁110。
〔註47〕見章學誠《文史通義‧方志立三書議》，仰哲出版社，頁571。

書書其所生。又書所生之生，是之謂姓，是譜牒世系之始。」在〈農宗〉中，他也強調：「言必稱祖宗，學必世譜牒。」因此，在〈古史鉤沉論二〉中，論及周之東，史各有功罪之際，他便說：

> 吾韙彼奠世繫者，能奠能守，有曆譜牒，有世本，竹帛咸舊，是故仲尼之徒，亦著《帝繫姓》，後千餘歲，江介之都，夸足之甚，史之小功。

在〈阮尙書年譜第一序〉中，他也因而更加肯定年譜的意義：

> 汴宋而降，多祝史之壽言；晚唐子弟，訂父兄之年譜。二者孰華孰質？孰古孰今？孰可傳信？龔自珍曰：年譜哉。

但是，譜系在傳統社會裡，並非人人皆有。如龔自珍在〈京師悅生堂刻石〉一文中就說：「古之有姓氏，有譜系者，必公卿大夫之族，盡黃炎之裔，……若夫草莽市井之化，叢叢而蝨蝨，不出於炎黃，其先未嘗得姓受氏之榮也。」何況，依例非居史官之職者，不宜爲人立傳。顧炎武在《日知錄》中就說：「列傳之名，始於太史公，蓋史體也。不當作史之職，無爲人立傳者，故有碑，有誌，有狀，而無傳。……自宋以後，乃有爲人立傳者，侵史官之職矣。」〔註48〕市井小民既無福受姓氏，傳譜牒，而龔自珍又非史官，不宜爲人立「傳」。因此，乃有方志、年譜、碑銘及墓誌銘等之作。職是之故，在〈懷寧王氏族譜序〉中，龔自珍便認爲家譜是「史表之遺也，廣而爲家乘，則史傳之遺也。二術立，則譜乘舉矣。」這又足以說明前所論，龔自珍是以方志譜牒的非官方著述，作爲迂迴實踐史職的計劃。

根據吳昌綬《定盦先生年譜》的記載，龔自珍自少年時代起，即有參與甄綜人物，搜輯文獻的實務經驗。在二十三歲時，他便已隨從其父親議修《徽州府志》。舉凡甄綜人物、搜輯掌故之役，龔自珍恆承父命擔任之。而他自己也認爲府志爲省志底本，可以儲他日撰史之用。因而認爲立傳宜繁不宜簡，冀以表章忠清文學幽貞烈之士女。在〈與徽州府志局纂修諸子書〉中，他就說：

〔註48〕顧炎武《日知錄》卷十九，文史哲出版社。

　　府志非史也，尚不得比省志。今法，國史取大清一統志，一統志取省志，省志取府志，府志特爲底本，以儲他日之史。君子卑遜之道，直而勿有之義，宜繁不宜簡。設等而下之，作縣志必應更繁於是，乃中律令，何疑也？蒙知二三君子，必不忍重剪埋忠情文學幽貞郁烈之士女，以自試其文章，而特恐有不學苟夫，爲不仁之言，以刺侍者之耳，徽人亦懼矣。明寧陵呂氏嘗曰：「史在天地間，如形之影。」人皆思其高曾也，皆願睹其景。至於文儒之士，其思書契已降之古人，盡若已矣。是故良史毋吝爲博，多以貽之，以饜足之。

文末並勉勵同儕說：「二三君子，他日掌翰林，主國史，走猶思朝上狀，夕上狀。自上國文籍，至於九州四荒，深海穹峪，棘臣蠻妾，皆代爲搜輯而後已，而不忍以簡之說盡，今事無足疑也。」

　　在〈徽州府志氏族表序〉中，他回憶起從前在徽州的生活經歷時，也說：「曩昔家大人知徽，日命自珍任徵討文獻之役。徽之大姓，則固甲天下，粲然散著，靡有專紀，是故削竹而爲之表。」此外，在〈邵子顯校刊婁東雜著序〉中，他也說：「國家以蘇州、松江、太倉州爲一道，睿皇帝朝，命大人分巡之，自珍實侍任。凡關甄綜人物，搜輯掌故之役，大人未嘗不以使自珍焉。」足見龔自珍「網羅文獻」的經驗，自少年時代起，便已十分豐富。

　　龔自珍既期以私人所撰述的年譜、碑銘、誌狀等，迂迴完成補國史、「副在京師」的盛心，而他又有甄綜人物，搜輯掌故的實務經驗，然則，他之有記人的傳體之作面世，也就再自然不過了。如爲阮元寫的年譜，爲王引之、莊存與等寫的碑銘，以及〈潘阿細碣〉、〈杭大宗逸事狀〉、〈記王隱君〉、〈吳之矍〉、〈書葉機〉、〈書金伶〉、〈書番禺許君〉等，雖有作史傳，行史職之實，卻無侵史官之名，又爲後世提供了研究學術史與當時社會情況的資料。既有補國史的作用，亦實踐了「副在京師」的盛心。

二、天地東西南北之學的體現

龔自珍爲了「尊史」所立下的甄綜人物，搜輯掌故的盛心，不僅是他創作傳記的原始驅動力，也是其遊記之所由生。

在〈尊史〉一文中，龔自珍首列天下山川形勢，人心風氣皆知之，爲「尊史」的重要工作之一。此一標舉，雖揭示了他個人注目於地理形勢的重要意義，但係偏重在主體情志的因素，仍未足以見其所以然的全貌。就龔自珍所以重視當代地理形勢的外在因素而論，前人如顧炎武、顧祖禹等以「輿地之學」爲經世致用的傳統，是影響之一〔註49〕；而嘉、道年間，邊患瀕仍，從東南沿海、東北地區以至西北邊疆地帶，列強諸國如英、法、俄等的不斷伺機進行擴張行動者，更是以活生生的實例，喚醒當時有識之士對「輿地之學」的重視。所以，龔自珍的特別留意於當時東南沿海，以及西北兩塞外部落的世系風俗及山川形勢的源流合分，基本上是在上述的主客觀因素的相互激盪之下形成的。

早在二十四歲時所撰述的〈黃山銘〉中，龔自珍便已自述其幼志說：「予幼有志，欲遍覽皇朝輿地，銘頌其名山大川。甲乙間，滯淫古歙州，乃銘黃山；我浮江南，乃禮黃嶽」。幼年即有志於綜覽天下山川景物，應純是個人主體情志的嚮往之意的油然而生，佔絕大部分的因素。嘉慶二十五年，新疆喀什葛爾地區發生叛亂。龔自珍二十九歲，時以舉人任職內閣中書，乃針對當時動亂的事實，撰寫〈西域置行省議〉。他說：

> 今聖朝既全有東、南二海，又控制蒙古喀爾喀部落，于北不可謂隘。高宗皇帝……承祖宗之兵力，兼用東南北之眾，開拓西邊，……然而用帑數千萬，不可謂費；然而積兩朝西顧之焦勞，軍書百尺，不可謂勞；八旗子弟，綠旗疏賤，感遇而捐驅，不可謂折。

從讚揚清高宗重視邊防的睿智，進而認爲「有天下之道，則貴乎因之

〔註49〕見朱傑勤《龔定盦研究》，臺灣商務印書館，1972 年 3 月臺二版，頁114。

而已矣」，建議改置新疆爲行省，遷徙「內地無產之民」爲屯墾先鋒，並加強西北邊防的鞏固，以防止列強的侵略。如此一來，雖「所費極厚，所建極繁，所更張極大，所收之效在二十年以後，利且萬倍。……國運盛益盛，國基固益固，民生風俗厚益厚，官事辦益辦，必由是也，無其次也，」〔註50〕惜未被採納。

　　道光元年，龔自珍三十歲，時任國史館重修《清一統志》的校對官。曾撰〈上國史館總裁提調總纂書〉，自述「於西北兩塞外部落，世系風俗形勢原流合分，曾少役心力，不敢自秘，願以供纂修協修之采納。」以訂《清一統志》的疏漏。在同年所撰的〈上鎮守吐魯番領隊大臣寶公書〉中，鑒於吐魯蕃地理位置的重要性，他則建議所司說：

> 吐魯番爲南路建首地，一王歸然，有僕三千戶，皆以吐魯番爲望。……故吐魯番安，而四大城皆安；四大城安，而天山南路舉安；天山南路安，而非回之天山北路安；天山北路安，而安西南路北路舉安。伊犁將軍無內顧之憂，蘭州總都無外顧之憂。

主張「耕者毋出屯以墾，牧者毋越圈而刈，上毋虐下，下毋藐上，防亂于極微，積福于形」〔註51〕。從位居要塞的地理形勢與部落的風俗立論，可謂切中要窾，觀察入微。

　　事實上，在此之前，程同文修《會典》時，龔自珍曾參與「理藩院」一門及青海、西藏各圖撰繪的工作。由於精工絕詣，又屬新學，遂與程氏齊名，人稱程龔。〔註52〕可見嘉、道之交的這一時期，由於邊隙時起，加上同好的相互砥礪，龔自珍從早年對山川形勢既有的嚮往之意，便也落實在面對當代局勢的經世之上。此即是他正式從事所謂「天地東西南北之學」的開始。

　　而龔自珍所謂的「天地東西南北之學」，實際上，與他一生志在

〔註50〕　同上。
〔註51〕　同上。
〔註52〕　見陳元祿《羽埁逸事》，轉引自《資料集》，頁56。

甄綜人物，搜輯文獻的盛心，也仍是一脈相承的。換言之，前者是後者的具體呈現。在〈阮尚書年譜第一序〉中，他就稱許阮元說：

> 公又謂讀史之要，水地實難，宦轍所過，圖經在手。以地勢遷者，班志、李圖不相襲，以目驗獲者，桑經、酈注不盡從。是以咽喉控制，閉門可以談兵，脈絡毗連，陸地可使則壞，坐見千里，衽接遠古，是公之史學。

阮元對歷史地理的重視，龔自珍是深表同意的。因此，在〈擬進上蒙古圖志表文〉中，他也就起而效之，鉤稽補綴，以爲裨益國史之用。他說：

> 有一臣於此，遭遇隆代，明聰特達，能通文學，能見官書，能考官書，能見檔冊，能考檔冊，能鉤稽補綴，能遠遊，能度形勢，能通語言文字，能訪問，能強記，能思慮，能屬詞比事，信或有之，其福甚大，求之先士，無有倫比者也。臣珍疇昧，乃非其倫，……遂敢伸管削簡，鰓理其跡，閣鞈其文，作爲《蒙古圖志》……私家著述，所得疏漏，不敢仰與官修各件絜短長於萬一。

在〈蒙古字類表序〉中，他則說：「蒙古之字曷可不勒成一書，以備外史？」此外，如〈己亥雜詩〉第四十九首作者自注中的「在國史館日，上書總裁論西北塞外部落原流山川形勢，訂一統志之疏漏，初五千言，或曰非所職也，乃上二千言。」〈上國史館總裁提調總纂書〉中的「自珍與校對之役，職校讎耳。書之詳略得失，非所聞，亦非所職。雖然，竊觀古今之列言者矣，有士言於大夫，後進言於先進之言，有僚屬言於長官之言。僚屬言於長官，則自珍職校讎而陳續修事宜，言之爲僭、爲召毀，士言於大夫也，後進言於先進也，則雖其言之舛，先進固猶辱誨之。」以及〈上鎮守吐魯番領隊大臣寶公書〉中的「珍受恩最深，受恩最早，故敢越分而多言」，都可看出龔自珍在「非所職」的情形下，仍然壓抑不住甄綜人物，搜輯掌故的盛心，欲以「越分」的私人著述，苴補國史，完成「副在京師」的宏願。

根據魏季子〈羽岑山民逸事〉中的記載，龔自珍對於他所謂的

「天地東西南北之學」，是頗為得意的。魏氏說：

> 定公己丑四月二十八日應廷試，交卷最早，出場，人詢之。
> 定公舉大略以對。友慶曰：「君定大魁天下。」定公以鼻嗤
> 曰：「看伊家國運如何？」蓋文內皆繫實，對於西北屯政綦
> 詳也。〔註53〕

魏源在〈定盦文錄序〉中，也說龔自珍「於史長西北輿地」，其書「以
朝掌國故、世情民隱為質幹」。

因此，龔自珍的記遊之作，也繼承了「繫實」的作風，往往在加
強了形象性背後，蘊含著「天地東西南北之學」的旨趣。這些文章，
不僅描繪了山川名城及邊塞風光之美，可見當時的社會情況；而且如
〈說居庸關〉、〈說張家口〉等文，都著重於山川險易以及用兵攻守等
問題的論述，而〈論京北可居狀〉一文，更提出了加強京北的發展，
有利於富國強兵的主張。

綜合上述，龔自珍的記人與記遊之作，其用意雖在於彰揚「忠情
文學幽貞郁烈之士女」，鈎輯天下山川形勢、人心風氣，以儲備他日
國史之用；但其最終旨趣，則在對於人心，能夠起潛移默化之效，對
於世情，有見微知著之功。換言之，龔自珍的記敘之作，其實也即是
他為了體現「經世致用」之學的另一種表達方式。是在客觀的記錄中，
寄寓個人主觀意識之作。在〈國朝春曹題名記序〉中，他就說：

> 昔之君子，佐祖宗定禮，先朝為著作之臣。巨者，言行在
> 國史，細者，簿領之事，或繫或殺，役其心目，契之事例，
> 一名一數，俾今日便法守。今日苟燖之熱，求之有部居，
> 奉行不失尺寸，則不忝禮臣矣。何人之賜哉？京曹重風氣，
> 風氣小者，或視時遷移，或視乎其人。至於大綱大禮，先
> 臣之遺美，今以為楷，百年中無以禮曹為口實者，使諸君
> 子得以不卑不亢，陳誠秉藹乎其間，又何人之賜哉？飲水
> 者思其源；思其人，猶愛其樹。矧奉其著作，蹈其言行，
> 而非埋沒其名氏於簿領塵積也乎？

在〈四先生功令文序〉中，他也說：

> 其為人也惇博而愈夷，其文從容而清明，使枯臞之士，習
> 之而知體裁，望之而有不敢易視先達之志。盛世之盛，唐
> 之開元、元和，宋之慶曆、元祐，明之成化、弘治，尚近
> 世之哉！其人多深沉惻悱，其文叫嘯自恣，芳逸以為宗，
> 則陵遲之徵已。……自珍嘗之五都之廛，市諸物，見有內
> 外完好不呰窳者，必五十歲前物，曷嘗不想見時運之康阜，
> 民生之閒暇，雖形下之器，與夫尊道藝者等。又況學士大
> 夫，生賜書之家，而澤躬於爾雅之林者歟？

在〈江左小辨序〉中，他也認為欲求有本之學，應世之方則非讀史習掌故不可。不僅有功藝林並可為轉移風氣之助。他說：「小小異同，小小源流，動成掌故，使倥傯拮据，朝野騷然之世，聞其逸事而慕之，攬其片楮而芳香惻悱」。從不使先人的美言懿行，埋沒塵封在簿領之中，隨著時間的流逝而遭人遺忘，到觀察人的性情、文筆的風格以及經濟物資的完好窳劣，作為判斷時代盛衰的徵兆。這就是龔自珍甄綜人物，搜輯掌故的最終目的。

肆、觀縷生平的自註心情

由於對象有異，所用殊途，龔自珍的書信與序跋，往往不像他的政論文、雜文與記敘文之作，在文化箝制政策的陰影及讒憂交集的身世相互激擾下，藉著虛擬隨宜的傳達手段，或迴避或朦朧地，揹負起經世濟時以及諷時刺世的大義微旨。這些書信與序跋，因性質私密，往往成為他個人剖開胸膛，同至親好友們敘離悰、抒積悃，以及指陳時政、抗論世局的地方。其方式是「信腕直書」的，具有著率情盡言的特點，予人的印象是真摯而自然的，值得後人加以重視。

一、身世的自註

龔自珍的書信，收入《全集》的，祇有三十餘封，連同近年來陸續發現到的佚文，亦不過六十篇左右〔註54〕。這些書信，由於多是與

〔註54〕按孫文光《龔自珍集外文錄》即收有十九封《全集》所未收書信，

親朋好友的通信，因此，造成其他文體所以辭句閃爍的因素，既已無庸顧忌，則作者自然較能從容下筆，率性而言。從龔自珍的書信中，不僅可以直接窺見他坦露的胸懷，也可藉以明瞭其生平的諸種具體事實。魯迅在〈孔另境編《當代文人尺牘鈔》序〉中，論及作家的書信時，曾說：

> 作家的日記或尺牘上，往往能得到比看他的作品更其明晰
> 的意見，也就是他自己的簡潔的注釋。〔註55〕

這用在龔自珍的身上，是適合的。

龔自珍的這些短札，多以抒情為主，可以窺見其個人一生憂生及憂世的諸種心情。如〈致鄧守之書〉二封，分別寫杭州舊家突遭回祿之災，以及其父受降級留任處分，並奉旨賠修牙署諸事，正可以和吳昌綬《定盦先生年譜》道光二年條下所繫的「蜚語受讒」一事，相互補證。茲舉其一，以略見作者自述生平的心情：

> 天寒歲暮，足下旅居，何以為懷，未卜年內能應試事否？
> 兄冒三十三日之冰雪，踉蹌而歸。家嚴、慈幸皆無大恙，
> 家慈受驚不小，兒子等幾乎不救。痛定思痛，言之心骨猶
> 慄。而奇災之後，萬事俱非，或者柳子厚所云黔其廬，赭
> 其垣以示人，是亦祝融回祿之相我耶？此事頗有別情，患
> 難起於家庭，殊不忍言。然外間固有微聞之者，未卜足下
> 曾聞之否也？

而道光三年的〈與江居士箋〉，更可以看出龔自珍在「蜚語受讒」之後，心情在憂生的激憤，與不言歸隱的憂世之間徘徊的抉擇：

> 別離以來，各自苦辛，榜其居曰積思之門，顏其寢曰寡歡
> 之府，銘其憑曰多憤之木。所可喜者，中夜皎然，於本來
> 此心，知無損已爾。……重到京師又三年，還山之志，非
> 不溫縈寤寐間，然不願汩沒此中，政未易，有山便去，去

連此前發現者，約在六十封左右。孫文見《安徽師大學報》（哲學社會科學版）1982 年第 2 期。

〔註55〕《魯迅全集》第五卷，人民文學出版社，1989 年第四次印刷，頁 4。

而復出，則為天下笑矣。顧發語言，簡文字，省中年之心
力，外境迭至，如風吹水，萬態皆有，皆成文章，水何容
拒之哉？

至於十二封的〈與吳虹生書〉，更是歷歷如繪的陳述龔自珍個人
磊落傲岸、憔悴窮愁以及深情惻悱的思想性格。如之二的：

弟事尚無準駁明文，而有一書辦來求見，弟不屑見之，該
吏留一札而去，大指欲挑斥呈中詞，與例文稍有未符之處。
謂家大人現既不就養京師，即係不符，且勸弟撒謊，謂家
大人業已來京，即可邀準。弟寧化異物做同知，而斷不願
撒此謊也。只合瞑目，聽其自然，聽諸一定之數，使夢寐
中無愧怍，不肯欺親又欺君，又欺子孫耳。

以直率的語氣，表達自己既絕決又複雜的情緒，龔自珍磊落不阿的胸
懷，及其傲岸不羈的個性，也毫無保留的展露出來。

又之十二的：

弟去年出都日，忽破詩戒，每作詩一首，以逆旅雞毛筆書
於帳簿紙，投一破簏中；往返九千里，至蠟月二十六日抵
海西別墅，發簏數之，得紙團三百十五首也。中有留別京
國之詩，有關津乞食之詩，有憶虹生之詩，有過袁浦紀奇
遇之詩，刻無抄胥，然必欲抄一全分寄君讀之，則別來十
閱月之心跡，乃至一坐臥、一飲食，歷歷如繪。……江春
靡靡，所至山川景物，好到一分，則憶君一分，好到十分，
則憶君亦到十分。所至恨不與虹生偕，亦不知此生何日獲
以江東游覽之樂，當面誇耀於君，博君且羨且妒，一拊掌
乃至掀髯一相詬病。已矣，恐難言之矣。……星房、星垣
兩同年可常常見？見時說定盦心緒平淡，雖江湖長住，而
無所牢騷，甚不忘京國也。

寫信的時間是道光二十年的春天。是時，龔自珍出都已近一年，生活
仍在漂泊未定之際。信中，以真切的言辭，娓娓陳述自己一路南下的
見聞，並述及對至友的懷念之苦，可謂情深意切。但是，「已矣，恐
難言之矣」一句，卻筆鋒突轉，將無限的愁悵盡寄於無言之中。讓心

情的悲切淒涼，毫無壓抑卻又不願說明的完全流露。

二、文心的自註

所謂「文心」，即指劉勰所說：「爲文之用心」。龔自珍的序跋，在性質上，也與書信一樣，有著「自註」的作用。祇是，後者所透露的，多是他個人憂生憂世的情緒，而前者，即使是應他人所託而作，也仍然多在闡發自己爲文的用心。可喜的是，龔自珍往往將學術性與文學性融而爲一體，無論是源流的考訂、或是情志的揭露，往往立論深刻，形象鮮明，既可供後世研究作者思想與全書面貌的依據，又不失爲情采斐然的散文小品。

如〈長短言自序〉一文，自述其創作長短言之所以然；對於情之爲物，雖嘗有意儲之，唯「鋤之不能，而反宥之；宥之不已，而反尊之」，乃至於「有沉淪陷溺之患」。這篇自序，可以跟〈宥情〉及〈袁通長短言序〉二文合觀。對瞭解龔自珍對「情」的啓蒙以及詞體的創作的反省，是最有作用的資料。

如〈張南山國朝詩徵序〉中所謂：「是職不得作史，隱之乎選詩，有兼通乎選詩者也」，論述詩與史的分合；可以和〈送徐鐵孫序〉文合觀，對瞭解龔自珍所以主張「詩成侍史佐評論」的理論基礎，有很大的幫助。

又如〈書湯海秋詩集後〉中的「人外無詩，詩外無人，其面目也完」，及〈識某大令集尾〉中的「文章雖小道，達可矣，立其誠可矣」，是瞭解龔自珍處理主、客體相互交融的問題時的重要文獻。而這一問題，又與前面的〈長短言自序〉及〈宥情〉兩篇文章，有其內在的關連性存在。一以貫之的結果，是整體瞭解龔自珍的文學思想時不可或缺的資料。

以上所略引的幾篇序跋中的文學概念，是龔自珍自述「尊史」與「尊情」的文學思想的重要範疇。其詳細內容，因論文結構的緣故，請參見龔自珍文學思想的兩大範疇一章，茲不贅述。

第二節　文本形態的研究

　　所謂形態，是指事物的外觀形式和表現狀態而言。以文本爲例，前者主要是指語言的作風而言，這包括了它的修辭手法。而後者，則是指運動狀態而言，這包括了它的情感基調和傳達特徵。至於文本的整體美的呈現，亦即是文本的美學風格，則是指它的氣質格調而言。但其性質雖是客觀形態的總體呈現，卻又與作者的主觀關係，尤爲密切。換言之，情感基調、傳達特徵、語言作風與氣質格調四者之間的關係，是相互交叉、融合的。對於龔文的形態研究，本節基本上即從以上所列的幾個角度著手論述起，以便對龔文有進一步的瞭解。

壹、恓惶悲憤的情感基調

　　文本的呈現，雖是集合造形、聲音與情感三者而成；但是，其中又以情感最爲重要。前二者的目的，乃在於使情感表現得更美，更容易爲人所掌握罷了。劉勰《文心雕龍·情采》中就說：「文采所以飾言，而辯麗本於情性。故情者，文之經，辭者，理之緯；經正而後緯成，理定而後辭暢，此立文之本源也。」魯迅《漢文學史綱》中也說：「意美以感心，一也；音美以感耳，二也；形美以感目，三也。」〔註56〕無論是以經緯或感官爲喻，無不在說明情感是文本的最主要元素。所以，若說文本的本質是情感，大體上是可以成立的。這就是爲何本節討論龔文的形態時，首要論述其情感基調的原因所在。

　　情感是個人主體情志對客觀事物的態度的體驗。就態度而言，它可以是肯定或否定的，也可以是游移於兩者之間的。其態度雖取決於主體情志，卻又受到社會群體的制約與影響。故不同的態度，便也確定了不同的情感性質。就體驗而言，情感雖是理性與感知二者相互交融下的產物，但體驗的不同，也便決定了情感的具體形態的不同。因此，依態度與體驗的不同，情感也便有了偏重感知的生理性情感，和

〔註56〕　《魯迅全集·漢文學史綱》，人民文學出版社，1989 年北京第四次印
　　　　刷，頁 344。

偏重理性的社會性情感之分。在我國，前者往往是道家所堅持的；而後者，則多為儒家所強調。〔註 57〕

　　偏重感知的生理性情感與偏重理性的社會性情感，其實也即是歷來論者所爭論不休的「緣情」與「言志」二說。若依王國維的分法，前者是「憂生」的情感，而後者則是「憂世」的情感。〔註 58〕憂生所引發的，多為作者對個人命運的關注；而憂世則多是對社會群體的關注，其中往往積澱著深廣的社會內容，是作者積極的入世觀、強烈的社會責任感以及濃厚的道德情操的體現。不過，在優秀的文本裡，憂世與憂生的情感，雖或有主從之分，卻不是截然劃分的。對時代苦難的憂傷裡，是有可能仍然瀰漫著對個人生命的惆悵的。反之，亦然。

　　龔文在情感基調上所呈現的形態，基本上是偏重於「憂世」的情感性質的。政論文是如此，寓言雜文、記敘文是如此，書信與序跋的抒情小品中，除一部分的書信外，也還是如此。所以如此，其因素固與文體的性質有關，但龔自珍個人主體意識的決定，更是主要的關鍵。

　　由於龔自珍對於「文體分工」的主張，基本上是持肯定的態度。〔註 59〕因此，文體與情感形態之間的關係，在此也就不得不稍作論述。「文體分工」說，即是文體的「本色」問題。文體之有「本色」，並非是先驗的，而是作家實踐其社會活動的結果。文體的「本色」既是實踐社會活動的結果，其中也就必然受到文化環境、語言發展與作者主體情志等因素的制約。這種制約，尤以詞體最為明顯。

〔註 57〕 覃召文《中國詩歌美學概論》，花城出版社，1990 年 2 月第一版，頁149。

〔註 58〕 王國維《人間詞話》二十五：「『我瞻四方，蹙蹙靡所騁。』詩人之憂生也。『昨夜西風凋碧樹，獨上高樓，望盡天涯路』似之。『終日馳車走，不見所問津。』詩人之憂世也。『百草千花寒食路，香車繫在誰家樹』似之。」頁 14，漢京文化事業有限公司，1980 年 9 月。

〔註 59〕 《全集・己亥雜詩》第二一四首：「男兒解讀韓愈詩，女兒好讀姜夔詞」，以男女有別對舉即是，頁 529。

　　不過，「文體分工」說也往往因為思潮的轉變，歷史環境的調整以及作家對文體的自覺等因素的影響，而遭到挑戰。如〈詩序〉中所強調的「詩言志」，在儒家思想的主導下，將文學創作的情感制約在偏重理性的社會性情感上。待道家思想席捲六朝，搖醒文人對個體的自覺，遂又有陸機提出「緣情」說，與「言志說」相對抗。此後，文學的情感形態，便也隨之傾向於感知的生理性情感的提倡，而其語言的運用，也因此更加的藝術化，終而有「宮體詩」的流弊產生。我國傳統社會裡，對於文學的情感形態的討論，基本上便是在「言志」與「緣情」兩者之間，各據山頭，僵持不下。

　　有趣的是，「文體分工」說受到挑戰的結果，往往出現一個值得注意的現象。以詩體為例，唐宋古文運動的提倡，使得「言志」說居上風，具有功利性、思想性傾向的社會情感，成為文學創作的情感形態的趨勢，作家遂紛紛「以文為詩」、「以議論為詩」，從事創作。再以詞體為例，時代環境的改變，喚醒文人對文體改革的自覺。蘇、辛等人為了加重了詞境的份量，也同樣採取了「以詩為詞」、「以文為詞」的途徑，向詞的「本色」挑戰，其結果也使偏重於思想性、功利性的社會性情感，在詞裡抬頭。

　　「以文為詩」、「以議論為詩」及「以詩為詞」、「以文為詞」，對藝術的創作層面而言，自然有拓廣之功。但拓廣後的文體的情感形態，則往往由偏重感知的生理性情感轉而為偏重理性的社會性情感。其所借以改革的語言，不是較藝術化了的「詩的語言」與「詞的語言」，而是具有功利性傾向的「散文的語言」。龔自珍的援引《公羊》家法以填詞，其前後的情感形態的改變，也是如此。由於散文本身無形式上的束縛，其語言的靈活性，自然遠勝過詩和詞，較適於加重文體份量的變革。因此，若說其情感形態的「本色」，往往較偏重於理性的社會性情感，應不致於太過武斷。

　　其次，在龔自珍的主體情志方面。如第一節中所論，龔自珍既以「經濟文章磨白晝」，又認為對於上下百年的見聞，應該依據每人胸

肝的是非而決定其依違，因此，在文章上，他自然也就將「文學之美」規範在「有用」的大前提之下，〔註60〕強調理性內容重於感性形式的表現。所以，其所選擇的文體，便也傾向於有利宣傳與溝通，論說與辯議的文體。在形式上，完全不受束縛的散文，自然較詩與詞適合此一工作。而且，散文的情感形態，其「本色」既有偏重於理性的社會性情感的傾向，而龔自珍又用以寄託個人憂世的社會性情感，然則龔文在情感形態上，偏重於理性的社會性情感，也就再自然也不過的了。

　　偏重理性的社會性情感雖是龔文的情感形態，但是由於世道的衰微與身世的淒涼之故，龔文的情感形態在基調上，便以「恓惶悲憤」為主。梁啓超在《清代學術概論》一書中就說：「龔魏之時，清政既漸陵夷衰微矣，舉國方沉酣太平，而彼輩若不勝其憂危，恒相與指天畫地，規天下大計。」可見龔自珍的「恓惶」，是因為「不勝憂危」所致，而所以「悲憤」，則是不能實現其所「規天下大計」的結果。換言之，這種情感基調的形成，是由於龔自珍預見了衰世的來臨，對時代既有刻不容緩的危機感受，對現實又有希望變革的強烈主張。在〈上大學士書〉中，他即言探個人的是非，以「昌昌大言」，其目的乃是「法改胡所弊？勢積胡所重？風氣移易胡所懲？事例變遷胡所懼？」但是，龔自珍的「昌昌大言」，卻被以「狂言」視之，並且為帶來讒憂交集的身世遭遇。

　　職是之故，「狂言」與讒憂交集兩者，其背後所透顯出來的時代危機與人才壓迫的問題，遂成為龔文在情感基調上，所以是「恓惶悲憤」的主因。換言之，龔文的情感基調，是恓惶悲憤於時代危機與人才壓迫的兩大命題為主線，然後交疊貫穿在每一篇散文之中的。龔自

〔註60〕《全集・同年生無侍御書請唐陸宣公從祀瞽宗，得俞旨行，侍御數同朝為詩，以張其事，內閣中書龔自珍獻侑神之樂歌》之四：「御史臣傑，職是標舉。曰聖之的，以有用為主。求政事在斯，求言語在斯，求文學之美，豈不在斯？」頁485。

珍的承傳和改造今文學家的「三世」說，是在這種不容已的情感驅使下，爲印證衰世的預感，提供理論上的基礎；同樣的，他之以「經濟文章磨白晝」，也是在這種情感的驅策下，爲落實改革衰世的主張，而提出有關的批判與建言的。

一、恓惶的憂危情感

充分體現個人對於時代危機的恓惶感受，是龔文在情感態度方面的主要基調和命題。這一預感與體驗，不僅凸顯了龔自珍敏銳深刻的觀察力，也表達了他「舍天下之樂，求天下之不樂」的崇高情操。由以下所舉諸文可見，從鋒芒畢露、踔厲風發的少年時期，到顛躓困頓，被迫辭官南下的晚年時期，始終一志，貫穿其中的，是龔自珍「不勝憂患」於時代危機的恓惶情感。而歷史也證明了他的恓惶，不是無的放矢；在龔自珍猝死的隔年，終於爆發了鴉片戰爭，開啓中國持續動亂近百年的序幕。

首先是〈乙丙之際著議第九〉一文，其創作時間，是龔自珍最鋒芒畢露、踔厲風發的少年時期。在身世上，龔自珍已先後遭遇妻喪、祖崩及落第的苦痛；而民間從乾隆末年起，又天災人禍連年，在嘉慶十八年時，林清等人甚至進襲皇宮，驚駭嘉慶皇帝本人。〔註61〕這一連串的家國變故與個人失志，使龔自珍在思想及情感上，產生了很大的變化。他充滿「酸辣」之氣的文章風格，應即是在此種種因素的激擾之下形成的。

而龔自珍因此激擾而產生對時代危機的恓惶情感，以政論性文體而論，其間雖有〈明良論〉與〈乙丙書〉諸名篇之作；但又以其中的〈乙丙之際著議第九〉一文所表現的情感，最具代表意義。文章不僅以今文家的「三世」說爲立論的基礎，從人才的角度出發，印證衰世的來臨，也揭示了「以良史之憂憂天下」的崇高情感，埋下日後提

〔註61〕參《龔自珍年譜簡編》，收入管林等編《龔自珍研究》，人民文學出版社，1984年1月，頁199。

出「尊史」的種子。文末，更以一連串形象性極強的文字，曲折隱諱地暗示出時代的危機說：

> 履霜之屬，寒於堅冰，未雨之鳥，戚於飄搖，痹瘓之疾，
> 殆於癰疽，將委之莘，慘於槁木。

所謂「寒於堅冰」、「戚於飄搖」、「殆於癰疽」、「慘於槁木」，正是龔自珍恓惶於時代危機的情感的最佳寫照。

從《公羊》「三世」說的援引，「尊史」情感的發芽，到對時代危機有著「寒於堅冰」、「戚於飄搖」的不安預感，〈著議第九〉一文所承載的情感，正可看出龔自珍是以憂危的恓惶情感為基調，貫穿在整個政論文的情感之中。

以寓言性質的雜文為例，〈尊隱〉一篇，由於是龔自珍自謂「高文」〔註62〕的得意之作，故其情感的基調為何，亦值得重視。以創作的時間而論，它應在〈著議第九〉的前後，同屬於龔自珍蹈厲跋扈的少年時期。因此，其創作背景自然也就與〈著議第九〉一致，是在家國變故與個人失志等因素的相互激援下產生的。而且從文中敘述山中力量的崛起一事來看，其思維背景更與乾隆末年以來，民間起義事件的迭起，有莫大的關連。

基本上，〈尊隱〉與〈著議第九〉一條，均援引《公羊》的「三世」說為理論的基礎，借以迂迴其說。不過，從前者特別強調「君子所大者生也，所大乎其生者時也」的重要性來看，「生」與「時」的觀念的凸顯，其思維的背景，實際上，即是龔自珍對時代危機的預感。換言之，也即是龔自珍憂危的恓惶情感的形象化。雖然，在立意上，〈尊隱〉因為著重論述朝廷與民間力量的消長，借以預示時代的危機，題材敏感，觸忌自然更重，故不得不以寓言出之，採用更含蓄隱晦的語言。不過，從題材的選擇來看，也充分反襯出龔自珍在情感上，是如何地為時代所面臨的危機感到恓惶。因此，在描寫上，龔自珍一則曰：

〔註62〕《全集‧己亥雜詩》第二四一首，頁532。

> 日之將夕，悲風驟至，人思燈燭，慘慘目光，吸飲暮氣，
> 與夢爲鄰，宋即於床。

二則曰：

> 俄焉寂然，燈燭無光，不聞餘言，但聞鼾聲，夜之漫漫，
> 鵾旦不鳴，則山中之民，有大音聲起，天地爲之鐘鼓，神
> 人爲之波濤矣。

京師的「昏時」，即是山中之民的「蚤時」；京師的「威時」，即是山
中之民的「發時」；因此，當神人共棄朝廷的時刻，也即是在野勢力
再度被迫起義的時刻。屆時，天地神人都將爲之撞鐘伐鼓，推波助瀾。
而其時，也正是時代大動盪的開始。

面對「有大音聲起」的時刻即將來臨，龔自珍認爲自己所應採取
的態度，是重視自己生存的作用，以洞察時勢的變化。因此，他接
著說：

> 是故民之醜生，一縱一橫，旦暮爲縱，居處爲橫，百世爲
> 縱，一世爲橫，橫收其實，縱收其名。之民也，豁者歟？
> 邱者歟？坱者歟？避其實者歟？能大其生以察三時，以寵
> 靈史氏，將不謂之橫天地之隱歟？

所謂「能大其生以察三時，以寵靈史氏」，即是對「君子所大者生也，
所大乎其生者時也」的回應，也即是〈著議第九〉中的「以良史之憂
憂天下」。同樣都是龔自珍體現其憂危的恓惶情感的最好說明。

再以記敘文中的遊記爲例。〈己亥六月重過揚州記〉一篇，是龔
自珍被迫辭官南下之際的作品。就其創作背景而言，無論是龔自珍個
人不幸的際遇，或是時代所面臨的危機，都已達到攤牌的階段。因此，
文中所寄寓的，更是作者對國運與身世的無限感慨。

文中，龔自珍始則虛設京師過客之言，言揚州已破敗不堪，其情
形如「讀鮑照蕪城賦，則遇之矣」；次則借由舍舟登陸，重溫揚州的
人事景物，一再申言過客之言不實，辨析揚州仍是「嘉慶中故態」。
隨即由「惟窗外船過，夜無笙琶聲，即有之，聲不能徹旦」。淡出揚
州確已今不如昔的衰頹況味。文末，則刻意渲染揚州初秋的清寂景

象，謂：

> 天地有四時，莫病於酷暑，而莫善於初秋，澄汰其繁縟淫
> 蒸，而與之為蕭疏澹蕩，冷然瑟然，而不遽使人有蒼茫寥
> 泬之悲者，初秋也。今揚州，其初秋也歟。余之身世，雖
> 乞糴，自信不遽死，其尚猶丁初秋也歟？

從船中不能徹夜的笙琶聲，窺見揚州的盛況不再；從揚州一城的衰象
已露，暗喻整個時代所面臨的衰頹危機，可謂「一葉知秋」也。而借
由初秋景象予人的寧靜舒暢感，表達自己雖顛沛致於乞食，尚不遽
死；雖遭逢衰世，情勢仍有作為的空間；故不甘沉淪，仍然要以「甄
綜人物，搜輯掌故」自任。龔自珍用以貫穿全文的，仍是個人對「生」
與「時」的態度的體驗，仍是良史憂危的恓惶情感的體現。

〈乙丙之際著議第九〉、〈尊隱〉及〈乙亥六月重過揚州記〉三
篇，是龔文中最具代表性的文章。就體裁言，分別隸屬於政論、寓言
和遊記三種不同的文體，其創作時間又前後跨越了龔自珍的一生；在
情感態度上，三篇卻又一致地體現出作者憂危的恓惶情感。由此一情
感出發，龔自珍確認了「以良史之憂憂天下」、「大其生以察三時，以
寵靈史氏」、「甄綜人物，搜輯掌故」的意義，從而提出他有名的「尊
史」、「尊任」與「尊情」的主張。

二、悲憤的不遇情感

龔自珍雖在憂危的恓惶情感的不容己之下，提出「尊史」、「尊任」
以及「尊情」的主張。不僅對於太史公有著「願為其人」，「副在京師」
的盛心，對於古今一切人倫品目、山川形勢與語言文字等存有，更有
著出入其中，眂睞指點，依胸之所是非而或去之或依之的決心。但在
阻礙重重的現實環境裡，龔自珍的盛心與決心所換來的，卻衹是一生
讒憂交集的際遇。他唯一能做，而且可做的，也僅是借由私人著述的
方式，在「昌昌大言」的「清議」裡，無力且迂迴地實踐他的監心與
決心。因此，在龔文裡，緊跟隨著作者憂的恓惶情感而來的，便是作
者不遇的悲憤情感。在〈古史鉤沉論一〉中，他就說：

> 昔者霸天下之氏，稱祖之廟，其力彊，其志武，其聰明上，
> 其財多，未嘗不仇天下之士，去人之廉，以快號令，去人
> 之恥，以嵩高其身：一人為剛，萬夫為柔，……大都積百
> 年之力，以震盪摧鋤天下之廉恥，既殄、既獮、既夷，顧
> 乃席虎視之餘蔭；一旦責有氣於臣，不亦暮乎？

在〈五經大義終始論〉中，他也說：「其衰也，賢人散於外，而公侯貴人之家，猶爭賓客於酒食。」

龔自珍懷才不遇的悲憤情感，既是根源於他個人憂危的恓惶情感，因此，在龔文中，凡有關論述時代危機的作品，也就自然以人才壓迫為論述的另一中心命題。在〈上大學士書〉一文中，他就強調說：「自珍少讀歷代史書及國朝掌故，自古及今，法無不改，勢無不積，事例無不變遷，風氣無不移易，所恃者，人才必不絕於世而已。」將時勢、風氣以及事例的移易關鍵，放在人才的身上，從正面的意義來看，當然是呼籲朝廷在改革之際，要重視「人盡其才」的重要性，但另一方面，卻也自然地襯顯出當時人才所受到的不合理的束縛與壓迫。在〈與人箋五〉中，他就強調：「人才如其面，豈不然？豈不然？此正人才所以絕勝，……各因其性情之近，而人才成。」

不過，前面已經說過，龔文因為文體本色與主體情志等因素的規範，其情感態度，基本上是偏重於理性的社會性情感的體現；如此一來，龔自珍在散文中處理個人不遇的悲憤情感時，自然也就不會以現身說法的受難者姿態出現，取而代之的，便是以人才壓迫這一命題為整個論連的重心；是將個體的遭遇隱藏在群體的遭遇背後，以總體相代替個別相。換言之，就表層意義言，龔文中所凸顯的不遇的悲憤情感，雖是與作者一樣，同是遭受不遇的才士的情感，但其深層的情感結構，卻是龔自珍個人身世隱遇的強烈反射。因此，龔文在情感方面，不僅因為具有典型意義，而容易引起共鳴；也因為蘊含著作者個人的主體情感，更具有深刻的個性意義。這些文章很多，包括了〈明良論〉四篇、〈乙丙之際著議〉第七第九等政論、〈尊隱〉、〈三捕〉、〈松江兩京官〉、〈臣里〉、〈病梅館記〉、〈京師樂籍說〉等寓言雜文、〈吳

之朧〉、〈杭大宗逸事狀〉、〈縱難送曹生〉、〈書金伶〉、〈王仲瞿墓表銘〉
等記敘文以及〈干祿新書目序〉、〈與人箋二〉、〈與人箋五〉等書信序
跋文。

　　以政論文中的〈乙丙之際著議第九〉爲例。衰世的現象，不僅沒
有了有才德的正人君子，甚至連一些有小聰明的盜賊偷兒也不見了！
舉目所見，盡是庸庸碌碌之輩：

> 衰世者，……左無才相，右無才史，閫無才將，庠序無才
> 士，隴無才民，廛無才工，衢無才商，抑巷無才偷，市無
> 才騶，藪澤無才盜，則非但戮君子也，抑小人甚戮。

以因果的關係，看待時代與人才之間的問題；如此一來，衰世的最大
成因，在作者認爲，便也自然是人才的壓迫問題了：

> 當彼其世也，而才士與才民出，則百不才督之縛之，以至
> 於戮之。戮之非力、非鋸、非水火；文亦戮之，才亦戮之，
> 聲音笑貌亦戮之。戮之權不告於君，不告於大夫，不宜於
> 司市，君大夫亦不任受。其法亦不及要領，徒戮其心，戮
> 其能憂心，能憤心，能思慮心，能作爲心，能有廉恥心，
> 能無渣滓心。又非一日而戮之，乃以漸，或三歲而戮之，
> 十年而戮之，百年而戮之。才者自度將見戮，則蚤夜號以
> 求治，求治而不得，悍悍者則蚤夜號以求亂。

人才所受到的壓迫，不僅是其表面的聲音笑貌而已，甚至連能「報大
仇、醫大病、解大難、學大道」〔註63〕，有大作用的心，也因爲受盡
屈辱，求治不得，而走上悖亂的道路。時代既連「能憂心，能憤心，
能思慮心，能作爲心，能有廉恥心，能無渣滓心」的才德之士也容不
下，自然也就走上衰亂的末路了。這其中所蘊含的情感，自然是龔自
珍借由整個時代對人才的壓迫，所引起的「求亂」情感，用以反射出
個人因讒憂交集而縱情狂言的悲憤情感。

　　以寓言雜文中的〈尊隱〉爲例。龔自珍所揭示的「君子所大者生」
與「所大乎其生者時」的意義，在身逢衰世，朝廷壓迫人才的激擾下，

〔註63〕《全集・壬癸之際胎觀第四》，頁15。

也終因悲憤而不得不返於野，隱於民間，造成「京師之日短，山中之日長」的局面：

> 日之將夕，悲風驟至，人思燈燭，慘慘目光，吸飲暮氣，與夢為鄰，未即於床，丁此也以有國，而君子適生之；不至王家，不生其元妃、嬪嬙之家，不生所世世蔡之家，從山川來，止於郊。……如京師，京師弗受也，非但不受，又裂而磔之。醜類窳呰，詐偽不材，是輦是任，是以為生資，則百寶咸怨，怨則反其野矣。……則京師之氣洩，京師之氣洩，則府於野矣。

以「先大夫宦京師，家大人宦京師，至小子三世，百年矣」〔註64〕，和引文中的「不生所世世蔡之家」比觀，便可知「如京師，京師弗受也，非但不受，又裂而磔之」的感慨，其中最主要的思惟根源，仍是龔自珍於嘉慶二十二年應試落第之後的悲憤情感的投射。

在記敘文方面，體現作者不遇的悲憤情感的，多偏重在記人的文章裡。如〈王仲瞿墓表銘〉、〈杭大宗逸事狀〉、〈縱難送曹生〉、〈吳之矓〉以及〈書金伶〉等，皆是龔自珍一生讒憂交集的身影的強烈投射。而其中尤以〈杭大宗逸事狀〉，最為顯著。

〈事狀〉一文，龔自珍純以曲筆、冷筆出之，無一句直接評論，無一句不滿乾隆的語言。但狀王不遇的一生，卻在帝王陰險殘忍的壓迫下，鬱鬱以終：

> 乾隆癸未歲，杭州杭大宗以翰林保舉御史，例試保和殿，大宗下筆五千言。其一條云：我朝一統久矣，朝廷用人，宜泯滿、漢之見。是日旨交刑部，部議擬死。上博詢廷臣，侍郎觀保曰：是狂生，當其為諸生時，放言高論久矣。上意解，赦歸里。
>
> ……
>
> 乙酉歲，純皇帝南巡，大宗迎駕，召見，問汝何以為活？

〔註64〕《全集·己亥雜詩》第十首作者自注，頁 509。

對曰：臣世駿開舊攤。上曰：何謂開舊攤？對曰：買破銅
爛鐵，陳於地賣之。上大笑；手書：「買賣破銅爛鐵」六大
字賜之。

癸巳歲，純皇帝南巡，大宗迎駕。名上，上顧左右曰：杭
世駿尚未死麼？大宗返舍，是夕卒。

從杭大宗是杭州人，是「放言高論」的狂生，及主張朝廷用人，宜泯
滿、漢之見來看，其出生地是龔自珍的出生地，其形象是龔自珍的形
象，其主張亦是龔自珍的主張〔註65〕。可見龔自珍並非是單純地記敘
一件人才壓迫的逸史，以補國史之闕而已；其中所蘊含的情感，實是
個人悲憤的投射。而以乾隆盛世為文章的時代背景，更是龔自珍用以
襯顯出衰世對人才壓迫的不遺餘力。

在龔文中，〈著議第九〉與〈尊隱〉二文，在政論文與寓言雜文
中所具有的代表意義，已論述如前；因此，其所體現的不遇的悲憤情
感，亦自可說明貫穿龔文的另一條情感主線。至於記敘文中的〈杭大
宗逸事狀〉，因地緣、性格與主張等多重關係的重疊，更足以說明不
遇的悲憤情感，是龔文中的另一條情感主線。

不過，龔自珍雖在憂危的恓惶情感下，為了力挽狂瀾，提出具有
積極奮進意義的「尊史」、「尊任」與「尊情」的主張。但在不遇的悲
憤情感的激擾下，龔自珍也因而有了「尊隱」、「尊命」與「尊俠」的
思想傾向。這些思想傾向，基本上，是龔自珍在「知其不可為」之後
的態度反映。它們所體現出來的情感，有時是意欲衝決羅網的，是將
國家的緩急，寄望在「不軌於正義」〔註66〕的俠客身上的；有時卻又
是委身於宿命之境，將人事的千變萬化，盡歸諸於因緣的；但無論是
崇俠或禮佛的行徑，這終究是偏激而詾蕩的。

龔文既是在恓惶與悲憤的情感基調的交滲裡，傳達他「以良史之

<hr>

〔註65〕《全集‧干祿新書自序》，頁237。
〔註66〕《史記‧遊俠列傳》，見王利器主編《史記注譯》，三秦出版社，1988
年11月第一版，頁2615。

憂憂天下」的高尚情感。然則，恓惶悲憤的情感基調，便是龔自珍的
主體情志，在觀察時勢的變化與面對現實的遭遇時，所採取的態度與
體驗；也是龔自珍「直將閱歷寫成吟」〔註67〕的憂患意識的體現。因
此，其情感的形態美，可以說是一份具有著以理性內容的社會情感，
壓倒感性形式的生理情感的崇高美。是在以「辭達而矣」〔註68〕的情
況下，不刻意求工，完全依賴思想的魅力，作不自檢束的傾洩的駘蕩
美。所以，龔文在情感的傳達上，也就特具引起共鳴的感染力，往往
以其挾帶著尖刻的思想魅力的筆鋒，有如天風海雨、萬川奔流一般，
震動著人心。而此正是梁啓超說讀龔文所以會有「如受電然」的原因
所在。

貳、虛擬類舉的傳達特徵

作家情志的傳達，是文學藝術的實踐問題。其主要任務，是將任
者主體情志的思維成果付諸實現。這一目的的達成，除了要掌握和
運用一定的藝術技巧外，其中又往往有一定的美學原則，供作者遵循
和貫徹。換句話說，美學原則是作者選擇藝術技巧時所先行考慮的
因素。而此項原則的確定，又往往是作者實踐其社會生活的結果。
因此，在論述龔文的傳達特徵之前，有必要就其美學原則，先作一番
探討。

龔自珍在道光三年五月時，曾自編嘉慶十九年以來的詩文，計文
集十卷，餘集三卷，附少作一卷。但六月時，僅刻出《定庵文集》三
卷，自稱初集之一。此即素稱的「自刻本」〔註69〕，計有文四十六篇，
有目無文五十二篇。在自刻本中，冠文集之首的，是〈寫神思銘〉。依
龔自珍個人的身世推斷，此銘的思維根源，當即是以第一節論述猖狂
恢詭的創作情懷時，所舉證的文字獄的陰影以及讒憂交集的隱痛爲其

〔註67〕《全集·題紅禪室詩尾》，頁470。
〔註68〕《全集·識某大令集尾》，頁241。
〔註69〕同註6。

背景。程秉釗因此說它「猶太史公之自敘也」〔註70〕。所以，將此銘
視爲龔文美學原則的根源，其理由應是有跡可尋的：

> 銘曰：熨而不舍，襲予其涼；咽而復存，媚予其長。戒神
> 毋夢，神乃自動。黯黯長空，樓疏萬重。樓中有燈，有人
> 亭亭。未通一言，化爲春星。其境不測，其神習焉。峨峨
> 雲玉，清清水仙。我銘代絃，希聲不傳，千春萬年。

在「孕愁無竭」、「沉沉不樂」、「莫宣其緒」、「莫訟其情」的隱痛裡，
一切景象就如同「黯黯長空，樓疏萬里」一般，顯露出一種「漫漫漠
漠，幽幽奇奇」的情境，而有如春星那樣，懸掛在長空中的，則是未
通一言，孤佇於樓中的亭亭玉人。文章寫得頗爲迷離惝恍，但實際上，
即「古人不欲明言，不忍卒言，而姑猖狂恢詭以言」的情懷。因此，
在「戒神毋夢，神乃自動」的不容已情形之下，其體現神思的原則，
也必然是以「其境不測，其神習焉」的面貌呈現。

此一原則落實在具體行徑裡，則爲〈尊隱〉所謂「其聲無聲，
其行無名，大憂無蹊轍，大患無畔涯，大傲若折，大瘁若息，居之
無形，光景煜爤，捕之杳冥」的「瘁民」、「傲民」的行徑；也即是
〈王仲瞿墓表銘〉所謂「每會談，大聲呼叫，如百千鬼神，奇禽怪
獸，挾風雨、水火、雷電而上下」的行徑。體現在藝術的傳達手段
裡，則是〈壬癸之際胎觀第六〉所謂「大憂不正言，大患不正言，
大恨不正言」、〈尊命〉所謂「子莊言之，我姑誕言之；子質言之，
我姑迂言之」以及〈績溪胡戶部文集序〉所謂「旁出氾湧，而更端以
言」。

而龔文在語言藝術化上的採用「不正言」、「誕言」、「迂言」以及
「更端以言」的傳達手段，其所體現的，也正是具有著虛擬性與類舉
性的傳達特徵。

一、虛擬性的傳達特徵

龔文在藝術傳達上所具有的虛擬性，至少涵蓋了以下的三種情

〔註70〕轉引自《資料集》，頁98。

況：以古證今、以假說眞以及以旁出中。

1、以古證今

此即龔自珍以經術作政論時，所採用的傳達手段，也即是援引《公羊》學的「微言大義」，以譏切時政之謂。由於政論是龔文的最大宗，因此，以古證今的手法運用，也便是龔文在文本形態上的最主要傳達特徵。

從藝術傳達的原則來看，以古證今的傳達手段，其實也即是「比」的手法的運用。在〈春秋決事比自序〉中，龔自珍自述其援引《春秋》的「微言大義」，以救當世時，便說：

> 自珍既治《春秋》，……乃獨好刺取其微者，稍稍迂迴贅詞者，大迂迴者。……獨喜效董氏例，張後世事以設問之。以爲後世之事，出《春秋》外萬萬，《春秋》不得而盡知之也；《春秋》所已具，則眞如是。後世決獄大師有能神而明之，聞一知十也者，吾不得而盡知之也；就吾所能比，則眞如是。

龔自珍的喜好刺取《春秋》的「微言」，主要是效法董仲舒的以後世諸事「比證」於《春秋》所云諸事。因此，在〈答問〉中，對於所設問之事，龔自珍不曰：「是亦吾所爲測春秋也」，如〈答問第一〉的甲問立不定律有高乎諸家之義如何條；則曰：「視吾比文」，如〈答問第二〉的甲問不屑教矣何比之有條；否則曰：「是其比也」，如〈答問第三〉的壬問周公季友條。

對於「比」的方式，龔自珍在〈答問第五〉中，有更進一步的闡釋：

> 春秋何以作？十八九爲人倫之變作。大哉變乎！父子不變，無以究慈孝之隱；君臣不變，無以窮忠孝之類；夫婦不變，無以發閨門之德。精義入神，以致用也；比物連類，貴錯綜也。其次致曲，加王心也；直情徑行，比獸禽也。

強調「精義入神」，是龔自珍個人「治經取義」，以經世致用的體現；而「比物連類」，正是「取義」的方式。之所以特重「錯綜」，則

是爲了「致曲」，也即是董仲舒所強調的「用則天下平，不用則安其身」。

　　事實上，龔自珍的這種「比」法，也即是劉勰《文心雕龍·事類》中所說的「據事以類義，援古以證今」之謂，說得更根本些，則是《莊子》一書中所慣用的「重言」的技巧。

　　不過，由於龔自珍的治經，是取其大義以爲致用，因此，其「比」的運用基準，也就以濟世爲主要依歸，而不拘拘於經文或其條例上。所以，在〈答問第五〉中，他也就特別強調：「《春秋》之獄，不可以爲故當，《春秋》之文，不可以爲援，《春秋》之義，不可以爲例，《春秋》之訓不瀆，一告而已，不可以再，或再告而已，不可以三。」爲的正是他在〈對策〉中所表明的：「不通乎當世之務，不知經、史施於今日之孰緩、孰亟、孰可行、孰不可行也。……三代則諏經，漢以後則諏史，當世之務則諏勢。」

　　龔自珍「以經術作政論」時的「比」法，既取經之大義，並以當世的形勢爲衡量的依歸，然則，其「比」法，便也完全「存乎其人」〔註71〕，端視龔自珍個人的運用了。而其結果，在今文學家眼中，也就不倫不類了。近年侯外廬曾對龔自珍的這種手法的運用，作了這樣的評斷：

> 定庵之比法，即類比邏輯，而類比法則有一定限制，超過類型的比，便是傅會，如他所謂「世運殊科，王霸殊統，考孤文隻義，……而得之乎出沒隱顯，由是欲竟其用，遂援其文救裨當世，悉中窾理。」這種「比」，則是真的「非常異義可怪」，它不是「小」的精密方法，而是離開樸實的地基，凌空去玄牽冥索了。〔註72〕

又說：

> 定庵的具體政論，與其說是依據於《春秋》經義的「比」法，毋寧說是客觀的無所顧慮的評判方法，反而自己否定

〔註71〕 同上。
〔註72〕 侯外廬《近代中國思想學說史》下冊，頁641。

> 了自己的經義前題。越是悲劇性的作品，越顯露出體系上
> 的裂痕。〔註73〕

事實上，正如龔自珍自己所自覺到的「世運殊科，王霸殊統」，因此，欲研考「其指數千」的《春秋》的孤文隻義以致用，在實際的運用上，恐怕未能如理論上所言那般的易行，且容易限入考據的「歧途」，誤失了致用的大計。因此，龔自珍「以古證今」的「復古」，在這層意義上來看，便也自然成爲包括今文學家在內都認爲是「非常異義可怪」的「創新」之論了。

2、以假說真

此即指〈尊命〉所謂「子莊言之，我姑誕之；子質言之，我姑迂言之」的「誕言」與「迂言」而言。這是龔文在處理寓言雜文的語言藝術化時，所採用的主要傳達手段。這種傳達手段，從其思維的根源背景來看，其實也即是《莊子・天下》中所說的：「以天下爲沉濁，不可語莊語」的「寓言」手法的運用。〔註74〕龔自珍既身處在文化統治嚴苛的清朝，個人一生又讒憂交集不斷，在他來看，清朝中葉也正如莊子的時代是「沉濁，不可語莊語」的；而他又有不能自己的「昌昌大言」的盛心，因此，捨「莊言」與「質言」，而取「誕言」與「迂言」，以假說真以求自保，實有不得已的苦衷。

然而，這裡的「假」與「真」，是放在藝術表現，而不是放在歷史記錄的架構裡來看的。從實錄的角度來看，寓言雜文所抒寫的，誠是荒誕不經的事情，但其所投射出的屬於作者的主體情思，卻是比歷史更爲「真實」，更深入事件的深層的「真相」。因此，從藝術傳達的原則來看，以假說真的傳達手段，也即是透過對自然實物的形象虛設，將之化成作者心中所亟欲表達的情思。

以〈尊隱〉爲例。從其文章以〈尊隱〉爲題，而所尊之隱，則是「自爲公侯」的「山中之民」，便可知「隱」是作者自己所塑造出來

〔註73〕同上。
〔註74〕《莊子・天下》，中華書局，1990 年 9 月，頁 884。

的理想人物。這樣的人物，不僅能探索世變，重視自己一生的作為，而其所創建的社會，又是一個朝氣蓬勃、欣欣向榮的安和社會，待其欲起而取待舊時代時，天地神人也都將一起為之撞鐘伐鼓，以發揮推波助瀾之功。這種理想人物與理想社會的塑造，顯然是龔自珍個人心裡中理想的投射，在當時的社會是不存在的。不過，若欲強求其思維的社會根源，前面所提及的，自乾隆末年以來，民間起義事件的不斷發生，有可能是作者構思〈尊隱〉的主要觸發點。

然而，龔自珍揭示「山中之民」的「自為公侯」，其要旨恐非有取代朝廷之意，反倒是有意重振朝廷的威望，藉由山林與京師的盛衰對比，用以警醒朝廷正視危機的存在，重新重用人才，從而為自己的提倡改制鋪路。故所謂「尊隱」，主要是作者一種迂迴策略的運用。

以〈三捕〉的這組寓言為例。這三篇文章寫作的時間，從〈捕蜮第一〉的開頭所說：「龔自珍既廬墓墊居」云云，或是龔自珍在道光三年七月居母喪時之作。此前，龔自珍雖仍任內閣中書，但在本年春天，第四次會試時又未第，仕途的坎坷，使其對人情世態的炎涼，多少有所領略，認識到權勢小人，乘人危害的黑暗面。因此，在〈捕蜮第一〉、〈捕熊羆鴟鴞豺狼第二〉、〈捕狗蠅螞蟻蚤蟹虬第三〉中，龔自珍分別以蜮、熊羆、鴟鴞、豺狼、狗蠅、螞蟻、蚤、蟹、虬為喻，揭露其忌賢妒能，耍弄詭計，以怨報德、以暴凌柔，嗜血成性的殘暴陰狠本性，並以捕殺之法作結，完全體現出作者嫉惡如仇，決心消滅害人蟲類的強烈願望。

綜觀龔自珍創作〈三捕〉的可能時間，及此前的際遇可知，他應是對於眼前之景，有所感觸而發。但又礙於此輩皆是權傾勢重之流，祇好出之以寓言的「以假說真」的方式，取適切的自然之物為喻，將之形象化，以投射心中不滿的情緒。

再以〈病梅館記〉為例。這篇寓言雜文，又名〈療梅記〉。龔自珍在詩文中，往往以梅作為人才的譬喻。如〈九月二十七夜夢中作〉中的「官梅只作野梅看」，即是將被人矯揉整修的梅，比喻被朝廷種

種升遷制度重重束縛的人才而言。

在〈病梅館記〉中,文章分病梅與療梅兩部分。前部分從江南盛產梅花說起,指出因著文人畫士的繩梅的癖好,以及鬻梅者的沆瀣一氣,以斫、刪、鋤的惡行,將自然生長的梅樹弄得遍體傷殘。面對這種暴行,龔自珍所採取的態度,是「甘受詬厲,闢病梅之館以貯之」,以拯救全天下的病梅。

文章以梅喻人,借梅喻政,以按個人癖好使鬻梅者戕害梅樹的文人畫士,影射按清朝戒律培育,選拔官僚,從而束縛人材的當權者。而拯救的方法,則是貯之、療之、縱之、順之,破除層層的枷鎖,讓人才可以「各因其性情之近」。作者在字裡行間所展現的,是對現實勇敢的抗爭以及追求個性自由的決心。通篇以比喻、影射的手法,在以假說真的傳達手段裡,將文理佈織得無懈可擊,形象鮮明,寄意深遠,是難得的佳作。

3、以旁出中

此即指〈續溪胡戶部文集序〉中所說:「自珍嘗聞胡子之言之質矣,粹然胡子之言也,非如自珍之言之旁出氾湧,而更端以言」中的「旁出氾湧,更端以言」而言。是龔文在處理其記敘文的語言藝術化時,所採用的主要傳達手段。這種傳達手段在塑造藝術形象的過程中,往往以側面的、間接的描寫為主,而以正面的、直接的描寫為輔的旁敲側擊之法,以突顯出藝術形象的主要特徵。

龔自珍採用這種傳達手段,用以藝術化其記敘文的語言時,是在臧否人物的記人之作裡,以畫龍點睛之筆,鉤勒出人物的神態風貌及其心理的隱情;在描寫風土人情的記遊之作裡,於抒寫人情、掌故之間,往往連及時事與形勢,寄寓興亡於其中,以發人深省。但在文章中,則往往不見作者主觀的愛憎及議斷。龔自珍採用這種傳達手段的背景,固然與文字獄的陰影及其讒憂交集的身世有關,但從藝術傳達的角度來看,卻有其不可多得的優點。

以記人之作中的〈杭大宗逸事狀〉為例。表面上,以條列的方

式，摘述幾項逸事，用筆可謂簡略到極點，然而杭大宗勇於言的神態，以及乾隆皇帝專橫陰狠的風貌，卻已全然躍然紙上。其中無一句直接的評論，也無對乾隆皇帝的不滿之語，但作者的辛酸與憤慨，則彷彿可見。

再以〈吳之矓〉為例。龔自珍對於這位憤世嫉俗、憂國憂時之士的動靜行止的評斷，僅有「其行無有畔涯，其平生甚口，其言盡口過也」幾句，其餘則再以寥寥數筆記錄走訪於其子弟、父老、郎曹等所得的言行。一則則的事跡，有如一幕幕電影般上演，而吳之矓的神態風貌則已活靈活現。

即使對於反面人物的勾畫，龔自珍也盡其可能的裁剪筆墨，以最精簡的文字，傳達最豐富的反面人物的惡行惡狀。如〈與人箋二〉，其體裁雖是書信體，但其內容實是一篇峻切的記人之作。在信中，龔自珍以一百八十多字為當時的十種反面人物塑像。而其所用的傳達手段，也無不是「以旁出中」的側擊法。全篇以「少習名家言」開頭，分別以名則實的方式，揭露這十種人的虛偽、狡詐以及險惡。

以記遊之作中的〈己亥六月重過揚州記〉為例。文章開頭，即虛設京師過客之言，謂揚州已破敗如蕪城。隨著作者的舍舟登陸，一一重溫舊地的人事景物，見揚州文人依舊沉緬於昔日的流風餘韻，從而一再申言京師過客所言不實，揚州並未荒蕪。然而，就在辨析揚州「居然嘉慶中故態」時，作者撫今追昔，感慨揚州確已今不如昔的衰頹況味，則油然而生。且篇末避開主題，刻意渲染揚州初秋的景象，有一股令人寧靜舒暢的清寂感覺，則更加深了揚州的衰敗的氣息。

揚州在清朝嘉道年間，是東南的名城，水陸的交通要道。龔自珍於十一歲隨父入京，至道光十九年四月離京，六月抵達揚州，其間經過揚州不下十數次。四十年的變遷，龔自珍親見揚州由盛而衰的過程，加上此時個人的身世，竟也淪落到乞貸度日的階段。城的蕪敗，

人的坎坷，均使龔自珍感慨萬千，並因此而用以影射清朝崇隆國運的不再，以警示世人。

再以〈說居庸關〉為例。作者反復提出「疑若可守」的問句，一方面突出居庸關的可守性，一方面又強調它的疑似性，然後以親見所聞，正反地提出可堪佐證的論述，托出「疑似」的隱義，乃在強調天險的不足以恃，所賴者唯人事的努力，以暗示朝廷注意邊疆政策的貫徹。文中刻意描寫萬山峽谷間，與蒙古騎士和睦友好的景象，然後以一句私歎：「若蒙古，古者建置居庸關之所以然，非以若耶？」投射出人事的努力重於天然的屏障的道理。故其文末，對於邊牆，作者也纔會說：「承平之世，漏稅而已，設生昔之世，與凡守關以為險之世，有不大駭北兵自天而降者哉？」同樣是採用以旁出中的側擊手段，以呼出中心主旨。

二、類舉性的傳達特徵

「類」，是指事物的共同屬性而言，它可說是一切認識與創造活動的特性。人類透過以概括、分類、聯繫等方式，對於天地之間的萬事萬物，進行分門別類的工作。這是建立文化的第一步。我們從許慎《說文解字》對「六書」的歸納，便可得知「類」所具有的關鍵意義。例如「會意」的「比類合誼，以見指撝」、「轉注」的「建類一首，同意相受」，已明言「類」的重要；而「形聲」的「以事為名，取譬相成」，其所指之事，也必與「名」相應纔行；因此，雖未言「類」，其實質亦係指「事類」而言。

而對於藝術的創造活動而言，「類」的運用，更是許多藝術大師創造出超越時空的不朽之作的憑藉。細審其思維方法的核心，主要還是「取類」；是從個別中看出「類本質」，然後通過個體表現的「類本質」，以打動屬於「類」的情感，溝通屬於「類」的心靈。

在我國傳統詩文理論中，也不乏強調以「類」作為創作活動的主要依據。如劉勰《文心雕龍》既專闢有〈事類篇〉一章。所謂「事類

者，蓋文章之外，據事以類義，援古以證今者也。」劉勰雖然以〈事類〉名其篇，其實與涉及到「義類」的範疇。再如白居易在〈與元九書〉說：「音有韻，義有類。韻協則言順，言順則聲易入；類舉則情見，情見則感易交。」白氏主要係就「義類」而言，但他也確實見到了「類」在藝術共鳴上，所佔有的重要地位，不失爲卓見。又如何景明〈與李空同論詩文書〉說：「僕嘗謂詩文有不可易之法者，辭斷而意屬，聯類而比物也。」則強調了詩文的前後字句在因果條件上的邏輯聯繫關係的重要作用；並且突出了太史公司馬遷以「取類邇而見義遠」評價屈原〈離騷〉的意義。民國文人魯迅在其〈僞自由書〉的前記裡，也有一段關於「取類」的自白：

> 我的最壞處，是在論時事不留面子，貶錮弊常取類型，而後者由與時宜不合。蓋寫類型者，於壞處，恰如病理學上的圖，假如是瘡疽，則這圖便是一切某瘡某疽的標本，或和某甲的瘡有些相像，或和某乙的疽有點相同。而見者不察，無端侮辱，於是就必欲制你畫者的死命了。〔註75〕

從上面所摘引的從司馬遷、劉勰、白居易、何景明到魯迅有關「取類」的在語言藝術化的過程中的強調，可知其在藝術傳達時的主體思維裡，所居的重要地位。職是之故，「取類」的傳達手段的運用，也便成爲作者創作時所依循的主要原則。尤其是魯迅的一番闡述，更深刻的揭示了「取類」在藝術創作中及其所帶來的震撼的偉大作用。儘管在魯迅的書中，從未曾見過有關龔自珍的論述，但其文字深受龔自珍的影響，在文壇已是不爭的事實。而且，從魯迅爲「取類」的結果，所下的結論是「見者不察，無端侮辱，於是就必欲制你畫者的死命」來看，龔自珍在身世上的讒憂交集，以致被迫辭官南歸，暴死書院，應是他喜用而且是善用「取類」所帶來的不幸。

　　對於「取類」的偉大作用的體會，龔自珍是有著高度的自覺的。

〔註75〕《魯迅全集·僞自由書》，人民文學出版社，1989 年第四次印刷，頁 4。

在「以經術作政論」的「以古證今」的「比」法時，他就曾以「比物連類」一詞闡釋其具體的作法。所謂「比」，從邏輯的角度看，相當於《墨小‧小取》中的「侔也者，比辭而俱行」的「侔」，也就是方授楚所認爲的「比輯相類之辭，以明其并行不悖」也。〔註76〕在〈與人箋二〉中，龔自珍就曾自言：「少習名家言，亦有用」。名家的學說，主要是以辯論名實爲主旨；而在以名責實的過程中，「類」的歸納與推衍，正是主要的依戀。荀子在〈正名篇〉中就說；「何緣而以同異，曰緣天官。凡同類同情者，其天官之意物也同。」《墨子‧經說上》在反駁名家的「白馬非馬」論時也說：「不有同，不類也」、「命之馬，類也。若實也者，必以是名也。」都突出了「類」在討論「名實」的範疇裡，所佔的重要地位。因此，在文章中，龔自珍在直斥官場的虛僞險惡時，也就逕以主觀認識所形成的映象，概括對客觀事物的判斷說：「善忌人者術最多，品最雜」。「品」就是「類型」。在〈尊隱〉中，對於當時壓迫人才的上層階級，他也「取類」地說：「醜類窳啙，詐僞不材，是輩是任，是以爲生資。」可見龔自珍在習名家之際，是認識到了憑藉著「取類」，以淬取「類」的本質，進行「類」的情感的溝通的重要性。

不過，在「取類」的過程中，因其所取性質的偏重，而有「事類」、「義類」以及「聯類」的區分。但三者又往往有其交滲相融的地方。以龔文所慣用的虛擬手段，其所包括的「以古證今」、「以假說眞」及「以旁出中」的三種特徵來看，正是如此。「以古證今」所取之「類」，主要偏重在「事類」方面，以幾近並列的邏輯關係爲其論據；而「以假說眞」，則偏重在「義類」上，取所賦予形象的本質，以爲溝通情感的依據；換言之，即是以「暗碼」、「隱義」、「喻義」等，作

〔註76〕以上有關「取類」的論述，主要參考臧克和《漢語文字與審美心理》，學林出版社，1990 年 5 月，頁 138～157。又，方氏之說，轉引自易蒲、李金苓合編《漢語修辭學史綱》，吉林教育出版社，1989 年 5 月第 1 版，頁 67。

為影射的主角，以達到所欲傳達的主旨的目的。至於「以旁出中」，則著重在「聯類」方面，以幾近象徵的手法，借由事物間因果條件的邏輯關係，而不是並列或是所賦予形象的本質，以烘托出作者的中心意旨。

在「以古證今」的「事類」方面，龔自珍的以公羊《春秋》的「三世」說為論據，建立其「五經大義始終」的政事大綱以及揭示時代的衰敗，都是著名的例子。又如四篇〈明良論〉的組文，段玉裁就評曰：「四論皆古方，而中今病」。在〈明良論一〉中，龔自珍以唐、宋盛時的大臣魁儒的「豪偉而疏闊，其講官學士，左經右史，鮮有志溫飽、察雞豚之行，其庸下者，亦復優游書畫之林，文采酬酢，飲食風雅」，以譏世士大夫的未嘗「道政事談文藝」、「各陳設施談利弊」。在〈明良論二〉中，作者依然以唐宋盛時，「大臣講官，不輟賜坐、賜茶之舉，從容乎便殿之下，因得講論古道，儒碩興起，及據季也，朝見長跪、夕見長跪之餘，無此事矣」，以譏刺今士大夫的寡廉鮮恥，「探喜怒以為之節，蒙色笑，獲燕閒之賞，則揚揚然以喜，出誇其門生、妻子。」

在「以假說真」的「義類」方類，如〈尊隱〉一文，龔自珍取「山中之民類」的「自為公侯」，以及「京師類」的「如鼠壤」，造成「類」的對比，用以揭示時代對於人才壓迫的這一「類本質」，是所以如此的主要關鍵所在，從而呼籲朝廷重用人才。同樣的，以「人才壓迫」的這一「類本質」作為訴求重點的，如著名的〈病梅館記〉即是。文中，龔自珍取「梅類」以譬喻「人才類」，從而凸出「人才壓迫」的「類本質」，借由病梅與療梅兩部分的重點論述，要求朝廷解放人才，各遂其才性。

在寓言雜文中，作者「取類」最具典型意義的，則是〈三捕〉。文中，龔自珍分別取蜮、熊羆、鴟鴉、豺狼、狗蠅、螞蟻、蚤、蟹、虺等物的共同屬性，以譏刺上層社會的忌賢妒能，要弄詭計，以怨報德、以暴凌柔，嗜血成性的陰狠本性。其所借以傳達體現的，正是蜮

等物類的陰狠本質，而其所打動的，也正是曾經遭遇這種陰狠本質之害的「類」的情感。

在「以旁出中」的「聯類」方面，「聯類」所強調的，是「辭斷而意屬」，是呈現因果條件的邏輯連繫，而不是並列，或是形象化了的本質。在記敘文中，最足以說明的，莫過於「杭大宗逸事狀」了。龔自珍以似斷實連的數端逸事為主體，不加評論，不露痕跡的，將在本質上相類的事物接聯在一起，以托出狀主的直言及帝王的陰狠無情。

在記遊之作中，如〈己亥六月重過揚州記〉，龔自珍所欲托出的本旨，是以一城的衰敗喻整個國運的衰敗。文章開頭，龔自珍雖即虛設過客之言，以凸出衰敗的這一「類本質」，但在行文中，又反覆辨析這一本質的不存在，以另一相反的「嘉慶中故態」的「類本質」作為對比的論據。然而，就在這種利用「類本質」的對比作為手法的反覆運用中，作者真正所欲溝通的衰敗的「類」的情感，反而更加的鮮明化了。

值得注意的是，龔自珍雖因文字獄的陰影與讒憂交集的隱痛，使他自覺且無奈地選擇了具有虛擬特徵的傳達手段，但又因他個人執意於「類舉」的手段的運用，其散文創作雖因虛擬而有些迂迴，甚至晦澀；但「類舉」的使用，則鮮明了形象，雖於其文學價值有益，卻更有害於自身的遭遇。其所以如此，前揭的魯迅文中已經說明清楚。

參、通脫俶詭的語言作風

所謂語言作風，是指文學作品的語體風格而言；它是修辭現象的總體相，決定了修辭的性質。語言作風改變，則包括辭藻與辭趣在內的修辭現象，也將隨之改變。文學既是以語言為其本位的藝術，對於龔文的語言作風的探討，便也是本節討論的重要課題之一。

但是，構成語言的要素，雖有「形文」、「聲文」與「情文」三者，

其中卻又必須以「情文」爲主，以「形文」和「聲文」爲從，主從和諧統一，纔能有創作成功，乃至成就偉大作品的可能。換言之，體現語言作風的修辭現象，必須以適應「題旨情境」爲第一義，不應祇是綺麗豔說、藻飾辯雕的語辭修飾而已，更不能夠離開情意，作毫無目的的修飾。所謂「題旨情境」，前者是指「一篇文章或一場說話的主意和本旨」而言，而後者，則是指「寫說的對象、目的、寫說的時間、環境、條件、上下文」等因素而言。修辭現象祇有在適合了這些因素，充分考慮到這些條件之後，纔算是成功的修辭。劉勰在〈文心雕龍・情采〉中，論及修辭與情志的辯證關係時，便強調「辯麗本於情性」、「爲情造文」以及文章以「述志爲本」的道理。〔註77〕在〈識某大令集尾〉中，龔自珍也論述到：「文章雖小道，達可矣，立其誠可矣。……孔子之聽訟，無情者不得盡其辭。」

　　修辭現象既要以考慮適合題旨與情境的需要爲第一義，而以修辭手段的考慮爲第二義；然則龔文在語言作風上所體現的風貌，也必然是要以其猖狂恢詭的創作情懷爲歸趨，纔可算是成功之作。事實上，從「情境」的角度看，龔自珍所寫說的對象，大部分是上層階級的權貴，甚至是帝王；而其寫作的時間，則是處身於清朝文字獄的末期，其淫威雖已是強弩之末，但餘悸猶存；而且，龔自珍大半生的遭遇，也都處在強敵窺伺，眾人皆欲殺的讒憂交集裡。就其創作的環境與條件而言，可謂動輒得咎，備極艱辛。然而，偏偏其創作的「題旨」，又是固執地堅守著「所是者依，所非者去」的「昌昌大言」的主張。在這種對現實不滿，不得不說，又不能直說的情況下，祇好隱譎示意，以寄怨怒之情了。職是之故，在作者猖狂恢詭的創作情懷的歸範下，龔文的語言作風，也唯有以「通脫俶詭」的風貌對應的呈現，其修辭也纔算是成功的。從因果條件的邏輯關係看，「猖狂」正所以是決定「通脫」的主要關鍵，而「俶詭」，也正是作者「恢詭」的情

〔註77〕《文心雕龍・情采》，見王利器《文心雕龍校證》，明文書局，1982年4月，頁205。

懷的體現。

大體而言，以形象化的語言為本位的文學性文章，在修辭上，每不似科學性文章那樣的具有著明確、通順和穩密的性質；它往往有著詞義與詞形暫時分脏的現象，不容易也不能簡單地從詞面上去理解，常常需要根據詞義與詞形的「離異」現象，以及上下文的關係來加以考察。換言之，前者較側重在適應「情境」的問題之上；而且，「離異」的現象愈嚴重，其語言作風也就更傾向於詭譎駘蕩，甚至淪為謎語。

在語言作風上，具有著「通脫俶詭」的風貌的龔文，其詞義與詞形的「離異」現象，是十分顯著的。就詞義而言，龔文是以「經世致用」為其文旨的歸趣，但在詞形上，因在「情境」上不得已的因素的限制，必需迂迴採取「遯辭以隱意」、「譎譬以指事」〔註78〕的方式修辭，這就造成了龔文在語言作風上的「通脫俶詭」了。在〈袁通長短言序〉中，龔自珍以「短言之欲其烈，長言之欲其淫裔，莊言之欲其思，譎言之欲其不信，謬言之欲其來無所從，去又無所至」的評論，揭示了袁通的詞作的修辭現象。事實上，此一揭示也適用於解釋他自己在文學創作上的修辭現象，包括他的散文在內。而且，也明顯地露出作者自覺於這種「離異」現象的構建。身為清代「同光體」的魁傑以及後期浙派大詩宗的沈曾植，在其〈書龔定庵文集后〉中，便「意外地」以「回薄激宕」、「幽靈殊異」、「積微造微」、「泯然藏密」等狀詞，敏銳地指出龔文在詞義與詞形間的「離異」現象，並推崇說：「嗚呼，古之狂者歟？狂者不知□聲之□□如此否也？其亦狷者歟？其於世道不為有補，亦不與無益之秕言比。……以為此定庵之才，數百年所僅有也。」〔註79〕

觀察龔文因為側重適應「情境」而體現的「通脫俶詭」的語言作

〔註78〕《文心雕龍・諧隱》，同上，頁103。

〔註79〕轉引自錢仲聯《龔自珍與沈曾植》一文，《中國古代、近代文學研究》，中國人民大學書報資料中心，1989年第5期，頁283。

風，並且因此而導致在修辭上的嚴重的「離異」現象，可從其辭藻與辭趣兩方面著手。在「通脫俶詭」的語言作風規範之下，龔文的辭藻，往往採取「譎譬」、「反言」、「嘲戲」以及「參差」等方式，進行有關材料、心境、詞語以及章句組織的修辭；而其辭趣，則在以「悲慨」、「瑰奇」和「曲譎」爲基調的情況下，進行有關意味、形貌和音調的修辭。

一、譎譬、反言、嘲戲、參差的辭藻

龔文在辭藻的修飾上，無論寓言雜文與記敘文，即使是原本應該典正的政論文體，也往往譎譬、反言、嘲戲、參差等方式相摻在一起，形成詭譎多變、恣肆參差的修辭現象。

1、譬喻

是修辭手法裡，最爲人所常用的方式之一。其運用的時間，《詩經》的時代早已有之，可謂「源遠流長」。龔文對這一修辭手法的運用，不僅積極，而且具有著個人鮮明的詭譎風格。以政論文中的〈乙丙書〉爲例，詞義本在議論嘉慶二十年間的時事，詞形卻嘻笑怒罵、千奇百怪，往往假牛鬼蛇神的形相方式出現，兩者之間，呈現著極其嚴重的「離異」現象。如〈第三〉中的「犲踞而鴞視，蔓引而蠅孳」、〈第十八〉中的「達官畏鬼，士以水火、盜賊、風雨、歌笑、涕淚、女色飾文章。有聞如雷，曰不祥之大者、以鳥獸治大，大官以鳥獸治有司。鬼以水火、風雨、盜賊賊士，鳥獸以水火、風雨、盜賊予人國」，便是最顯著的例子。

龔文在政論上的「譎譬」已是如此，其餘文體，在譬喻上的詭譎，更可想見。如寓言雜文中的〈三捕〉，以捕殺蝛、熊羆、鴟鴉、犲狼、狗蠅、螞蟻、蚤蝨、蚊虻等生性兇殘險惡的惡物爲喻，以寄揭露、影射之意。其譬喻的手法，不可謂不詭譎。在紀敘文體上，如紀人之作中的〈王仲瞿墓表銘〉的「每會談，大聲叫呼，如百千鬼神，奇禽怪獸，挾風雨、水火、雷電而上下，座客逡巡引去，其一二留者，僞隱

几,君猶手足舞不止。……言王舉人,或齒相擊,如譚龍蛇,說虎豹。」
其譬喻傳主行狀的手法,亦如百千鬼神,奇禽怪獸一般,挾風雨、水
火以及雷電而上下,可謂奇譎恣縱。

2、反言

反言的修辭方式,是用對立矛盾的語詞,以表達相反相成內容的
修辭法式。這種方式的運用,古人中以老子在比例上用得最多,也最
有名。如《道德經》中的「大音希聲,大象無形」、「曲則全,枉則正;
洼則盈,敝則新」等皆是。這種「正言若反」的修辭手法,往往在「往
返回復」的過程中,造成一種奇肆飄忽的現象。今人陳望道認為是警
策辭中最為奇特,卻又是最為精采的一種形象。〔註80〕

龔自珍一生浸淫諸子百家,於道家的莊子,尤深受影響。對於道
家的有關對立矛盾的理論及其因此而產生的「正言若反」的修辭手法
的運用,應有所體認。在〈壬癸之際胎觀第七〉中,他就說:「萬物
名相對者,勢相待,分相職,意相注,神相耗,影相藏;勢不相待,
分不相職,意不相注,神不相耗,影不相藏,將相對之名不成,萬事
皆不立。萬事不自立,相倚而已矣;相倚也,故有勢。萬理不自立,
相譬而已矣;相譬也,故有辨。相倚相譬也,故有煩惑狂亂,有煩惑
狂亂也,故有聖智。」

在龔文中,有關「反言」的修辭手法的運用,主要是放在心境的
描寫上。如〈壬癸之際胎觀第四〉中的「道莫高於能容,事莫慘於見
容,大倨故色卑,大傲故辭卑,大忍故所責於人卑」、〈第六〉中的
「大人之所難言者三:大憂不正言,大患不正言,大恨不正言。憂無
故比,患無故例,仇無故誅,恨無故門,言無故家」、〈第九〉中的「蠢
也者,靈所藉力者也;暫也者,常所藉力者也;逆旅也者,主人所藉
力者也」。內心雖是「大倨」、「大傲」,在行貌上,反而要「色卑」、「辭
卑」;心中雖有滿腔欲發的憂患與恨懣,在言辭上,卻不能開門見山

〔註80〕 易蒲、李金苓合編《漢語修辭學史綱》,吉林教育出版社,1989 年 5
月第一版,頁 581。

的大膽陳述！這種「反言」手法的運用，正是龔自珍爲了適應個人所處的特殊「情境」的需要而作的調整，是利用對立矛盾的語詞，在「往返迴復」的過程裡，營造出奇肆詭譎、飄忽惝恍的文類風格來。

又如〈尊隱〉中的「其聲無聲，其行無名，大憂無蹊轍，大患無畔涯，大傲若折，大瘁若息，居之無形，光晃煜爚，捕之杳冥，後史欲求之，七反而無所睹也」、〈涼燠〉中的「至言無吟歎，至行無反側，大行無畔涯」、〈吳之臞〉中的「其行無有畔涯，其平生甚口，其言盡口過也」、〈錢吏部遺集序〉中的「幽窅而情深，言古今所難言，疑澀於口而聲音益飛，殆不可狀」。〈削成箴〉中的「有無形之形受形敞，有無名之名受名闕。有零有賸，數樂其遁。有畸有餘，亦不可以爲儲。有虛有隙，乃亦所以爲積」等，無不是運用「正言若反」的修辭現象，在矛盾的對立之中，突顯辭義，從而造成具有惝恍飄忽的警策效果。

3、**戲謔**

桐城派古文大家姚鼐的學生吳德旋在〈初月樓古文緒論〉中，曾嚴格規定「古文之體，忌小說、忌語錄、忌詩話、忌時文、忌尺牘」，認爲「此五者不去，非古文也。」儘管桐城古文，往往與駢文的變種，也即是「八股」，有相通之處。但純就理論層面上的修辭言，吳氏所揭示的這些禁忌，仍是桐城古文以「醇雅」爲依歸的創作準則。

由於清朝嘉、道時期，文壇上唯桐城派的「義法」主張是尚，以致僞體充斥。龔自珍有鑑於此，提出「不得已而有」的「感慨」說，以爲對治。但也同樣爲了適應客觀「情境」的需要，不得已的直抒胸懷、陶寫性靈，乃轉而爲「不欲明言，不忍卒言，而姑猖狂恢詭以言之」的創作情懷。這一轉變的始末，在前面曾屢次提及。也因此，其散文的語言作風乃趨向於通脫俶詭，往往隨時放任，不受成規慣例的束縛，不拘執於一格；而其修辭現象，也時而但憑意與信筆寫去，或雅或俗，不一其言。

以政論文爲例，最明顯的例子，莫過於〈明良論〉了。這一組政

論，詞義本在論述明君良臣的大道理，理應典雅穩密；但如〈明良論三〉中的「城東諺曰：『新官忙碌石䮄子，舊官快活石獅子』，卻突如其來，安插一段俗諺，以譏刺當時按資格深淺升遷的不良制度。這一段俗諺的安插，在正統的古文家眼裡，可謂不倫。陳澧就評說：「題曰明良論，豈可雜以嘲戲。」〔註81〕又如〈明良論四〉一開頭，即有一段長長的譬喻，然後再切入「更法」的主題：

> 庖丁之解牛，伯牙之操琴，羿之發羽，僚之弄丸，古之所謂神技也。戒庖丁之刀曰：多一割亦笞汝，少一割亦笞汝；靮伯牙之絃曰：汝今日必志於山，而勿水之思也；矯羿之弓，捉僚之丸曰：東顧勿西逐，西顧勿東逐，則四子者皆病。人有疥癬之疾，則終日抑搔之，其瘡痏，則日夜撫摩之，猶懼未艾，手欲勿動不可得，而乃臥之以獨木，縛之以長繩，俾四肢不可屈伸，則雖甚癢且甚痛，而亦冥心息慮以置之耳。何也？無所措術故也。

這一大段的開場白，在陳澧看來，「亦近嘲戲」〔註82〕，與古文文法不類。

再如〈擬進上蒙古圖志發文〉一文，有關志表的內容引子，全出之以駢文的筆法。如「聖祖高宗，文冠古后，剗而比之，武文咸富。述天章志第一。……民生啞啞，後立文字，聲在形先，我聰厥際。述聲類表第十四。……抱羊乞錢，西東奉藩，偕哈薩克，拱我天山。附述布魯特爲一表。」陳澧也評說：「此等當是定庵所長，惜不見其書也。但有所長便佳，何必說講經小學作駢體文，強作能事乎。」事實上，龔文之所以在詞形裡，摻入俗諺、駢文等，以觸古文禁忌，正是其通脫俶詭的語言作風的體現。

4、參差

最足以體現龔文在語言作風上的通脫俶詭，莫過於其修辭現象在

〔註81〕轉引自《資料集》，頁74。
〔註82〕同上。

句式的或長或短，完全不泥其式，大量的以頂眞、排比的句式，交互運用，有如連珠炮一般，字字句句，生氣蓬勃，氣勢恣肆雄壯，奇詭動人。由於這種修辭手法，在龔文中，幾乎無篇不用，爲免篇幅過於龐大累贅，四大類各舉一、二實例，以見一斑。

以政論文爲例。如〈乙丙之際塾議第二十五〉一文，在「以古諷今」的掩護之下，龔自珍便氣憤地一連以六個排比句，敍述他對朝廷權貴的責伐：

> 居廊廟而不講揖讓，不如臥穹廬；衣文繡而不聞德音，不如服橐韉；居民上正顏色，而患不尊嚴，不如閉宮庭；有清廬閒館而不進元儒，不如闢牧藪；榮人之生而不祿人之死，不如合客兵；勞人祖父而不問其子孫，不如募客作。

如〈乙丙之際著議第九〉一文，其全篇重心所在的句式，可謂完全在排比句的連貫之下，有如江河奔湧一般，氣勢不僅逼人，而且出奇制勝地揭露整個時代對人才的壓迫與扼殺，叫當權者難以置辯：

> 衰世者，文類治世，名類治世，聲音笑貌類治世。黑白雜而五色可廢也，似治世之太素；宮羽清而五聲可鑠也，似治世之希聲；道路荒而畔岸驤也，似治世之蕩蕩便便；人心混混而無口過也，似治世之不議。左無才相，右無才史，閫無才將，庠序無才士，隴無才民，廛無才工，衢無才商，抑巷無才偷，市無才駔，藪澤無才盜，則非但鉏君子也，抑小人甚鉏。當彼其世也，而才士與才民出，則百不才督之、縛之，以至於戮之。戮之非刀，非鋸，非水火，文亦戮之，名亦戮之，聲音笑貌亦戮之。戮之權不告於君，不告於大夫，不宜於司市，君大夫亦不受任。其法亦不及要領，徒戮其心，戮其能憂心，能憤心，能思慮心，能作爲心，能有廉恥心，能無渣滓心。又非一日而戮之，乃以漸，或三歲而戮之，十年而戮之，不年而戮之。

以寓言雜文爲例。如〈尊隱〉一文，在頂眞、排比的句法參差運用中，層次分明地對比出京師與山中力量的消長，從而揭示一個時代危機的到來：

如京師，京師弗受也，非但不受，又裂而磔之。醜類惡怗，
詐偽不材，是輩是任，是以爲資，則百寶咸怨，怨則反其
野矣。貴人故家蒸嘗之宗，不樂守先人之所予重器，則婁
人子篡之，則京師之氣泄，京師之氣泄，則府于野矣。如
是則京師貧，京師貧，則四山實矣。古先冊書，聖智心肝，
不留京師，蒸嘗之宗之孫，見聞媕婀，則京師賤；賤，則
山中之民，有自公侯者矣。如是則豪傑輕量京師；輕量京
師，則山中之勢重矣。如是則京師如鼠壤，則山中之壁壘
堅矣。

以記敘文中的紀人之作爲例。如〈縱難送曹生〉一文，則排比與頂眞
的句法交互連用，敘述曹生在志力上的橫以孤：

今夫士，適野無黨，入城無相，津無導，朝無詔，而讀三
代之語言文章而求其法，弗爲之其無督責也矣。而爲之。
其志力之橫以孤也，有以異於曩之縱以孤者乎？雖然，夫
士也聞之喜，喜奈何？曰：吾之志力，可以有金而淬之，
范金者弗吾逮也，吾且大賢。吾有垸而方員之，有楮而繪
之，有革而鞣之，有木几而雕鏤削治之，愈密愈華愈賢，
吾又大賢。

在紀遊之作方面，如〈說居庸關〉一文，連續以六個「自入南口」的
頂眞句，生動地描寫邊關的地理風情說：

自入南口城，甃有天竺字、蒙古字。……自入南口，流水
齧吾馬蹄，涉之琤然鳴，弄之則忽湧、忽洑而盡態，跡之
則至乎八達嶺而窮。……自入南口，木多文杏、蘋婆、棠
梨、皆怒華。自入南口，或容十騎，或容兩騎，或容一騎。……
自入南口多霧，若小雨，過中關，見稅亭焉，……自入南
口，四山之陂陀之際，有護邊牆數十處，問之民，皆言是
明時修。

以書信序跋爲例。如書信體中的〈與人箋五〉，連用二十個排比句，
佐證「各因其性情之近，而人才成」的道理：

高者成峰陵，窪者成川流，嫻者成阡陌，幽者成蹊逕，駛
者成瀧湍，險者成峒谷，平者成原陸，純者成人民，駁者

　　成麟角，怪者成精魅，和者成參苓，華者成梅芝，戾者成
　　荊棘，樸者成稻桑，毒者成砒附，重者成鐘彝，英者成珠
　　玉，潤者成雲霞，闇者成丘垤，拙者成㟪㠑。

在序跋體方面，如〈長短言自序〉一文，在以排比、頂眞的句式爲主
幹之下，反覆的設問，作者因鋤情不成而宥情，又因宥情不成而尊情
的內心掙扎過程，便貼切生動地被描繪出來：

　　情之爲物也，亦有意乎鋤之矣；鋤之不能，而反宥之；宥
　　之不已，而反尊之。龔子之爲長短言何爲者耶？其殆尊情
　　者耶？情孰爲尊？無住爲尊，無寄爲尊，無境而有境爲尊，
　　無指而有指爲尊，無哀樂而有哀樂爲尊。情孰爲暢？暢於
　　聲音。聲音如何？消督以終之。如之何其消督以終之？曰：
　　先筱咽之，乃小飛之，又大挫之，乃大飛之，始孤盤之，
　　悶悶以柔之，空闊以縱游之，而極於哀，哀而極於督，則
　　散矣畢矣。

　　從以上所引諸例證可知，龔文的辭藻，在積極地以「譎譬」、「反
言」、「戲謔」以及「參差」爲基調的情況下，不僅在有關事象的詞形
修飾上，往往觸目盡是醜形惡狀的怪蟲鳥獸；在有關心境的詞形修飾
上，也奇肆飄忽，捉摸不定；而在有關詞素的修飾上，更時而出之以
「游談」、「駢體」、「俗諺」、「嘲戲」等，大大地增添了文章的趣味，
擴充了古文的詞境；至於在有關句式的修飾上，更大量地以「排比」、
「頂眞」的手法，或長或短，不泥其式地，像排炮般，氣勢駭人，如
狂風巨浪般，迎向讀者面面撲來。讀時，每令人備感無限澎湃的壓力。
而這些都是作者成竹在胸，爲了適應其「猖狂恢詭」的主體情懷，體
現其「通脫俶詭」語言作風時，所作的自覺地調整。

二、悲憤、瑰奇、曲謫的辭趣

　　較之辭藻，辭趣雖然與文章的內容的關係，不似前者那麼的貼
切，對讀者的魅力也較弱；但是，辭趣所涵蓋的具體內容，如意味、
音調、形貌等，仍然在文學作品裡，具有一定比例的作用。因此，也
不能完全予以忽略。

　　龔文在「通脫俶詭」的語言作風的先驗規範之下，其辭趣便也趨向於以悲慨、瑰奇、曲譎為意趣、形貌及音調的主調，以便適應且體現其語言作風。

1、悲慨

　　悲慨是指龔文的意趣性質。意趣的形成，主要源自作者主觀的情趣形態；因此，與文本的情感美關係密切。

　　龔文在情感特徵上，以悽惶悲憤其基調，具體內容則是救亡圖存以及懷才不遇兩條主線。因此，龔文在意趣上，便也以「悲慨」為主調。如〈乙丙之際著議第九〉中的「智者受三千年史氏之書，則能以良史之憂憂天下，憂不才而庸，如其憂才而悖；憂不才而眾栘憐，如其憂才而眾畏。履霜之屩，寒於堅冰，未雨之鳥，戚於飄搖，痺癆之疾，殆於癰疽，將萎之華，慘於槁木」，這種對於社稷危亡與人才壓迫的悲慨意趣，可以說貫穿在龔文的主要作品之中。

　　不過，值得一提的是，龔文也並非一味地「悲慨」；它時而有寓悲於諧，亦莊亦諧的情形出現。這種失聲而笑的情況，是作者為命運所支配的難言之苦，在達到一個臨界點時的無可奈何與自我解嘲。在〈尊命二〉中，有關「情」與「命」的微妙關係的論述，便道出了這一層心理變化：

> 總人事之千變萬化，而強諉之曰命，雖不及天竺書，要之儒者之立言，覺世而牖民，莫善於此，莫善於此！或問之曰：傳曰：「發乎情，止乎禮義。」其言何若？應之曰：子莊言之，我姑誕言之；子質言之，我姑迂言之。夫我也，則發於情，止於命而已矣。

為了「覺世」而「發乎情」，且是不軌於禮義的「猖狂恢詭」之情，然其最終，仍無法如願，祇好強諉之於命運的安排，稍稍自我寬解，以免因猖狹而步上屈原的後塵。悲慨的是「情」，但是將「情」的悲慨，諉之於「命」，其中就有諧趣產生，但也因此，將悲慨襯顯得更突出。

這種在悲慨之中，將被命運所支配而身不由己的狀態描繪出來，以致形成悲諧相濟，哀樂相生的藝術效果，在龔文中，如〈長短言自序〉通篇表現出自己一生沉淪限溺之患的悲慨意趣，而結尾所言：「雖曰無住，予之住也大矣，雖曰無寄，予之寄也將不出矣。然則昔之年，爲此長短言也何爲？今之年，序之又何爲？曰：爰書而已矣」，便帶有諧趣，以此映襯那種有意鋤情不可得，反而尊之的濃重哀愁，而其悲慨也因此更加的濃鬱。

在〈松江兩京官〉中，龔自珍揭露一個爲巴結權貴，喪天害理，陰險出賣朋友的京官，通篇出之以冷峻的筆調，然痛惜官場的虛僞的悲慨之情，卻充斥其中，而結尾的「設少年悍者擊之，中矣」，便是在諧趣中，帶有一份警醒峻拔與辛辣的諷刺意味。

2、瑰奇

瑰奇，是就龔文在形貌上所形成的形態而言。魏源在〈定盦文錄序〉一文中所說：「生百世之下，能爲百世以上之語言，能駘蕩百世以下之魂魄，春如古春，秋如古秋」〔註83〕，從詞語的形貌來看，正是龔文所以瑰奇的原因之一。

以政論文爲例，如〈乙丙之際著議第九〉中的「履霜之屬，寒於堅冰，未雨之鳥，戚於飄搖，痺瘝之疾，殆於癰疽，將萎之華，慘於槁木」、〈乙丙之際塾議第十六〉中的「其敝也，貝專車不得匹麻，有金一斛不糴掬粟，又其敝也，丐夫手珠玉，道殣抱黃金」、〈乙丙之際淑議第二十〉中的「自今江之壖，海之陬，太湖之濱，汐潮之所鼓，菱茡之所爛，鴉雁之所息，設有一耦之民，圖眉睫之利，不顧衝要，宜勿見勿聞，有訽報及議升科者，罪之」、〈平均篇〉中的「積財粟之氣滯，滯多霧；民生苦，苦傷惠，積民之氣淫，淫多雨；民聲囂，囂傷禮義，積土之氣耗，耗多日；民聲濁，濁傷智。積水積風，皆以其國瘵昏，官所掌也」等，其詞語的瑰麗奇詭，有如古錦蕃繡，使人

〔註83〕轉引自《資料集》，頁31。

目迷五色，但又非徒有其表，以辭炫人；而是精光內蘊，英華渟滀。因此，魏源在上揭文中，便又認爲龔文是「金水內景」，且說「雖錮錮深淵，緘以鐵石，土花綉蝕，千百載後，發硎出之，相對猶如坐三代上。」

3、曲譎

曲譎，是龔文的詞語在音調上所形成的基調。就與文學作品的內容的密切關係而言，音調恐怕是在所有修辭現象中，最爲疏遠的了；再加上散文原本就不如韻文中的詩、詞、曲等，那樣的注重音調，所以，在散文這一文類中，音調在所有修辭現象中，可說最不具魅力的了。

即使如此，龔文在這方面也仍然可以見到作者的用心經營。且其經營的走向，也往往以體現其語言作風爲歸趨。最明顯的例子，莫過於記敘文〈書金伶〉中，有關金德輝的演奏情形：

> 既就夕，主客譁，惟恐金之不先奏聲；既引吭，則觸感其在往夕所得於鈕者，試之忽肖，脫吭而哀，坐客茫然不醒，始猶俗者省，雅者喜，稍稍引去。俄而德輝如醉、如寱、如倦、如倚、如眩瞀、聲細而譎，如天空之晴絲，纏綿慘闇，一字作數十折，愈孤引不自已，忽放吭作雲際老鸛叫聲，曲遂破，而座客散已盡矣。

這段有關狀聲的描寫，極盡變化跌宕之能事，可謂曲譎至極。而其中「一字作數十折，愈孤引不自己，忽放吭作雲際老鸛叫聲，曲遂破，而座客散已盡矣」的文字，正如可用以形容龔文其他作品中有關音調的經營，往往是以長短不等的句式，造成跌宕變化，高低不同的音調，在一作數十折的長句之後，達到一個音調的臨界點，看似不能自己，然後突然嘎聲而止，篇終句止，從而在音調上，形成一種曲譎的辭趣。如〈己亥六月重過揚州記〉中的：

> 歸館，郡之士皆知余至，則大讙，有以經義請質難者，有發史事見問者，有就詢京師近事者，有呈所業若文、若詩、若筆、若長短言、若雜著、若叢書乞爲序、爲題辭者，有

狀其先世事行乞爲銘者，有求書冊子、書扇者，塡委塞戶
牖，居然嘉慶中故態。誰得曰今非承平時耶？

如〈王仲瞿墓表銘〉中的：

每會談，大聲叫呼，如百千鬼神，奇禽怪獸，挾風雨、水
火、雷電而上下，座客逡巡引去，其一二留者，僞隱几，
君猶手足舞不止。以故大江之南，大河之北，南至閩、粵，
北至山海關、熱河，販夫驛卒，皆知王舉人。言王舉人，
或齒相擊，如譚龍蛇，說虎豹。

其音調一句十數折，或纏綿慘闇，或凌厲怪發，皆深具曲譎的辭趣。

肆、狂肆側詭的氣質格調

文學作品的氣質格調，也是討論文本的客觀形態時，所不可或
缺的一項。所謂氣質格調，即指與作者的性情有密切關係的文體風格
而言，也就是劉勰在〈文心雕龍・體性〉中所集中論述的問題。「氣
質」一詞，相當於「體性」的「性」，而「格調」，則相當於「體」；
前者是作家的情性，後者是作品的風貌；情性有殊，所爲之文便也隨
之異狀。

值得注意的是，前面有關龔文的傳達形態以及語體形態的論
述，表面上看來，雖然由於爲了適應「情境」的需要，較側重在作者
的藝術素質與修辭技巧上，似乎與龔自珍個人的情性離得較遠。然
而，這種屬於後天修養的「功力」問題，雖可經由「陶染」獲得；事
實上，在「陶染」的過程中，卻往往又自覺或不自覺地選擇與自己情
性相近的風格，作爲學習模仿的對象。而且，在理論上，「因性以練
才」，對於形成成功的風格，應該是較容易的。因此，嚴格來說，氣
質格調的形成，其最深的根源，仍然是源自作者的情性。可從龔自珍
自覺地以屈原、莊子與李白三人爲主要的「練才」對象，可以得到驗
證。〔註84〕

〔註84〕《文心雕龍・體性》，王利器《文心雕龍校證》，明文書局，1982 年
　　　4 月，頁 192。

　　作者的情性既與文本的氣質格調有著必然的對等關係，因此，論述後者，便也需要結合前者，纔能取得較爲客觀的成績。基本上，構成氣質格調的情性因素，可從「識見」、「情趣」、「格調」和「氣勢」等四個方向，進行瞭解。傳統詩文評中所謂的「文如其人」，其所適用的範疇，主要也是限定在這四個方向上。

一、識見

　　識見是作者的「世界觀」的體現；因此，作者對於客觀環境的體認傾向，便也直接決定了氣質格調的形態。不同的情性，往往展現不同的識見；識見的高低、深淺、廣狹，便也在文本裡，形成高低、深淺、廣狹的氣質格調。

　　從十三歲的〈辯知覺〉一文開始，龔自珍便已展露了他個人在識見上的不同凡響。對於「知」與「覺」的定義，不僅成爲一生創作的不變旨趣，「行間酸辣」的緣故，更使其識見在燭幽洞微的光彩裡，顯現出狂肆詭奇的形態：

> 知，就事而言也；覺，就心而言也。知，有形者也；覺，無形者也。知者，人事也；覺，兼天事言矣。知者，聖人可與凡民共之；覺，則先聖必俟後聖矣。

龔文對於「知」的體現，主要在於揭露「時代危機」與「人才壓迫」的嚴重問題之上；對於「覺」的體現，則是主張以「尊其心」的「尊史」，在「一代之治，即一代之學」的體認下，循著「始乎飲食，中乎制作，終乎聞性與天道」的步驟，進行更法改制。

　　值得注意的是，無論是對於「知」或「覺」的體現，龔文在識見上，均有著深廣厚實的現實感和歷史感。但將之置於龔自珍所處的時空裡，則不得不在深廣厚實之中，顯露出狂肆詭奇的色彩。他在「知」方面的預示與揭露，對於清朝的嘉、道時期來說，是超越時代的，是危言聳聽的；他在「覺」方面的構築與倡導，也是狂妄詭誕、全無章法。以龔自珍自己的話來說，他對於「知」與「覺」的體現，儘管卓絕超人，在當時卻是「孤以橫」的。

因此，王芑孫曾一方面以「見地卓絕」的贊辭，推許龔文的識見；一方面卻也透露龔自珍因「今人誤指中行為狂狷」，乃「立異自高」，以「怪魁」自任，「欲縱其心以駕於仲瞿、子居之上」的性情變化。張祖廉則認為「先生奇氣鬱蟠，才氣橫溢，根柢百氏，發為文章，初非侘傺無聊兀傲自喜者可比，故不容執繩墨以相切磨。」〔註85〕王氏的覆書，透露了時代社會造成龔文所以狂肆奇詭的因素，張氏則從才性習染立論，為龔文的狂肆奇詭尋求根源。事實上，情性的形成，既是天生的，也是後天社會生活陶染的結果。因此，龔文在見識上之所以立異以標新，一方面是先天好奇的氣質使然，一方面也是外在環境撞擊的結果。

二、情趣

情趣的組成因素，主要有作者審美情感的旨趣與其情緒的狀態兩種。

首先，在審美情感的旨趣方面：

在〈送徐鐵孫序〉中，龔自珍曾明白宣告說：

> 平原曠野，無詩也；沮洳，無詩也；磽确狹隘，無詩也；適市者，其聲囂；適鼠壞者，其聲嘶；適女閭者，其聲不諴。天下之山川，莫尊於遼東。遼俯中原，逶迤萬餘里，蛇行象奔，而稍燒瀉之，乃辛恣意橫溢，以達乎嶺外。大海際南斗，豎亥不可復步，氣脈所畢，怒若未畢；要之山川首尾可言者則盡此矣。……《易》、《書》、《詩》、《春秋》之肅若沕若，周、秦間數子之繽若犖若，而莽蕩，而噌吰，若斂之惟恐其坻，揪之惟恐其隘，孕之惟恐其昌洋而敷腴，則夫遼之長白、興安大嶺也有然。……如嶺之表，海之滸，磅礴浩洶，以受天下之瑰麗，而洩天下之拗怒也。

審美情趣本是作者審美情感的特徵以及審美對象相互契合的結果。上引文中的「蛇行象奔」、「恣意橫溢」、「怒若未畢」、「肅若沕若」、「繽

若崒若」、「莽蕩」、「嚕呶」、「磅礴浩洶」等之狀詞，可說是龔自珍個人在審美情趣上的最好自白。因此，在「受天下之瑰麗，而洩天下之拗怒」的情趣指向歸範之下，龔文便也隨著時代的脈搏而躍動，以充滿悲憤激越的「風雷」之文，反映深刻的社會矛盾。

其次，在作者的情緒狀態方面：

情緒狀態，是作者特定的情緒過程的產物。由於情性的差異，不同的作者，對於同一事物，會有不同的情緒反應，在文本上便也會有不同的形態產生。

在〈與江居士箋〉中，龔自珍曾自述其道光二年以後的情緒狀態說：「榜其居曰『積思之門』，顏其寢曰『寡歡之府』，銘其憑曰『多憤之木』。」事實上，龔自珍一生，基本上都是在這種情緒狀態下渡過的，少有波平浪靜的時候。這種情緒的形成，自然是龔自珍好狂言的情性以及讒憂交集的身世相互激盪的結果。

龔自珍在「寡歡」、「多憤」的情緒狀態下，雖有其激情的一面，卻也因為從未中斷的「積思」，而有著熱情的一面。在激情之下，文本往往隨著龔自珍個人情緒的激烈、沸騰，乃至不能自己，而呈現出淋漓奔放、激訐憤遏，甚至是狂肆凌厲的形態。而在熱情之下，如〈農宗〉中所說：「龔子淵淵夜思，思所以撢簡經術，通古今，定民生，而未達其目」一樣，這種情緒，因是龔自珍在主體情志上，意識到需要長期追求時所帶來的體驗，因此，其力度較強，蓄積較久，表面雖不見波濤洶湧，內裡卻是伏流暗動；其文本不僅積澱著深刻的認識根源，而且存在著意向性的活動，而呈現出深廣凝重、憂憤執著的形態。

以〈王仲瞿墓表銘〉為例。王氏是龔自珍的忘年交，相契極深。因此，他的一言一行以及志趣、意向，在某種程度上，便也反映了龔自珍自己。如有關王氏形象的描寫，龔自珍作了這樣的描繪：

> 每會談，大聲叫呼，如百千鬼神，奇禽怪獸，挾風雨、水
> 火、雷電而上下，座客逡巡引去，其一二留者，傴隱几，

> 君猶手足舞不止。以故大江之南，大河之北，⋯⋯言王舉
> 人，或齒相擊，如譚龍蛇，說虎豹。

由於與作者自己的情形類似，故寫來倍覺親切，在情緒狀態上，便以
狂放突兀，凌厲怪發的激情成分居多。但在激越奔放，揮灑淋漓的筆
勢之中，龔自珍也仍然不忘對故友作出內向嚴謹的評價，其中不僅積
澱著深刻的認識，也有著「蓋棺論定」的贊頌：

> 其爲人也中身，沉沉方逸，懷思惻悱；其爲文也，一往三
> 復，情繁而聲長；其爲學也，溺於史也，人所不經意，累
> 累心口間；其爲文也，喜臚史；其爲人也，幽如閒如，寒
> 夜屏人語，絮絮如老嫗，匪但平易近人而已。其一切奇怪
> 不可通之狀，皆貧病怨恨，不得已詐而遁焉者也。

三、格調

　　格調是作者人生態度的總和，其中包括了道德品質、政治節操
與思想作風等。而文本中所體現的人物形象的格調，往往是作者人
格理想的具象化，表現爲肯定、稱頌某種人格，或否定、鞭韃另一種
人格。

　　龔自珍在散文裡，便塑造了不少鮮明的人物形象。其正面的人
物形象，無論是在道德品質、政治節操或思想作風方面，都隱約可
見作者的影子。如前一小節中所舉的王仲瞿，龔自珍對他所作的贊
頌，便也是他自己的投射。又如〈尊隱〉中，「枕高林，藉幽草，去
沮洳，即犖确」，以「仁心爲幹，古義爲根，九流爲華實，百氏爲柂
藩」的「山中之民」，其實也是龔自珍個人政治節操與思想作風的理
想化。再如〈縱難送曹生〉中，「適野無黨，入城無相，津無導，朝
無詔，而讀三代之語言文章而求其法」的「孤以橫」的曹生；〈吳之
朧〉中，「其行無有畔涯，其平生甚口，其言盡口過」的吳生，也還
是一樣。

　　至於在反面人物形象的鞭韃上，如〈三捕〉中的討伐以怨報德，
以暴凌柔，陰狠僞善的權貴人物；〈臣里〉中的譏斥韜晦自保、阿諛

諂媚的處世態度，和以直爲欺、虛僞圓滑、顚倒是非的行事原則；〈與人箋二〉中的諷刺官場與士林的險惡狡詐等，也都襯顯出龔自珍在格調上的憤世嫉俗、不隨波逐流、也不趨炎附勢。這些文章，往往格調高亢、激越，塑造出一個既狂肆憂憤，又詭奇不懈的人格形象。

至於龔自珍不泥一宗的思想作風，更是瞭解龔文所以呈現如此風格時不可忽略的切入點。爲了倡導「經世致用」之說，他不僅往往援引「其中多非常異義可怪之論」的《公羊》家言，以譏切時政；在冀望將古史氏的地位提昇到近史氏的身上的命題之下，乃又將五經、諸子收攝在史的範圍裡，提出「尊其心」的「尊史」說，以開擴傳統將史官之職圍於「職語言，司謗譽」的狹小格局中。這樣橫掃一切，又貫穿一切的思想作風，在講究學派宗風的舊社會裡，可謂不倫。因此，後人在面對龔文之際，所感受到的，也正是這種孜孜創新，一空依傍的思想格調。

四、氣勢

氣勢是指文本的氣度、態勢和風貌。它雖然是文體風格的外在特徵，卻也是作者主觀氣質的對象化。因此，作者在氣質特徵上的活動強度、速度以及靈活程度，〔註86〕在一定程度上，便也主觀地決定了其作品的氣勢形態。

從外向的強度觀察，龔自珍異於時人的剛烈血性，正是決定龔文在氣勢上，呈現忿憤激訐的形態傾向的主觀因素。如〈平均篇〉中的「大言不畏、細言不畏、浮言不畏、挾言不畏」、〈壬癸之際胎觀第四〉中的「哲人之心，孤而足恃，故取物之不平恃之」，「舍天下之樂，求天下之不樂」、〈尊隱〉中的「百媚夫，不如一猖夫也；百酣民，不如一瘁民也」以及〈懷我生之先箴〉中的「予未生之年，氣已古矣」、「言滿朝廷，氣虎虎矣」、「不聞尼父，不樂今人與居，不聞尼父，懷史佚周任而不懼今大夫」等的明白宣告，對一個處在文網嚴密、身世飄零

〔註86〕魯樞元《文藝心理學》，新學識出版，頁251。

的人來說，確實顯露了他在氣質上所具有的大無畏、捨樂就憂，以「狷夫」、「瘁民」自居的強度。

　　從思維的靈敏程度觀察，為了適應「情境」的需要，龔自珍在心理上所作的調整，也主觀地決定了龔文具有著詭譎狂肆的風格。如〈壬癸之際胎觀第六〉中的「大憂不正言，大患不正言，大恨不正言」、〈尊命二〉中的「子莊言之，我姑誕言之；子質言之，我姑迂言之」、〈績溪胡戶部文集序〉中的「自珍嘗聞胡子之言之質矣，粹然胡子之言也，非如自珍之言之旁出氾湧，而更端以言」等，正說明龔自珍清楚地認識客觀環境的需要而作的調整。這一創作心理的調整，不僅影響到其藝術傳達手段的形成，也從而對龔文所以形成詭譎狂肆的風格因素，發揮了一定程度的影響力。

　　從意志的努力程度觀察，龔自珍的饜飫諸子百家，以有助於民生，在近代的士人中，是極其有名的。在〈古史鉤沉論三〉中，他就曾自言：「讀百家，好雜家之言」，「事天地東西南北之學」。魏源在〈定庵文錄序〉中，也說：「其書以六書小學為入門，以周秦諸子、吉金樂石為崖郭，以朝章國故世情民隱為質幹。晚尤好西方之書，自謂造深微云。」〔註87〕在知識上，有不拘一門的狂熱追求，正說明龔自珍意志力的持續不竭。這一氣質上的特點，也是決定龔文風格的因素之一。

　　曹籀在〈定庵文錄序〉中，評論龔文說：「其雄辭偉論，縱橫而馳驟也，則似孟似莊；其奧義深文，佶屈而聱牙也，則似墨似鬻；其義理精微，辭采豐偉，或守正道之純粹，或尚權謀之詭譎，則又似荀似列，似管似晏」，可謂「汪洋恣肆，浩乎其無涯，而莫右其所終極」，有如「雲霞雷電之變幻不測，雨露風霜之間代靡窮」般；又說龔文「如嘗海一滴而知其味之鹹，取火一星而知其性之烈」。〔註88〕事實上，龔文之所以形成這種風格，在氣質因素上，不僅與他有著深

────────────

〔註87〕同註68書。
〔註88〕轉引自《資料集》，頁73。

度省思的特點有關，也與他有著大膽狂妄追求的特點有關。

第三節　整體評價的研究

　　龔文自刊印問世的清道光三年以來，在評論家中，固然有人採取比較全面的觀點，對他進行具體的評價，但更不乏有人從主觀的成見出發，作出各式各樣偏頗的結論。這種「各執己見，褒貶隨意」的結果，就不免造成龔文在評價問題上的嚴重分歧，而影響到後人對他的認識。

　　不過，評價的分歧，并不就意味著評價的本身不足取；相反的，由於主觀成見在先之故，後人往往可從其中鮮明的見出龔文的特定面。因此，今日對龔文的評價工作，也仍然需要站在前人的基礎上，纔能獲得較全面的成果。所以，本小節擬從前人對龔文思想內容與藝術形式的肯定與否定，及今日評價的商榷等三方面，進行論述。

壹、有關思想性的評價

　　龔文所呈現的思想成分，極為複雜。作者所有的主要論點，皆有所承，卻又「徘徊無所一是」，「奔迸四溢而無所止」。〔註89〕其思想基調根本就不是在於建構某一系統理論，而是在於「救世」，在於「經世致用」之上。魏源〈定庵文錄序〉中的「憤憤於外事」〔註90〕一語，就道出了龔自珍的思想，是為了符應「時務」的需求而建構的。時務既以「變」為其常道，龔自珍的思想乃亦因而有「不拘一格」的性格。值得注意的是，「變」的過程，往往是辯證的，所謂「初異中，中異終」〔註91〕即是。因此，在其思想中，抗逆的成分也就特別的濃厚。但是，「變」的終極歸趨，龔自珍卻又以為是「終不異初」〔註92〕的

〔註89〕見錢穆《龔定庵思想之分析》，收入《國季學刊》第 5 卷第 3 號，國立北京大學編印，頁 519。
〔註90〕轉引自《資料集》，頁 31。
〔註91〕《全集・壬癸之際胎觀第五》，頁 16。
〔註92〕同上。

循環現象。如此一來，抗逆的最終結果，也必將回復到最初的原點，
以復古爲歸趨。

　　魏源對於龔自珍的思想傾向，就曾有這樣的理解：「其道常主於
逆，小者逆謠俗、逆風土，大者逆運會，所逆愈甚，則所復愈大，大
則復於古，古則復於本」〔註93〕；結合龔自珍往往一空依傍，卻又以
三代之治爲理想的追求目標來看，這樣的理解是有跡可循的。因此，
龔文在思想上的最大特徵，以傾向性的視角來看，若說是抗逆性與復
古性，便也是有跡可循的了。大體而言，從清朝嘉、道時期以至於民
國初年，對於龔文在思想內容方面的評價，主要是從「經世致用」和
「諷諭」兩種立場出發；而這兩種立場，所分別反映的思想傾向，基
本上也是集中在龔文的復古性與抗逆性之上。但其中無論是或貶或
褒，則往往失之偏頗，難有全面而持平的意見。

一、前人評價的檢討

　　從「經世致用」之學的立場出發肯定龔文的，最早應推段玉裁。
在〈懷人館詞序〉中，他就有「間有治經史之作，風發雲逝，有不可
一世之概」〔註94〕的贊詞。而對於四篇〈明良論〉，段玉裁更是加墨
矜寵的說：「四論皆古方也，而中今病，豈必別製一新方哉？耄矣，
猶見此才而死，吾不恨矣。」段玉裁逝世於龔自珍廿四歲時，故其所
見僅限於部分政論之作，但已褒揚至極；然而，即使段玉裁有幸見到
龔文的全貌，因爲主體情志的認知因素，其評價恐怕亦將偏向於具有
復古性質的政論之作，而對有著強烈抗逆性質的諷諭之作，持保留的
態度。在給外孫的勉學書札中，段玉裁就說：「萬季野之戒方靈皋，
曰：『勿讀無益之書，勿作無用之文。』嗚呼！盡之矣！博聞強記，
多識積德，努力爲名儒，爲名臣，勿願爲名士。何謂有用之書？經史
是也。」〔註95〕段龔祖孫二人情誼深切，段又爲當時大儒，對龔自珍

〔註93〕同註75。
〔註94〕見段玉裁《懷人館詞序》，轉引自《資料集》，頁4。
〔註95〕見段玉裁《與外孫龔自珍札》，轉引自《資料集》，頁6。

日後往往借鑑經史，以從事「經濟文章」的創作，應有推波助瀾的作用。不過，從其舉例為名臣、名儒，勿為名士以及經史為有用之書來看，段氏或早已見出龔自珍在先天情性上所具有的「酸辣」傾向，故作書勸之。

　　在段玉裁之後，對龔自珍以借鑑經史的方式，從事「經世致用」之學持肯定態度的，大多立場一致，給予極高的評價。如江沅評〈五經大義終始論〉說：「《六經》之文，周之情，孔之思也。有此等文，而龔子之文，從無敵於漢以來天下。」僅從〈五經大義終始論〉所倡導的「始乎飲食，中乎制作，終乎聞性與天道」這一點來看，實是古今未發之論。蔣湘南在〈與田叔子論古文第三書〉中，則稱揚龔自珍「精西漢今文之家法，而又通本朝之掌故」，古文為「子長、孟堅之流亞也」；黃象離則以「蓋周、召分封之望」，分別稱許龔、魏之古文。徐世昌《清儒學案》也說龔自珍「大明西京之學，其見於文字者，推究治學本原，洞識周以前家法。」〔註96〕都凸顯龔自珍在思想上所具有的復古傾向，並給予高度的評價。

　　但是，對龔文在思想上所採取的「復古」策略，尤其是在「以經術作政論」這一點上，則更有人大加撻伐之。皮錫瑞《經學歷史》已說龔文「猶惑於劉歆、杜預之說」，梁啟超《清代學術概論・二十二》雖一面揭示龔文「往往引《公羊》義譏切時政，詆排專制」，讀者有「如受電然」的特點，一面卻又指出其缺點：「病在不深入，所有思想，僅引其緒而止」，「稍進乃厭其淺薄」。〔註97〕

　　而撻伐龔文最有力的，莫過於朱一新、張之洞與章太炎的評論。朱氏在《無邪堂答問》中既說：

> 公羊家多非常可怪之論枋，西漢大師自有所受，要非心知
> 其意，鮮不以為悖理傷教，故為此學者，稍不謹慎，流弊
> 滋多。……若劉申受、宋于庭、龔定庵、戴子高之徒，蔓

〔註96〕轉引自《資料集》，頁 114。
〔註97〕轉引自《資料集》，頁 157。

衍支離，不可究詰，凡群經略與《公羊》相類者，無不旁通而曲暢之，即絕不相類者，亦無不鍛煉而傅合之，舍康莊大道，而盤旋於蟻封之上，憑臆妄造，以誣聖人，二千年來，經學之厄，蓋未有甚於此者也。

又說：

定庵才氣，一時無兩，好為深湛之思，而中周、秦諸子之毒，有時為彼教語，亦非真有得于彼教，聊以佐其蕩肆而已。刻深峭屬，既關情，蕩檢偷閒，亦傷名教。〔註98〕

朱氏以「無邪」為堂號，可見其「衛道」之心的深切；故龔自珍在思想上的狂肆閒蕩，頗遭受其嚴酷的斥責。

　　張之洞是晚清洋務派的代表之一；但在〈詠學術〉一詩中卻說：「理亂尋源學術乖，父仇子劫有由來。劉郎不嘆多葵麥，只恨荊榛滿路栽。」並且自注說：「二十年來，都下經學講《公羊》，文章講龔定盦，經濟講王安石，皆余出都以後風氣也，遂有今日，傷哉！」直接指責了龔文的思想，是「父仇子劫」的由來，為亂階的禍首。〔註99〕

　　而章太炎的批評，不僅嚴厲，而且還涉及人身攻擊。在〈中國學術論著輯要〉中，他就認為龔自珍的復古，是「欲以前漢經術，助其文采，不素習繩墨，故所論支離自陷，乃往往如讇語」，將龔文視為夢囈，可謂偏激之論。在〈校文士〉中，他宣稱龔文是「剿竊成說而無心得」，亦屬無情之論。而在〈與劉揆一書〉中，他更說龔自珍：「好功名、求仕進，學術粗牦，尤喜附麗，諸所陳述，佞諛萬端，晚不得據要路復以微文姍謗」，更進而由文章推及於人身，大肆詆毀龔自珍的道德品格。〔註100〕

　　平情而論，龔自珍的思想基調，既以「經世致用」為歸趨，而不在於一學派宗法之旨的建構，因此，皮錫瑞等人之論，其中便也不

〔註98〕轉引自《資料集》，頁108、109。
〔註99〕轉引自《資料集》，頁98。
〔註100〕轉引自《資料集》，頁141、142。

能免去夾雜著個人門戶之嫌〔註 101〕，而且未能以「同情的瞭解」，
細體龔自珍所處的現實環境，忽略了「不勝憂危」的恓惶情緒，纔
是造成渠等所謂「淺薄」、「支離自陷」的關鍵所在。在〈今古文辨
義〉中，章太炎論及廖平所著書時，曾以體諒的心情說：「雖所見多
偏戾激詭，亦由意有不了，迫於憤悱之餘，而以是爲強解，非夫故爲
卻倔以衒新奇者。」〔註 102〕章氏若能以同樣的諒解心情，體會龔文
在思想上之所以往往「僅引其緒」，「不素習繩墨」的根源因素，也是
由於「迫於憤悱」之故，以致不暇於學派宗風的斤斤計較，一切唯
能「經世致用」，救亡圖存是用，即不會作出如此有欠公允而無情的
評論。

　　再者，梁氏等人集中從「引《公羊》義譏切時政」的立場發論，
卻也縮小了龔文在思想上所具有的作用和價值。他們忽略了龔文還
有以諷喻爲主，具有強烈抗逆性的一面。這一思想，儘管還有些朦
朧，但在近代思想史上，卻有著啓蒙的作用。嚴格來說，即如對龔文
的借鑑經史以從事「經世致用」之學，持肯定態度的一派，似乎對這
一面思想，也未加以凸顯。以龔自珍的好友魏源所編的《經世文編》
爲例來看，雖選了幾篇重要文章，如〈平均篇〉、〈農宗〉、〈西域置行
省議〉」等，但政論的代表作如〈明良論〉、〈乙丙之際著議〉等，則
未予收錄。歸究其因，政治的忌諱，是最主要的因素。與龔自珍友好
的莊卿珊，就曾亟勸龔要大刪其〈乙丙書〉，以免觸忌速禍。〔註 103〕
可見當時對龔文所具有的強烈抗逆性的諷諭之旨，即使情誼在師友
間，亦多敬而遠之，未敢率意加以揭示。

　　塾師宋魯珍應是最早揭示龔文在思想上所具有的抗逆傾向的

〔註101〕　戊戌政變前一年，章炳麟曾有信云：「麟自與梁麥諸子相遇，論及
　　　　　學派，輒如冰炭」，而龔自珍既爲康、梁等人所步武，則章氏之斥，
　　　　　已非單純的思想爭論。章書見 1977 年《歷史研究》第 3 期。
〔註102〕　轉引自《資料集》，頁 142。
〔註103〕　《全集·雜詩，己卯自春徂秋，在京師作，得十有四首》之二，有
　　　　　「常州莊四能憐我，勸我狂刪乙丙書」，頁 441。

人。對龔自珍十三歲受命而作的〈辨知覺〉一文，宋氏即以「行間酸辣」評之。後來，龔在二十六歲時，曾以〈佇泣亭文〉就教於前輩王芑孫。王在讀後的覆信中，也同樣認爲：「足下文中，以今人誤指中行爲狂狷，又卻自治其性情，以達于文，其說允矣。循是說也，不宜立異自高。凡立異未有能異，自高未有能高于人者，甚至上關朝廷，下及冠蓋，口不擇言，動與世忤，足下將持是安歸乎？」力勸他要「修身愼言，遠罪寡過」，並舉高談之士如王仲瞿、惲敬等人「皆顛沛以死」爲例證。〔註104〕

在傳統社會裡，並不盡然反對諷喻，但有一個大前題，就是必須「發乎情，止乎禮義」，也就是在「溫柔敦厚」的規範之下，作到「怨而不怒」的地步。〈佇泣亭文〉今已亡佚，雖無由印證，但龔文整體面貌所具有的「酸辣」傾向，卻是無庸置疑的。這種動觸時忌的思想傾向，顯然已超越了「怨而不怒」的界限，有速禍之虞，不僅王芑孫期期以爲不可，至友如魏源等亦屢屢加以規勸之。由此，也可以看出龔文在思想的抗逆性方面，確實有開風氣的意義在。

然而，對於龔文在思想上的抗逆性，持肯定態度，並且爲之辯駁的，亦大有人在。梁章鉅《師友集》在論龔自珍條中，對於時人認爲龔文「語多觸忌」的說法，不僅直斥爲「井蛙之見」，而且還作詩贊頌曰：「渤海佳公子，奇情若老成。文章忘忌諱，才氣極縱橫。正約風雲會，何緣露電驚。舊時過庭地，忠孝兩難成。」梁氏身在抗英的前線，對於危如累卵的國勢，感受極深；因此，他纔能從「正約風雲會」的視角出發，深深體會龔文所以「忘忌諱」、「露電驚」的不得已及其可貴之處。〔註105〕

最令人訝異的，莫過於沈曾植的評論了。沈氏爲「同光體」的魁傑，是後期浙派詩的大將，從創作的門路來看，兩人可謂少有關聯。但他對龔文的推崇，卻是前後一致，可謂至矣極矣，無以復加。

〔註104〕轉引自《資料集》，頁7。
〔註105〕轉引自《資料集》，頁15。

在早期的〈書龔定庵文集後〉中，沈氏不僅開宗明義地承認龔才乃「非盛世之所有」，為龔自珍作了時代的定位。而且，還進一步貶斥盛世的中道而行，是「無蕩心者以發其聲」、「無有耀神者以發其色」，從而肯定才之興在於中古，在於狂狷者流的意義。他推崇龔文：

> 其聲非尋常之聲也，其色非尋常之色也，其回薄激宕，江海不足以為深，山岳不足以為高，群天下魁儒碩學，長德偉人、大豪大奸邪、大盜大猾、震之、駭之、頌之、讚之、擯棄之、絕之，而其幽靈殊異之心，疏通知遠，體物無遺之智，如電入物，如水注地，積微造微，泯然藏密，不可思議。……吾心所獨，其受之吾心，若有充然滿志者。爰題其後，以訊世之知言者，以為此才定庵之才，數百年所僅有也。〔註106〕

在晚年的《龔自珍傳》中，沈氏依然不改前調，以「所為文獨造深峻，為一代雄」稱揚龔文。〔註107〕沈氏與梁章鉅一樣，能從時代的觀點出發，肯定狂狷的進取與有所不為。從而確立龔文為「數百年僅有」的地位。這番態度，既不受限於門派之見，又能跳脫「觸忌」的政治障礙，較之章太炎等人，甚至王芑孫，無疑是雲泥之別。

二、今日評價的商榷

總的說來，肯定龔文在思想上的復古性，都集中在借鑑經史的視角上，但往往過於印象化，對思想內容缺乏具體的分析；否定龔文在思想上的復古性，則持之有故，指摘其思想剽竊、淺薄，甚至媚世，卻又未能跳脫門派之見，明白古人經術吏治結合的歸趨；而這兩者的視野，又同時不自覺或自覺地縮小或無視於龔文在思想上的抗逆性。有意壓抑龔文在思想上的抗逆性的，都為龔自珍的師友，其用意自然

〔註106〕 轉引自錢仲聯《龔自珍與沈曾植》一文，收入《中國古代、近代文學研究月刊》，中國人民大學書報資料中心，1985 年第 5 期，頁283。

〔註107〕 同上。

出於愛護，但對後代的教育來看，龔文在思想上所具有的積極意義，便因不被凸顯而爲大意或保守的讀者所忽視；而積極肯定龔文在思想上的抗逆性，雖甘冒不諱，卻還予龔文本來的面目，補足了一般評論有意或無意的不足。

因此，今日對龔文在思想上的評價，不僅要站在龔自珍的時代和龔自珍個人身上，設身處地的取其精華，去其糟糠；還要站在思想史的線上，瞭解其所開創和受拘囿之處。以龔自珍自己的言語來說，也就是要「縱」與「橫」兼顧，作出全面的評價。

龔自珍在〈尊隱〉中，曾經揭示君子要能「大其生以察三時」的重要意義。所謂「大其生」，也就是重視自我生存的意義，努力成就自我，發揮個人的作用；而所謂「察三時」，則是要洞察時世的變化，對現實社會進行觀察與診治。兩者的體現，則是龔自珍對「尊情」與「尊史」的倡導。這兩種意向相互作用的結果，使龔自珍的思想傾向，不僅有尖銳的抗逆性，也有鮮明的復古性。前者是他意在揭發、解剖時代黑暗面的意向特徵；後者則是他傾向於改良主義的「經世致用」之學的意向特徵。這兩種傾向在龔自珍的思想裡，基本上是互補的；他往往從經史的典範之中，尋求批判的理論根據，而述古在龔自珍而言，其實也是論今，表達對現實的不滿與重建現實的理想。然而，由於三代在京爲宦的家世情感與對時勢瞭解程度的影響，龔自珍思想中的復古性與抗逆性，雖時而呈現互補的作用，但前者往往又牽制了後者，以致錯失開創嶄新思想的良機，是不能不加以注意的。

在龔文中，對於帝王的批判，儘管往往借由述古的手段加以表達，在文義上略顯隱晦，但卻是尖銳，而且隱藏著作者重大的寓意。再加上封建時代，帝王的特殊身分之故，所以，有關龔自珍批判帝王的諸種思想，便也是觀察其思想中的抗逆性與復古性互動情形的最佳例子。

依據龔自珍的觀點，在「一人爲剛，萬夫爲柔」的時代裡，人臣的寡廉鮮恥暮氣沉沉，以及種種用人制度的不公與僵化等現象，其弊

病的根源，皆出自於帝王一人身上。在〈古史鉤沉論一〉中，他就曾尖銳的批判古來霸主處心積慮的最終目的，乃在於除去人臣的廉恥，以快其號令，崇高其身：「昔者霸天下之氏……大都積百年之力，以震盪摧鋤天下之廉恥，既殄、既獮、既夷，顧乃席虎視之餘蔭，一旦責有氣於臣，不亦暮乎！」在〈明良論四〉中，根據唐、虞三代天下所以治的經驗，乃因為天子對於人臣的要求，是「但責之以治天下之效，不必問其若何而以為治」。因此，龔自珍乃將人臣所以氣節偷敝不振的原因，完全歸究於帝王的專斷說：「天下無巨細，一束之於不可破之例，則雖以總督之尊，而實不能以行一謀，專一事。夫乾綱貴裁斷，不貴端拱無為，亦論之似者也。然聖天子亦總其大端而已矣」；從而強調君主應大權下放，給予內外大臣充分的職權。所謂「權不重則氣不振，氣不振則偷，偷則敝；權不重則民不畏，不畏則狎，狎則變。待其敝且變而急思所以救之，恐異日之破壞條例，將有甚焉者矣。」就是這個道理！

在〈京師樂籍說〉和〈杭大宗逸事狀〉中，對於帝王的陰狠，龔自珍更給予致命的一擊說：「人主有苦心奇術，足以牢籠千百中材，而不盡售於一二豪傑」，充分反映了龔文在思想上，所具有的如利刺一般，直刺傳統社會心臟的尖銳抗逆性。在〈尊命〉中，對於「儒家之言」的「君有父之嚴，有天之威」，他也予以否定，強調「君之尊不至此極」；並且反對「君不可以受怨」的說法，認為人臣不衹要「以道事君」，還要有「格君心之非」的責任，不可以像「趙高匿其君以為尊君」，而是應該「無日不與天下相見以尊君」。這些因逆今而返古，再由述古而諷今的論調，對於君權的挑戰，可說是夠尖銳的了。

但是，在觸及統治權力的調整之際，龔自珍反以苦口婆心的姿態，亟勸朝廷進行漸進而且是局部的改革，並未因此而有動搖統治階層命脈的意圖。在〈乙丙之際著議第七〉中，他就從歷史的經驗出發，認為：「一祖之法無不弊，千夫之議無不靡，與其贈來者以勁改

革，孰若自改革？……何莽然其不一姓也？天何必不樂一姓耶？鬼何
必不享一姓焉？……《易》曰：『窮則變，變則通，通則久。』非爲
黃帝以來六七姓括言之也，爲一姓勸豫也。」語氣儘管嚴重，但是龔
自珍希冀朝廷自我覺悟，自行改革的用心，卻是相當明白的。在〈平
均篇〉中，他也依據「繼喪亡者，福祿之主；繼福祿者，危迫之主」
的歷史背景，強調「上之繼福祿之盛者難矣哉」，以「可以慮，可以
更，不可以驟」的原則進行改革。其批判的姿態，已經明顯的放低；
而其主張「更法」的思路重點，如〈明良論四〉中的「刪棄文法，捐
除科條，裁損吏議」等，更是回復到過往，具有濃厚的復古意味，與
後來受西方影響而產生的變法思想，在本質上有很大的差異。

　　尤其該注意的是，龔自珍同樣提倡改革的〈古史鉤沉論四〉一
文中的論調。雖然歷來對該文有存在著是否隱含革命之意的爭議。
〔註108〕但實際上，這種意見實是出於斷章取義的誤解所致。自清朝
建國以來，在異姓統治的刻意壓制之下，漢族始終無法真正參與朝廷
有關軍國政事的論議。對於這種因爲種族觀念而形成用人不公的現
象，龔自珍乃提出「賓賓」的主張說：「弊何以救？廢何以修？窮何
以革？《易》曰：『窮則變，變則通，通則久。』恃前古之禮樂道藝
在也。故夫賓也者，生乎本朝，仕乎本朝，上天有不專爲其本朝而生
是人者在也，是故人主不敢驕。」若僅孤立的看「上天有不專爲其本
朝而生是人者在也」這句話，難免會有「革命」的誤導。但是結合著
《易》經以及「恃前古之禮樂道藝在也」的話來看，便可知龔自珍的
真正意思，是說政治改革之所以有效，是因爲有了往昔的歷史典範與
經驗教訓，可借遵循的結果。因此，身爲異姓之賓，他生於本朝，仕
於本朝，是一個現實的生活問題，但他還有「不專爲其本朝而生」，
傳承「前古之禮樂道藝」的文化理想，因此，人主才不敢待之以驕

〔註108〕最突出的例子，是朱傑勤。朱氏在其書《龔定庵研究》中，曾闢有
　　　　專章《龔定庵之革命思想》討論之，臺灣商務印書館，1972年3月
　　　　臺二版，頁9～33。

橫。由這裡可以看出，龔自珍在與異族爭取參政地位之際，所採取的理由，不是直接且具有抗逆性的近代種族平等觀念，而是蘊含著濃厚復古傾向的「士志於道」的文化傳統。〔註109〕

就文化傳承的意義而言，「士志於道」並非不可取，相反的，這一傳統極其重要，值得提倡。但是放在龔自珍所處的異族統治的特定時空裡，此一意義，顯然遠不如「種族平等」的觀念來得具有開創價值。不過，並非龔自珍沒有自覺到；事實上，在〈杭大宗逸事狀〉中，文章一開頭便有「朝廷用人，宜泯滿、漢之見」的話語，雖然它離真正的種族平等觀念，還有一大段距離。顯然，龔自珍是因太過於專注為「異姓之聞人」，乃「史材也」，為「三代共尊之而不遺」定位，以致僅從「士」的狹隘視角出發，而讓強烈的復古性在有意無意間，模糊了原本可能提出的相當進步的思想。就思想史的發展史來說，不免有些可惜。此一情形的產生，正是龔自珍思想中濃厚的復古傾向，牽絆住其抗逆傾向的結果。

再從論述民生經濟的思想來看：

龔自珍的「經世致用」之學，其層面很廣。舉凡治河、養桑、墾田、賦稅以及作戰等等，他都曾經積極提出建議。尤其在有鑑於當時生齒日益繁，氣象日益險，黃河日益為患，土地兼併日益加劇之際，他更奮力完成〈平均篇〉與〈農宗〉兩篇大作。雖然，其「大指不同」〔註110〕，卻同樣獲得後人很高的評價。所以「大指不同」，主要關鍵乃在於龔自珍對人性所抱持的觀點改變之上。而其改變的結果，又同樣可以看出龔自珍思想中的復古傾向牽絆住其抗逆傾向的情形。

〈平均篇〉約作於嘉慶二十一年，其論述的問題雖不新鮮，但在當時的背景之下，仍有重要的意義。這篇文章的重心，在於「小不相齊，漸至大不相齊，大不相齊，即至喪天下」的貧富不均現象上；龔

〔註109〕 見韋政通《中國十九世紀思想史》上冊，東大圖書公司，1991 年 9月，頁 189。
〔註110〕 《全集・平均篇》，作者自記，頁 80。

自珍有鑑於此，乃主張「有天下者，莫高於平之尚」；而其思想的理論基礎，則是「人心者，世俗之本也；世俗者，王運之本也。人心亡，則世俗壞，世俗壞，則王運中易。王者欲自爲計，盍爲人心世俗計矣」的天下爲公的思想。但在七年後的〈農宗〉裡，龔自珍卻在以宗法制度爲框架的前提下，將土地的分配，依大小宗、群宗和閒民分爲四等，使每一農戶皆有最低限額的土地，貧富的差距不致太過懸殊。其思想的理論基礎，則是「上古不諱私，百畝之主，必子其子；其沒也，百畝之亞旅，必臣其子」。在〈農宗答問第一〉一文中，他更闡明「不均」的最大關鍵，是基於個人智力有別的自然現象。他說：「貧富不均，眾寡之不齊，或十百，或千萬，上古而然，……大抵視其人之德，有德此有人，有人此有土矣。天且不得而限之，王者烏得而限之？」適與〈平均篇〉背道而馳。

龔自珍曾有〈論私〉之作，這在中國傳統思想裡，是有其極爲突出的抗逆意義在。在文中，他以天地、日月、聖帝哲后、忠臣、孝子等皆有私爲證，給予人性有私成立的依據，并將「自私」與「大公無私」的區別，視爲是「人與禽」的區別。他說：「禽之相交，徑直何私？孰疏孰親，一視無差。尚不知父子，何有朋友？若人則必有孰薄孰厚之氣誼，因有過從讌游，相援相引，款曲燕私之事矣。今日大公無私，則人耶？則禽耶？」。龔自珍這種承認人性有私的結果，也必然帶來肯定財富的結論。在〈陸彥若所著書序〉一文中，他即稱揚陸氏有關「富殖德」、「富又殖壽」的看法，從而提出「五經財之源也，德與壽之溟渤也」的觀念。

〈平均篇〉的思考，主要是從「公」的觀點出發；而〈農宗〉，則從「私」的觀點出發。前者因囿於傳統觀念，想法未免過於簡單而理想化，且其更法的方案又付之闕如。這些缺失，龔自珍似有自覺，在附記中，以略顯落寞的態度說：「不追改，使備一，聊自考也」。而〈農宗〉能承認「上古不諱私」，從而推重食貸的意義，已隱約和近代思想接上頭，殊屬難得。但在宗法制度的拘囿下，又突然逆轉，回

復到最初的三代原點，過分強調「農之有一田、一宅，如天子之有萬國天下」的重要性，以為「籌一農身，身不七尺，人倫五品，本末原流具矣。籌一農家，家不十步，古今帝王，為天下大綱，細目備矣」，並信心十足的認為：「姑試之一州，州蓬先之子，言必稱祖宗，學必世譜褋，宗能收族，族能敬宗，農宗與是州長久，秦屬空虛，野無夭札，鬼知戀公上，亦百幅之主也」。這種過分重農的結果，必然走上抑商的道路，終使其剛剛萌芽的商業經濟思想胎死腹中。在〈對策〉中，有關漢治所以變的原因，龔自珍便將其歸諸於「民漸逐末」的結果。所謂「末」，對農而言，就是「商」。這是龔自珍思想中的復古性，牽制其抗逆性的另一明顯例子。

從上面所舉證的兩個例子來看，龔自珍思想中的復古性，在一定的程度上，具有著妨礙其抗逆性往前發展的退步意義在。雖然，從〈對策〉中，可見龔自珍一方面對經史之言，是有著「不通乎當世之務，不知經、史施於今日之孰緩、孰亟、孰可行、孰不可行」以及「展布有次第，取捨有異同，則不必泥乎經、史」的批判自覺；而在另一方面，他卻又有著「若已經效於世間，不必皆從於己出」與「要之不離經史」的宣告；但龔自珍所要求「復於本」的三代，既渺茫難斷，後代學者爭議又多，加上身處閉關自守的時代裡，要超越時代，準確掌握時勢，殊非易事。在這種兩難的情形之下，龔自珍一生所致力的「經世致用」之學，於觸及變法更制的核心問題時，往往也就將「已經效於世間」的「古方」，視為放諸萬世四海皆準的典範，挾古以制今，而忽略了時空有別的關鍵因素。嚴格來說，龔自珍為後人所樂道的變法問題，由於上述因素的拘囿，其成績是有限的。

不過，那些導致龔自珍在變法思想上，所以走上復古的理論基礎，卻有著可供後人借鑑的重要意義在。在〈對策〉中，龔自珍在文章的一開頭，即揭櫫「人臣欲以其言裨於時，必先以其學考諸古」的大前題。龔自珍之所以確立「研諸經，討諸史，揆諸時務」三者缺一不可的變法前提，則又是基於三代所以治，是因為「君與師之統不分，

士與民之藪不分，學與治之術不分」的歷史經驗。

　　在〈乙丙之際著議第六〉中，他就曾針對「道」、「學」、「治」合一的歷史經驗闡述說：「自周而上，一代之治，即一代之學也」；一代之學，皆一代王者開之也。」而且，考得當時之師儒，不僅能「推闡本朝之法意以相誡語」，於「兼通前代之法意」後，「亦相誡語」，有「兼綜之能」，又有「博聞之資」；不似後代師儒的不學無術，「生不荷耰鋤，長不習吏事，故書雅紀，十窺三四，昭代功德，瞠目未睹，上不與君處，下不與民處」。由此，龔自珍乃有「尊史」的倡導，主張對於「天下山川形勢，人心風氣，土所宜，姓所貴」，「國之祖宗之令，下逮吏胥之所守」及禮、兵、政、獄、掌故、文體、人賢否等等，都要作到「善出」與「善入」的要求。

　　在〈上大學士書〉中，龔自珍也從「少讀歷代史書及國朝掌故」，得出「自古及今，法無不改，勢無不積，事例無不變遷，風氣無不移易」的事實；並從中考出要在變易之中，維繫朝廷命脈於不墜的，唯有靠有「胸肝」、有「耳目」、有「上下百年之見聞」，而又能夠「考訂異同」、「感慨激憤」而「昌昌大言」的人才，張維屏所說：「近數十年來，士大夫誦史鑑，考掌故，慷慨論天下事，其風氣實定公開之」〔註111〕，可說是龔自珍的復古思想中，最值得肯定的部分。

　　至於龔自珍的抗逆思想中，最值得肯定的，則是他的「尊情」部分。

　　在〈宥情〉中，龔自珍曾經通過甲、乙、丙、丁、戊的對話，批鄰了各種對「情」的片面看法。他既反對「以情隸欲」，將「情」視為「人之陰氣有欲者也」，而否定了正當哀樂的觀點；也反對不加區隔的歌頌情欲；對於佛家「純想即飛，純情即墮」的看法，也不以為然。而他自己對「情」的態度，則正如〈長短言自序〉中所宣告的，是「鋤之不能，而反宥之；宥之不已，而反尊之。」至於龔自珍之所

〔註111〕轉引自《資料集》，頁 174。

以「尊情」的根源因素，在〈五經大義終始論〉中的一段話可窺得究竟。他說：「禮曰：『聖人耐以天下爲一家，中國爲一人……必知其情。』『何謂人情？喜、怒、哀、惡、懼、欲。』聖人治人情，必反攻其情，以己治之。」「情」不僅是指人在實踐其社會生活時所產生的一切情感，而且也關係到天下的治亂興衰。上位者要治理天下，就先要治理人情，懂得人情。如此一來，「天下雖有積瘁之士，沉思之民，其心疾可得而已也。」在〈農宗答問第三〉中，龔自珍也曾設問說：「問：宋張氏夷世同居，流俗以爲美談，何以有大宗？答：魯以相忍爲國，非姬周太平之魯可知，況以相忍爲家，生人之樂盡矣，豈美談哉？」肯定「生人之樂」，乃在於遂情而非「相忍」。由上述的這兩個觀點出發，可以看出龔自珍對人生所持的基本態度，是凡有違人情的，有害於「生人之樂」的，都在其反對之列。

因此，在面對距離亂世不遠，嚴重妨礙「生人之樂」的清朝嘉、道時期裡，龔自珍於「察三時」之際，乃致力於提倡眾人應該「大其生」，以重新締造「生人之樂」。在〈釋風〉中，對於歷史演變的動力，龔自珍便將之歸於「裸蟲」的作用。所謂「裸蟲」，也就是「吾與子何物」的人類之義。他說：「天地至頑也，得裸蟲而靈；天地至凝也，得裸蟲而散，然而天地至老至壽也，得裸蟲而死」，「謂天地之有死，疑者半焉；謂天地古今之續爲虫之爲，平心察之弗奪矣。」這樣的觀念，完全否定了傳統將文化、歷史、制度等的建立，都歸功於聖人的看法；而其目的，即在爲自我應該「大其生」的主張，建構理論的基礎。

在〈壬癸之際胎觀第一〉中，對於自我的偉大作用，自我價值的重要意義，他便強調說：「天地，人所造，眾人自造，非聖人所造」，「眾人之宰，非道非極，自名曰我。我光造日月，我力造山川，我變造毛羽肖翹，我理造文字言語，我氣造天地，我天地又造人，我分別造倫紀」，直接肯定了組成眾人的自我，有其創造作用的意義。

在〈壬癸之際胎觀第四〉中，他更說：「心無力者，謂之庸人。

報大仇，醫大病，解大難，謀大事，學大道，皆以心之力」，切露的
強調了自我在精神上的大作用。所以，在〈壬癸之際胎觀第九〉中，
他就從形體與精神的依存關係，認爲保有生命形體的意義，乃在於發
揮自我的精神作用，否則，前者便是多餘的。他說：

> 生亦多矣，大人恃者此生；身亦多矣，大人恃者此身。恃
> 爲爾，欲其留也，留焉爾，欲其有爲也；有爲焉爾，不欲
> 以更多也。是之謂大人之志。

　　而發揮自我精神作用的具體重點，則是要有〈乙丙之際著議第九〉
中所說的諸種心：「能憂心、能憤心、能思慮心、能有廉恥心、能無
渣滓心」。有此諸種心，帝王的「苦心奇術」，便無法得逞，當然也就
無法「快號令」、「嵩高其身」；有此諸種心，也就能「淵淵夜思」，「探
簡經術，通古近」，以「定民生」；有此諸種心，自然也就能依據「生
人之樂」的態度，所是者依，所非者去。

　　蔣湘南在《春暉閣詩集》中，就曾稱揚龔文的抗逆精神說：「文
苑儒林合，生平服一龔。朝容方朔隱，世責展禽恭。滄海橫流溢，高
山大豁逢。齊名有魏子，可許我爲龍。」李鴻章在〈黑龍江述略序〉
中也說：「古今雄偉非常之端，往往創于書生憂患之所得。龔自珍議
西域置行省于道光朝，而卒大設于今日。」〔註112〕所謂「憂患」，乃
是人對於時勢所懷抱的一種情感態度。從心理連鎖反應的視角看，這
種情感，在無從宣洩，以求得補償之際，其壓抑的結果，便也必然走
向逆謠俗、逆運會的抗逆行徑；但其最終，雖起源於激憤而裨補於世
之道，卻又於焉誕生。此正是龔自珍充滿抗逆性質的尊情思想的價值
所在。

　　在〈明良論四〉中，龔自珍慨歎當時的權貴佞臣，是一群「本無
性情、本無學術之儕輩」；由此可以推見，龔自珍所希冀的人材，是
有「性情」、有「學術」者流。所謂「性情」，也就是要有獨立人格，
敢作敢爲，鋒芒畢露，不唯唯諾諾俯首聽命的人。所謂「學術」，則

───────────────
〔註112〕轉引自《資料集》，頁80。

是指有眞才實學和濟世之策的人。前者即是龔自珍所謂「要大其生」的「尊情」思想；後者則是所謂要「察三時」的「尊史」思想。這兩種思想，是龔自珍留給後人最寶貴的東西，值得加以肯定。

貳、有關藝術性的評價

一、前人評價的檢討

從藝術上肯定龔自珍的散文來說，首先我們應注意到，龔文的氣象曾引起不少人的注目。段玉裁在〈懷人館詞序〉中，便以「風發雲逝，有不可一世之概」讚美龔文。所謂「風發雲逝」、「不可一世」，是就氣象的姿態言；這的確很能夠反映龔文所具有的睥睨一切以及捭闔變化的基本風格。段玉裁雖以小學名於世，但是這番評論對後人或多或少應有其啓發作用。龔自珍的師友中，便有不少人從這一角度肯定龔文的藝術性。如忘年交王曇在〈與陳雲伯書〉中，認爲龔文「絕世一空，前宿難得」；好友江沅認爲〈五經大義終始論〉：「如雲霞在目，天女之衣，光采奇異，形而爲金枝玉葉，散而爲五色鸞鳳，變化一躍千里」，大底都是指這一方面而言。近人胡懷琛在他的《中國文學史概要》中說：「人家評他的文說『劍拔弩張，全是霸氣。』就可想見他不是治世的產物了。」則爲龔文的霸氣氣象尋得時代的因素。〔註113〕

其次也有從意境的深邃肯定龔文的。包世臣在《藝舟雙楫》中，就說龔文「文情奧衍，富齒淹聞，造詣未可限量。」「奧衍」便是指意境的幽邃而綿邈而言。魏源在〈定庵文錄序〉中則稱：「君憤憤于外，而文字窈奧洞闢，自成宇宙，其金水內景者歟？雖錮錮深淵，緘以鐵石，土花繡蝕，千百載後，發研出之，相對猶如坐三代上。」以「外闇斯內照愈專」的「金水內景」一語，揭示龔文在意境方面的深邃窈奧。黃象離在〈重刊古微堂集跋〉中，在比較了龔自珍與魏源的

〔註113〕依序轉引自《資料集》，頁 4、8、10、221。

古文風格後，則說：「龔氏文深入而不欲顯出，先生文深入而顯出，其爲獨闢町畦，空所依傍一也」，也注意到了龔文在意境方面的深邃。胡甘伯則結合意境與氣象二者說：「龔文內謹嚴而外閎肆」，謹嚴則意境往往深邃，閎肆則每每氣象萬千。這的確是龔文的藝術特長之一。〔註114〕

　　對龔文藝術形式的肯定評價，除了注意到它的氣象和意境之外，遣詞的奇崛瑰麗，則是最爲人所稱道的。林昌彝在《射鷹樓詩話》中就稱道龔自珍的古文詞是「奇崛淵雅，不可一世。」這自然是指詞采來說的，而將之提高到風格特色來讚美，則又是富有概括性，也切合龔文的藝術特長。丁申、丁丙在《國朝杭郡詩三輯》中的「古文辭奇崛深懿」，也抱著同樣的意見。李慈銘的《越縵堂日記》則先後以「文章瓌詭」、「崛強可喜」、「雄詭雜出」、「宏奧奇瑋」等，形容龔文的藝術特色，其評論雖也旁及於意境與氣象，但最引他注目的，無疑還是辭藻的奇崛了。

　　此外，如康有爲在《廣藝舟雙楫》中，則將龔文與戴東厚的經學、洪稚威的駢文三者，並列爲清朝「獨立特出者」，雖未明言所指，但龔文在辭藻上的「獨立特出」，應包括其中。而李伯元在《南亭四話》中說：「仁和龔定庵爲我朝文章大家，學術淵懿，設想尤超曠綿遠，不作黏皮帶骨語，飲冰梁氏翕然推服，謂亭林梨洲後一人而已」；又說「觀《定庵全集》，句奇語重，類商、周人文字」，除了肯定龔文的構想奇特，用詞不拖沓外，更認爲龔文「句奇語重」，有類商、周文字，則是受魏源的「相對如坐三代之上」的影響，而更加具體化，由此可見龔文的奇崛程度。〔註115〕

　　對龔文的藝術形式持否定評價的論者，主要則從否定其詞采的瑰麗，否定其意境的晦澀，否定其用字的古僻等幾方面，表達他們的不滿。

〔註114〕依序轉引自《資料集》，頁17、31、82。
〔註115〕轉引自《資料集》，頁38、93、85、117、126。

　　梁啓超在〈清代學術概論・二十二〉中，曾較客觀的針對龔文的文辭發表意見說：「其文辭俶詭連犿，當時之人弗善也，而自珍益以此自喜」，「綜自珍所學，病在不深入，所有思想，僅引其緒而止，又爲瑰麗之辭所掩，意不豁達」；龔文在意旨方面的曲隱詭異，依梁氏的看法，有部分因素是來自於龔自珍個人好奇的情性所致，但另一方面，他又指出了龔文在辭藻上的瑰麗以及意境方面的深澀，往往令人難以捉摸，是未獲時人青睞的主要因素之一。可見嘉、道時期以來，就已有不少人對龔文的瑰麗和奇僻，持有異議。這從〈清史稿・文苑傳〉以「文字傲桀」貶抑龔文的藝術價值，可見出端倪。〔註116〕

　　貶抑龔文的藝術價值最用力的，還是章太炎。在〈校文士〉中，他譏刺龔文「文詞側媚，自以取法晚周諸子，而佻達無骨體，視晚唐皮、陸且弗逮，以近世猶不如唐甄《潛書》之近實，而後生信其狂耀，以爲巨子，誠以舒縱易效，又多淫麗之詞，中其所嗜，故少年靡然嚮風。自珍之文貴于世，而文學塗地垂盡，將漢種滅亡之妖耶？」以漢種滅亡之妖斥之，這種批評是過嚴苛的了！而所謂的「側媚」、「佻達無骨體」，即〈與人論文書〉中的「儇」與「循俗」，也就是〈與劉揆一書〉中的「佞諛萬端」和「微文姍謗」。不僅論文，而且論人，予龔自珍無情的評論。〔註117〕

　　追求辭藻的奇異與意境的晦澀之間，往往是有聯繫的。劉師培在《近世文學之變遷》中，就結合了這兩方面，對龔文作出負面的評論。他說：「龔氏之父，自矜立異，語差雷同，文氣佶聱，不可卒讀，或語求艱深，旨意轉晦，此特玉川、彭原之流耳。或以爲出于周、秦諸子，則擬焉不倫。」與梁啓超一樣，指出了龔文在藝術上的缺點，是出於作者自覺的「自矜立異」。〔註118〕

　　周劭在〈談龔定庵〉中，則專從龔文的用字，具體指出其缺點

〔註116〕轉引自《資料集》，頁205。
〔註117〕轉引自《資料集》，頁142。
〔註118〕轉引自《資料集》，頁220。

說：「胡甘伯以汪容甫中、魏默深源、龔定庵自珍爲國朝古文三大家，謂汪文內閎肆而外謹嚴，定庵則內謹嚴而外閎肆，魏則兼之而兩不及，這評論也不見有什麼獨到，定庵之文，失之用字太僻，乃是實在耳！」〔註119〕

二、今日評價的商榷

有關前人對龔文的藝術評價，肯定者認爲奇崛可喜，閎肆深懿，不可一世，爲清朝古文三大家之一，是亭林、梨洲以來第一人；否定者則認爲用詞艱僻，文氣側媚，旨意晦澀，甚而斥爲漢族滅種之妖。褒與貶間的差異，往往是一鏡子的兩面，對同一修辭現象，每呈現出兩極化的傾向，且其中又不免受到今古文與駢散文之爭的門戶拘囿。

以章太炎爲例，其文章風格本與龔自珍相類，卻礙於今古文之爭，而強詆龔文爲亡漢種之妖，實不能作出超然評論。李泰棻在《新著中國近百年史》中就說：「道光時，龔自珍文章恢詭，自謂追蹤周、秦諸子，實蕪雜澀僻，不足謂之文也。當時舉世譁之，訾爲文妖。然至光緒初，竟風行天下。章炳麟雖訾其禍淺，而章之文時與之類。炳麟學雖博絕，而其文章駁澀，不能純也。然龔、章之文，其精妙處，亦遠非他人所能及，非以其理想深湛也」〔註120〕李氏對章太炎的評論，正可以見出評論龔文的不易拿捏得準。不過，他貶抑龔文蕪雜澀僻的一面，而崇揚龔文精妙的一面，認爲是遠非他人所及的，則是較全面的評論視角，值得後人學習。

事實上，無論是奇崛宏肆抑是蕪雜澀僻，後人對龔文的藝術形式的批評，基本上都圍繞著「規定性」與「隨意性」這兩個相悖的美學觀念立論。從作者的主體情志來看，龔自珍對於社會現實、朝廷命脈與民族命運，是有著高度的關懷之情的。因此，在創作上，便以重客

〔註119〕轉引自《資料集》，頁311。
〔註120〕轉引自《資料集》，頁303。

觀、重功利、重政治、重群體等歷史特質為其重心，這一點在第一節的「結合經史的論政心理」與「苴補國史的史家胸懷」中已討論過，在這種以儒家思想的倫理化、政治化為最高任務，注重社會秩序的重建，追求人格道德的完善，關心人倫關係的規範之下，一般而言，其藝術形態的表達，在「內容決定形式」的前提上，按理即該遵守一定的創作規律，如當時高舉「義法」大纛，要求醇雅的語言作風的桐城派一樣。

但是，在讒憂交集的身世與時代危迫的交相影響之下，龔自珍具有著濃厚的「現實主義」傾向的創作情志裡，卻又因此溶入一份猖狂詼詭的浪漫情懷，這就使得他在創作的旨趣上，呈現為「浪漫化現實主義」的風貌；雖然相當自覺地將視線集中在關係著國家命運、世風道德等重大題材上，遵守著「現實主義」所「規定」的題材，以實踐其救亡圖存的最高任務。然而，在另一方面，因為個人情感的激憤恓惶，又使其語言作風脫離了內容的規定與監督，轉而趨於表面上看似「隨意」的信手之筆，在以「不正言」、「誕言」、「迂言」以及「旁出泛湧，而更端以言」為主要的藝術傳達手段的情況之下，終而形成了「詞義」與「詞形」嚴重歧異的修辭現象。在最根本的題材選擇上，雖始終不可更易的，圍繞著倫理與政治的中心；在語言的藝術化過程裡，卻又是「不軌於正義」的，極盡變化與側詭的能事，這就是所謂的「言誕而旨正」了。由此一視角出發，便可更深一層的瞭解，龔自珍的「受天下之瑰麗，洩天下之拗怒」的創作意向了。

不過，龔文在藝術形式上所以呈現如此的風貌，除了決定於猖狂詼詭的創作情懷之外，似乎「炫耀自己」，亦是重要因素之一。他既炫耀自己的「好雜家之言」與「天地東西南北之學」的雜學知識，又炫耀自己習熟田夫、野老、驛卒的生活經歷。〔註121〕所以，梁啓超才會有「自珍益以此自喜」的評論。龔文的紀實性、懷舊性與警世性

〔註121〕《全集‧乙丙之際著議第十九》，頁 10。

是嚴肅的；但它的隨意性、炫耀性、寓言性，卻又是幾近遊戲的。既是經世致用的文章，又時而出之以寓言；既是古文，卻又往往夾雜著嘲戲與駢體，如此的舒放佻達，後輩自然趨之若狂，無怪乎章炳麟要罵他媚世了。

從文化心態上說，龔文的隨意性，自然為桐城派盛行時的世人所不滿，也必然為後來的衛道之士所批判、否定與揚棄。但是，若超越的看，猖狂之中自有一分超拔，遊戲中也自有一分真情與真知。精神境界崇高如孔子者，即十分肯定曾點的遊戲主張，同時也接納狂狷者流，可見行徑的猖狂與精神的崇高，兩者之間并非是截然對抗的。如果一味的追求「規定」，藝術創作將因為淪為填格子，而成為一池死水，而這正是龔自珍所極力反對的。

龔文既以道德溶合於藝術的儒家思想為其創作的主要歸趨，又極注重道、學、治三者合一的史材人格的培養，與史統的恢復、史書的修纂；在這樣的政治倫理思想與史傳文學傳統的兩相規定之下，龔文之以重大的社會問題以及歷史題材，作為創作的中心題材，是可以預見的；因而，在語言藝術化的過程裡，塑造壁壘分明的藝術形象，便也成為創作的主要任務。此一創作策略的規定，使得龔文在藝術形象的塑造方面，往往具有鮮明的「類型化」與「傳奇化」的藝術特徵，而這正是龔文值得肯定的藝術價值之一。

對藝術形象的塑造而言，無論是偏重於「事類」的「以古證今」的政論文，還是偏重於「義類」的「以假說真」的寓言雜文，或者是偏重於「聯類」的「以旁出中」的記敘文，皆可以看出龔自珍善於「取類」，從事物中淬取其共同的屬性，以濃墨重彩的手法，粗筆鉤勒出事物的形象，洗煉而峻切。因此，文章中的事物類同性往往鮮明突出，其人物的精神特質，尤其是截然對立。如〈明良論一〉在論述大臣魁儒的行徑時，唐、宋兩朝與嘉、道時期之間，便有著天壤之別，前者「豪偉而疏闊」，後者則「寡廉鮮恥」，不學無術；又如〈尊隱〉中，論述「京師」與「山中之民」兩者之間的差異，也同樣有「如鼠壤」

與「壁壘堅矣」、「日短」與「日長」、「風惡、水泉惡、塵壤惡」與「泊然而和、冽然而清矣」、「人攘臂失度，啾啾如蠅虻」與「戒而相與修嫻靡矣」、「朝士寡助失親」與「一嘯百吟，一呻百問疾矣」、「朝士傳孱焉偷息，簡然偷活，側焉徨徨商去留」與「山中之歲月定矣」、「祖宗之神曰：『我無餘榮焉，我以汝爲殿矣』」與「山林之神曰：『我無餘怒焉，我以汝爲殿矣』」的鮮明對比。這種以「取類」作爲藝術傳達的主要手段，不僅形象強烈而典型，而且能深入事物變化的本質，點出作者的深意，卻不至於太切露。

　　龔自珍在以「取類」方式進行藝術形象塑造的同時，無論其題材是實錄，或是虛構，也往往賦予其中人物以濃厚的傳奇色彩，使得文章在深具典型意義之外，又多了一份故事性，如此一來，不僅更增添了文章中有關藝術形象的鮮明度，也大大提高了藝術的感染魅力，這是龔文在藝術價值上，另一項值得肯定的地方。如〈王仲瞿墓表銘〉中，有關王舉人與矮道人的描繪，便深得了唐人傳奇的意味。關於前者，龔自珍先記敘王氏少從大喇嘛習游戲法，到此以獲不白之名，爲中朝士大夫所棄，終而自我放縱，於會談之際，每「大聲叫呼，有如百千鬼神，奇禽怪獸，挾風雨、水火、雷電而上下。」以習喇嘛的游戲法作爲王氏不得志的原因，可謂奇中有奇。關於後者，龔自珍先以「矮道人者，居京師之李鐵拐斜街，或曰年三百有餘歲人的相遇，以矮道人，讓人有仙幻的感覺；然後再寫王舉人與矮道人的相遇，以矮道人的一番奇話：「京師有奇士，非汝所謂奇也。夜有光，如六等星，青霞繞之，青霞之下，當爲奇士廬，盍求之」，引出作者與王氏的忘年交，亦是奇筆。可見無論是「如譚龍蛇，說虎豹」般的寫王舉人，或是如談神仙說奇幻般的寫矮道人，雖寥寥的數語，卻故事性強烈，引人入勝，具有高度的感染魅力。

　　又如〈書金伶〉中，描寫乾隆時代士大夫的交際風尚以及金德輝的歌聲，也同樣是唐人傳奇的味道十足。關於前者，龔自珍說：「乾隆時，貴僚賢公子，喜結歡名布衣，當佳晨冶夕，笙簫四座，彼服靚

耀，姚冶跌逖，時則必有一人，敝衣冠，面目不可喜，而清醜入圖畫者，視之如古銅古玉，娑婆然權奇雜廁於其間以爲常，其人未必天下奇士也，要之能上識貴人、長者、大官走聲譽，下能覓名僧、羽士、名倡、怪優、劍俠、奇巧善工之倫。」這種一反常態，利用事物彼此間的極端差異性，以造成奇特的藝術效果，在雕金鏤彩中，烘托出古銅玉的非凡，正是唐人傳奇所以吸引人之處。至於金伶的歌聲，龔自珍則曲謔地描寫說：「既就夕，主客譁，惟恐金之不先奏聲，既引吭，則觸感其往夕所得於鈕者，試之忽肖，脫吭而哀，坐客茫然不省，始猶俗者省，雅者喜，稍稍引去。俄而德輝如醉、如瘝、如倦、如倚、如眩瞀，聲細而謔，如天空之晴絲，纏綿慘闇，一字作數十折，愈孤引不自己，忽放吭作雲際老鶴叫聲，曲遂破，而座客散已盡矣」。筆法變化跌宕，形象鮮明而富有故事性，大似唐人傳奇。

餘如〈書葉機〉中的「素聞機名，知沿海人信官不如信機，又知海寇畏鄉勇勝畏官兵，又知鄉勇非機不能將」，「是日也，潮大至，神風發於海上，一槍之發抵巨砲，一櫓之劫抵艅艎，殺賊四百餘人」、〈書番禺許君〉中的「尙書百文敏公，方銳茹群言，君進指畫緩急狀，文敏曰：具如君言；則退而自具舟，神機鬼式，百十其舸，疾於颶風，曰紅單船；龍首魚身燕尾，首尾自衛，曰燕尾船。又立募潮少年萬人爲鄉軍，軍於珠光里，而自將之，日散千金，自爲守。其年，敗賊於大洋，明年，盜寇自縛獻百數。」文字也都洗煉精悍，句式或長或短，參差有致，而描形繪狀則有身臨其境親眼目睹之感，皆深得唐人傳奇的神髓。

由於形象的鮮明奇特，往往與語言的生動相結合，唯生動，纔能鮮明。龔文的藝術風格既側重於詭奇的一面，因此，他的語言既不似桐城派的雅潔，也不似選派文章的綿麗，而是以瑰麗中見閎肆擅長。這種語言作風，以〈乙丙之際著議第九〉中的「履霜之屬，寒於堅冰，未雨之鳥，戚於飄搖，痺瘵之疾，殆於癰疽，將萎之華，慘於槁木」，最具代表性。然而，龔文中也有不少作品，因爲喜歡用代字、

僻字而生澀不少，使原本期望「經世致用」的文體，因為語言的過於私人化，無法通俗，拉長了作者與讀者之間的距離，自然宣傳的效用就減低不少。魏源曾以「相對猶如坐三代上」，表達自己對龔文在語言方面的看法，可見生僻的缺陷，在龔文中確是存在的。歸究其因，一方面是閎肆太過的流弊，一方面則是龔自珍自我炫耀與好奇的習性使然。

　　龔文在修辭上儘管有若干缺陷，但其形象的鮮明強烈與語言的流動自由，在同輩之中，還是相當突出的。但是，若站在文學史的宏觀視角來看，龔文在藝術形式上所具有的價值，其成就顯然就不如思想內容來得大了。今人張俊才便明白指出龔文在這方面的局限：

　　　就外部形態而言，它還背著沈重的文言甲殼，議政雜文大
　　　多沿襲考史論經的形式，非議政雜文又多取寓言雜說體，
　　　表現出作者「文體寄於古」（〈定庵八箴・文體箴〉）的陋見，
　　　因而在近代化的門檻之前逡巡不進；就其藝術手段而言，
　　　它儘管「俶詭連犿」，但也只是在傳統手法的封閉天地中尋
　　　求變化，看不出更新的藝術素質。〔註122〕

這種評論是頗為嚴苛的；儘管，「這不是龔自珍個人的過失」〔註123〕，相反的，它正好是處在近代史黎明時期的人物的共同特徵。就如同龔自珍意識到時代已到了非「變」不可的局面，但他的「變」，卻是「不可以驟」的更法主張一樣；在〈文體箴〉中，龔自珍雖有予欲因今人之所因兮，予茂然而恥之」的創新自覺，而強調「文心古無」的重要意義，卻又在「雖天地之久定位，亦心審而後許其然」的情況下，宣告「文體寄於古」的創作原則。若援引魏源在〈定盦文錄序〉對龔自珍心跡的詮釋法，前者可以說是龔自珍抗逆謠俗、風土與運會的體現，而抗逆的結果，而回歸往古，在往古的框架之中，尋求新的典範，以求得藝術的新貌。

〔註122〕　張俊才《從龔自珍到梁啟超》一文，收入《中國古代、近代文學研
　　　　　究月刊》，中國人民大學書報資料中心，1991 年第 5 期，頁 300。
〔註123〕　同上。

　　儘管龔自珍在思想內容與藝術形式兩方面，都徘徊在「新」與
「舊」的門檻上，而逡巡不前。但是，由於兩者對讀者所產生的感染
魅力，既廣大又深遠，因此，「以經術作政論」的龔文，不僅可以憑
藉著「如受電然」的思想傳後；同樣的，「文體寄於古」的龔文，也
可以以「俶詭連犿」的文字傳後。這幾乎是可以確定的。

第三章　龔自珍的研究

　　龔自珍在清代的詩壇裡，是個異軍突起的人物；他的詩，除十五歲至二十七歲間所作的，已全部亡佚外，根據〈己亥雜詩〉第六五首自注：「詩編年始嘉慶丙寅，終道光戊戌，勒成二十七卷」，加上道光十九年被迫出都後的三百十五首〈己亥雜詩〉，及後來寫作的詩在內，僅存六百餘首。這些詩不僅思想犀利，新人耳目；在藝術形式上，更是詭怪雜揉，富有創造性。龔自珍自己在〈己亥雜詩〉第一四二首中，曾以「少年哀豔雜雄奇」爲昔日的詩作下總評，前人也往往以「瑰奇」〔註1〕評龔詩，這都說明了龔詩的思想與藝術特徵，與龔文一樣，都具有著康有爲所謂「獨立特出」的整體風貌。而且，由於龔自珍身處近代文學史的開創初期，詩作既瑰奇，又因風際會之故，在往後風起雲湧的百年亂世裡，便因此展現了不可抗拒的感染魅力。無論是改良派的詩人康有爲、黃遵憲，革命派的詩人南社諸君子，還是新文學運動的健將，如魯迅、郁達夫與蘇曼殊等人，都曾經深濡其中，含咀英華。

　　事實上，龔詩的取得這些成就，並非是容易的；〈己亥雜詩〉第二八一首中的「仕幸不成書幸成」，便道盡了他所付出的代價，是多

〔註1〕陳衍《石遺室詩話》：「定庵瑰奇，不落子尹之後。」轉引自《資料集》，頁120。

麼的大。他的詩歌創作，是與客觀環境長期撞擊下的產物，是始終
沉浮於下僚的苦悶結晶，其間的歷程，非但曲折複雜，而且備極艱
辛。所以，無論是詩作所呈現的主體情志，或是文本的形態，都較一
般詩人來得複雜與多樣些。職是之故，論者對於龔詩的研究，也就往
往需要費盡心思，纔能夠理出一些頭緒。本章節的設計，擬站在前人
研究成果的基礎之上，以實證的論述方式，再一次對龔詩作全面的
爬梳，希望後人在企圖瞭解龔詩之際，能夠發揮些微的照明作用。在
論文的主要結構安排上，則仍然遵循前面討論龔文的方式，不作任何
變動。

第一節　主體情志的研究

　　對傳統文人而言，所謂的理想的人格中，往往集儒、釋、道於一
身，會三教於一心。尤其是唐宋以後，文人往往精通儒、釋、道，雖
各有其用場，卻又彼此交滲相融，因時因勢而靈活運用。明末被譽爲
曹溪中興祖師的德清曾說：「嘗言爲學有三要，所謂不知《春秋》，不
能涉世；不精老莊，不能忘世；不參禪，不能出世；此三者，經世，
出世之學備矣。缺一則偏，缺二則隘，三者無一而稱人者，則肖之矣。」
《紅樓夢》第四十八回寫林黛玉教香菱作詩，則說是要首學王摩詰的
五言律，再讀老杜七言律，其次讀李白的七言絕句，如此一來，「肚
子裡先有了這三個人作了底子」，便「不愁不是詩翁」了。〔註2〕這在
龔自珍身上，表現得更爲突出。

　　龔自珍的生命態度中，不僅集儒、佛、俠於一身，更大膽的，他
高舉了「色」的大纛。儒、佛、俠的生命形態，是古典詩中所本有的
傳統；因此，就突破詩的內容而言，助益不大；而深於男女夫婦之愛
的豔骨柔情，在古典詩中，雖非開天闢地，但較之於儒者的「以性制

〔註 2〕二條引文均轉引自覃召文《中國詩歌美學概論》，花城出版社，1990
　　　　年 2 月第一版，頁 302。

情」，佛徒的「色即是空」以及俠客的禁情欲，嚴男女之防〔註3〕，無疑的，仍然有著嶄新的生命力。龔自珍的這四種生命形態，在衰世的激盪之下，此起彼伏，時而分化對立，時而交叉融合，不僅因此成就出一種充滿藝術美感的「簫心劍氣」的生命形象，為他個人一生生命的軌跡，留下了鮮明無比的標記，也出奇地為晚清民初的士人的生命形態，預作了註解。

壹、詩成侍史的著議胸腔

　　為了實踐〈尊隱〉中所謂「大其生以察三時」的人生最高目標，龔自珍曾經先後提出「尊史」與「尊情」的主張，與之相應；以便在出入於百年見聞之後，能夠為面臨的危急存亡之秋的清朝廷，尋得有效的「對策」。這一旨趣，不僅是龔自珍創作散文的鵠的，也同樣是他在從事詩歌創作時，所亟欲達成的目標。

　　龔自珍在〈對策〉中，開宗明義即說：「臣聞自古英君誼辟，欲求天下駿雄宏懿之士，未嘗不以言」。但是，身為韻體的詩歌應該如何創作，纔能達到「大其生以察三時」的最高目標呢？這一問題，關係著龔自珍對詩的本質的反省。在〈乙丙之際著議第十七〉中，他便從古來「立言」在歷史的實繼發展情形，為詩歌的可以「裨於時」，尋求理論上的基礎。他說：

　　　三代之立言也，各有其世。世其言，守其法，察天文，刻章蔀，儲曆、編年月，書曰，史氏之世言也。規天矩地，匡貌言，防狂僭，通蒙蔽，順陰陽，布時令，陳肅聖哲謀，教人主法天、公卿、師保、大臣之世言也；言凶，言祥，言天道，或驗，或否，群史之世言也。群史之法，頗隸太史氏，不見述於孔氏。孔氏上承堯典，下因魯史，修春秋，大書日食三十又六事，儲萬世之曆，不言凶災。日食為凶災，孰言之？小雅之詩人言之，七十子後學者言之，漢之

　　群臣博士言之。詩人之指，有賡獻曲之義，本群史之支流。
　　又詩者，諷刺詼怪，連犿雜揉，旁寄高吟，未可爲典正。

太史氏的立言之旨，是觀察天象，以便編定曆法；大臣的立言之旨，是制定禮樂制度，頒布法令，以便預防狂僭；而群史的立言之旨，則根據天道五行的現象，預示吉凶。龔自珍從「三代之立言也，各有世」的視角，分別陳述了從太史氏、大臣到群史的「立言」情形。

　　然而，龔自珍又認爲，群史「言天道」的立言方式，雖然也可以算是太史氏「察天文」裡的一環；但是，前者往往預示吉凶的立言方式，卻又在記載了卅六次日蝕的孔子《春秋》裡看不到。將天上異象視爲凶災的預示，是創作《小雅》的詩人，乃至於孔子的弟子後學及漢朝博士的附會。從龔自珍在〈非五行傳〉一文中，批評劉向「有大功，有大罪，功在《七略》，罪在《五行傳》」來看，顯然，龔自珍對群史的立言方式，是頗有微詞的。

　　因此，對於「本群史之流」的「詩人之指」，龔自珍便也說它是「諷刺詼怪，連犿雜揉，旁寄高吟，未可爲典正。」語似含貶義。在下文中，他就說：

　　大都君臣借天象傳古義，以交相徵也。厥意雖美，不得闌
　　入孔氏家法。曰：古之公卿、師保、大臣、太史氏，不欲
　　借天象徵人君歟？曰：立言有緒，立教各有統，立官各有
　　方，毋相借也。大臣者，探本眞以奉君，過言有誅，矧旁
　　飾蘷言？故愼毋借言也。

但他又說：

　　箕子推本狂僭，孔子直書水旱，目爲凶災宜矣。人主不學
　　無藝能，雖借言以愚其君無所用；人主好學多藝能，必有
　　能自察天文，步曆造儀者。將詰其臣曰：誠可步也，非凶
　　災；誠凶災也，不可以步。借言者何以對？將大坐誣與
　　謗。於是又有恆暘而旱，恆雨而潦，恆燠恆寒而疵癘，當徵人
　　君，人君反不忌，雖箕子所寒心，孔子所危言，反坐誣與
　　謗。言可以不中法哉！言可以不中法哉！其愼毋借言。後

之擇言者何守？載筆治曆，守春秋；言咎徵，守箕子。

可見這是龔自珍有意援用《公羊》義法，以為詩歌的如何「禆於時」，建立理論的基礎。然則，所謂「未可為典正」，也就不能視為是對詩的貶損。而像箕子那樣因寒心於國將亡，於力諫紂王不聽後，乃披髮佯狂為奴，以及孔子在《春秋》中直書水旱之災，寄褒貶於其中，以儆醒人君，都是合乎「世其言，守其法」的行為準則的。雖然，二人的寒心與危言，終不免為他們帶來誣謗之災。但是，後世有關吉凶的立言的方式，應仍以他們為謹守的準則。

在〈乙丙之際著議第十七〉中，龔自珍不僅在《公羊》義法的運用下，巧妙地將「詩人之旨」隸屬在「群史之支流」裡，為詩的傳達吉凶，構建了歷史事實的證據。更以箕子與孔子二人，既言凶又言災的實際創作情形，確立詩歌的創作路線，並以他們反因此而遭致誣謗，策勵自己，勇往直前。

事實上，龔自珍的創作此文，是有其現實的背景基礎的。〈乙丙書〉第一，即針對「歲辛酉，近畿大水。越七年戊辰，又水。甲、乙間，東南河工屢災」而作；〈乙丙書〉第九，即為「憂不才而庸，如其憂才而悖；憂不才而眾憐，如其憂才而眾畏」而發；而同篇下文的「履霜之屨，寒於堅冰，未雨之鳥，戚於飄搖，痺癆之疾，殆於癰疽」更對危如累卵的國劫，感到心寒；嘉、道時期的水旱之災迭起，朝野的競相排擠人才，社會動亂的危機四起；便即是文中，所以舉用「推本狂僭」的箕子以及「直書水旱」的孔子為例證的投射。而「雖箕子所寒心，孔子所危言，反坐誣與謗」，更是龔自珍自身遭遇的影射。

循此，龔自珍在〈雜詩，己卯自春徂秋，在京師作，得十五首〉之八中所說：

偶賦山川行路難，浮名十載避詩壇。貴人相訊勞相護，莫作人間清議看。

又，〈夜直〉：

安得上言依漢制？詩成侍史佐評論。

〈詠史〉之二：

何年秘客搜詩史，輸與山東客化長。

將詩歌的創作，視爲是社會歷史批評的一種形式，便有其深刻的歷史意義及現實基礎，不袛是文人的「紙上蒼生」而已。

龔自珍肯定詩歌是可以「佐評論」的「侍史」的觀念，不僅規範了他的詩歌創作，也表現在將「選詩」視爲是「作史」的一種工作上。對詩家進行臚選、刪汰，以評判其高下的工作，在他認爲，就是在盡史官的褒貶職責。在〈張南山國朝詩徵序〉中，他就說：

是職不得作史，隱之乎選詩，又兼通乎選詩者也。其門庭也遠，其意思也譎，其體裁也賤。吁！詩與史，合有說焉，分有說焉，合之分，分之合，又有說焉。畢觸吾心赴吾志，吾所著書益寫定。偉夫若人！懷史佚之直，中孔門之律令，虎虎歃血龔氏之庭者哉？

所謂「其門庭也遠，其意思也譎，其體裁也賤」，與前揭的「未可爲典正」，思維根源是一致的，並未有貶損選詩的意思。而「懷史佚之直，中孔門之律令」，則是與「載筆治曆，守春秋；言咎徵，守箕子」，遙相呼應。至於從「畢觸吾心赴吾志」，以至「虎虎歃血龔氏之庭」句，更是傳達了龔自珍雖如「箕子所寒心，孔子所危言，反坐誣與謗」時，謹守著二人立言方式的堅決與不悔。

因此，龔詩中一再出現如「史佚」一類的古史官名，便也仍是龔自珍「詩成侍史」，謹守著箕子與孔子二人立言方式的情志投射。如〈辨仙行〉：

周任史佚來斌斌，配食漆吏與楚臣。

又，〈祭程大理同文於城西古寺而哭之〉：

姬劉皆世太史氏，公乃崛起孤根中。

北斗眞人返大荒，彭鏗史佚來趨蹌。

〈己亥雜詩〉第五七首、第六三首及第三〇五首：

姬周史統太消沉

沈廖再發姬公夢

抱微言者太史氏，大義顯顯則予休。

都流露了龔自珍在感慨孤橫中，對史的堅持與無奈。而〈漢朝儒生行〉
中的「後世讀書者毋向蘭臺尋，蘭臺能書漢朝事，不能盡書漢朝千百
心」，則更揭示了「規天矩地」的正史，對於世事人心的揭露，往往
不如既是「群史之流」，又未能達到「典正」的標準的詩來得入微。
對詩歌之作爲「史」，以便佐助「評論」的主張，有了更積極的建設
意義。

　　龔自珍在二十六歲時，曾於上海以詩文就教於當時的耆宿王芑
孫，王氏後來在覆信中，有鑑於集中往往「傷時之語，罵坐之言，涉
目皆是」，「甚至上關朝廷，下及冠蓋，口不擇言，動與世忤」，乃勸
龔自珍要「修身慎言，遠罪寡過」，以免肇禍。〔註4〕但龔自珍不爲所
勸，在長期浮沉於下僚的宦海生涯裡，不僅更清醒地看出朝廷所面臨
的嚴重危機，更秉筆直書，不稍假以顏色。因此，反映在龔詩中，「上
關朝廷，下及冠蓋」，具有濃厚「評論」色彩的「侍史」之作，就其
思想的廣度和深度言，也就顯得峻深而新穎，具有異於往昔詩歌的新
突破。

一、上關朝廷的傷時之語

　　就作者所欲傳達的思想來看，在龔詩中，「上關朝廷」的「傷時
之語」，主要有兩種形態；一是從宏觀的視角出發，暗示朝廷所面臨
的覆亡危機，一是以微觀的眼光，反映出民生的嚴重凋敝。

　　在朝廷所面臨的顛覆危機方面，如〈雜詩，己卯自春徂秋，在京
師作，得十五首〉之十三：

樓閣參差未上燈，菰蘆深處有人行。憑君且莫登高望，忽
忽中原暮靄生。

又，〈逆旅題壁，次周伯恬原韻〉：

〔註4〕王芑孫《復龔瑟人書》，轉引自《資料集》，頁7。

秋氣不驚堂內燕，夕陽還戀路旁鴉。東鄰嫠老難為妾，古
木根深不似花。

〈己亥雜詩〉第十九首、第三一五首：

卿籌爛熟我籌之，我有忠言質幻師。觀理自難觀劫易，彈
丸累到十枚時。

吟罷江山氣不靈，萬千種話一燈青。忽然擱筆無言說，重
禮天台七卷經。

從乾隆五十八年起，至道光十九年止的四十六年之間，也就是從龔自
珍二歲至四十八歲的期間，清代沒有一年不是處在白蓮教與天理教的
起義動亂中，前者更前後歷時九年半，縱橫五個省份；而列強如英、
美等國，也不停向中國盜運鴉片，俄國亦在東北邊境蠢蠢欲動，進行
窺伺。〔註5〕但是對於這些，清廷仍然無動於衷，未能徹底正視危機
的存在，毅然採取有效的變革行動。以上這些詩，即是龔自珍有感於
此的哀歎！

在民生困厄凋弊方面。黃河及其支流歷經廿五年的氾濫成災，道
光十二年的大旱，以及貧富差距、土地兼併、物價節節上漲等，都因
清廷的始終提不出有效的因應對策，而益形嚴重。關於大水之患，龔
自珍在詩中就曾屢屢言及於此。如〈詠史〉二首：

宣室今年起故侯，銜兼中外轄黃流。金鑾午夜文乾惕，銀
漢千尋瀉豫州。猿鶴驚心悲皓月，魚龍得意舞高秋。雲梯
關外茫茫路，一夜吟魂萬里愁。

一樣蒼生繫廟廊，南風愁絕北風狂。羽書顛倒司農印，幕
府縱橫急就章。奇計定無賓客獻，冤氣可顧子孫殃。何年
秘客搜詩史，輸與山東客化長。

是龔自珍對朝廷上下昏庸無能，束手無策，河喻治，患愈重，置百姓
生命於不顧的感慨。

〔註5〕 《龔自珍年譜簡編》繫年史事部分，收入管林、鍾賢培、陳新璋合
著《龔自珍研究》，人民文學出版社，1984 年 1 月北京第一版，頁
189～221。

　　嘉慶九年，龔自珍十三歲時，蘇州等九個城鎮，在同一天即因米價騰貴，而發生市民聚眾搶米達一千七百五十七宗之多。〔註6〕〈餺飥謠〉與〈己亥雜詩〉第廿首，應即反映此類事件而作：

> 父老一青錢，餺飥如月圓；兒童兩青錢，餺飥大如錢。盤中餺飥貴一錢，天上明月瘦一邊。

> 消息全憑曲藝看，考工古字太叢殘。五都黍尺無人校，搶攘塵間一飽難。

詩中，龔自珍對清廷的無力處理物價嚴重膨脹與混亂的情形感慨萬分。

　　隨著物價的上漲，土地的價格也必然節節高升，一般百姓既無力置產，便也加深了土地兼併的現象。〈己亥雜詩〉第一四十首：

> 太湖七十溇爲圩，三泖圓斜各有初。恥與蛟龍競升斗，一篇聊獻郟僑書。

在〈乙丙之際著議第二十〉中，龔自珍曾說：

> 興水利莫如殺水勢，殺水勢莫如復水道。今問水之故道，皆已爲田。問田之爲官爲私？則歷任州縣升科，以達於戶部矣。問徙此田如何？則非具疏請不可。大吏憚其入告，州縣惡其少漕，細民益盤據而不可見奪。夫可以悍然奪之、徙之、不聽則誅之，而民無亂者，必私田也。今田主爭於官曰：我之入賦，自高曾而然。賦且上上。奪而徙之，兩不便。湖州七十二溇之亡，松江長泖、斜泖之亡，咎坐此等。

可見太湖與三泖如今的面目全非，均肇因於朝廷縱容土紳劣豪掠奪土地的結果。

　　而第一二三首：

> 不問鹽鐵不籌河，獨倚東南涕淚多。國賦三升民一斗，屠牛那不生栽禾。

則是抨擊朝廷既無力平抑物價，又無能治理河患，卻又加重田賦，搜

〔註6〕同上。

括百姓，使得農業生產凋敝，人民生活益加困苦。

二、下及冠蓋的罵座之言

龔自珍在親眼目睹如上諸種情形後，非不亟思解決之對策，以酬其書生報國之志。唯屢屢遭受權貴的誣謗，以致讒憂交集。獻計既無門，激憤之餘，乃有「下及冠蓋」的「罵座之言」。從龔自珍在〈送欽差大臣侯官林公序〉中，曾以「三難」提醒林則徐，便可看出當時權貴窺伺四周的情形：

> 以上三難，送難者皆天下黠猾游說，而貌爲老成迂拙者也。
> 粵省僚吏中有之，幕客中有之，游客中有之，商估中有之，
> 死紳士中未必無之，宜殺一儆百。公此行此心，爲若輩所
> 動，游移萬一，此千載之一時，事機一跌，不敢言之矣。
> 古奉使之詩曰：「憂心悄悄，僕夫況瘁。」悄悄者何也？慮
> 嘗試也，慮窺伺也，慮洩言也。僕夫左右親近之人，皆大
> 敵也。

以奉使大臣的身分來看，尚且如此，則龔自珍的人微言輕，不爲所司採納，亦自是意料中事。

在〈己亥雜詩〉中，就有多首是抒發濟策不見納於朝廷的不滿情緒。如第二一首：

> 滿似新桑遍冀州，重來不見綠雲稠。書生挾策成何濟？付
> 與維南織女愁。

詩末自注：「曩陳北直重桑之策於畿輔大吏。」又，第四九首：

> 東華非辯少年時，伐鼓撞鐘海內知。牘尾但書臣向校，頭
> 銜不稱網其詞。

詩末自注：「在國史管日，上書總裁，論西北塞外部落原流，山川形勢，訂《一統志》之疏漏。初五千言，或曰：非所職也。乃上二千言。」

而第七七首中所言，更可以看出龔自珍的激憤之情：

> 厚重虛懷見古風，車裀五度照門東。我焚文字公焚疏，補
> 紀交情爲紀公。

詩末自注：「壬辰夏，大旱，上求直言。大學士蒙古富公俊五度訪之，
予手陳〈當世急務八策〉，公讀至汰冗烟一條，動色以爲難行，餘頗
欣賞。予不存於集中。」龔自珍因朝廷的墨守成規，以及權貴的多番
排擠，乃憤而將改革時弊的文稿付之一炬，不收存集中。所以，龔詩
中針對權貴而發的作品，也就不在少數。

　　如〈行路易〉：「淮南之犬彳亍行」，是譏斥權貴的趾高氣揚，洋
洋得意。〈夜坐〉的「一山突起丘陵妒，萬籟無言帝坐靈」，是譏斥權
貴的排擠人才，以致朝廷死氣沉沉，了無生機。〈小游仙詞十五首〉
之七：

> 丹房不是漫相容，百劫修成忍辱功。幾輩凡胎無覓處，仙
> 姨初蓁可憐蟲。

又，之十：

> 仙家雞犬近來肥，不向淮王舊宅飛；卻踞金床作人語，背
> 人高坐著天衣」

是以「仙姨」及「仙家雞犬」，點明權貴的身分，用以譏刺小人得勢
的嘴臉。而〈詠史〉中的「金粉東南十五州，萬重恩怨屬名流。牢盆
狎客操全算，團扇才人踞上游」，則是譏刺權貴既受朝廷恩寵，竊居
高官要位，又濫施淫威，肆意報怨於人。至如〈釋言四首之一〉：「守
默守雌容努力，毋勞上相損宵眠」，則以反言譏刺權貴日夜伺機誣謗
自己。

　　在〈十月廿夜大風，不寐，起而書懷〉中，龔自珍則以風伯形容
權貴無端造謠謗己的蠻橫粗暴：

> 貴人一夕下驕語，絕似風伯驕無痕，平生進退兩顛簸，詰
> 屈內訟知緣因。側身天地本孤絕，翄乃氣悍心肝淳！敧斜
> 謔浪震四座，即此難免群公。

在〈僞鼎行〉中，更以醜陋的僞鼎，因福極而碎，譏斥權貴的虛有其
表，尸位素餐，可謂極盡醜化之能事：

> 倚離疥癩百醜千怪如野干形，厥怒虎虎不鳴如有聲。然而
> 無有頭目，卓午不受日，當夜不受月與星；徒取雲雷傳汝

敗漆朽壤，將以盜羶腥。內有饕餮之饞腹，外假渾沌自晦逃天刑。

而在〈己亥雜詩〉中，如第八五首：

津梁條約遍南東，誰遣藏春深塢逢？枉不人呼蓮幕客，碧紗幪護阿芙蓉。

又，第八六首：

鬼燈隊隊散秋螢，落魄參軍淚眼熒。何不專城花縣去？春眠寒食未曾醒，

均以嘲諷的口吻，集中譏刺權貴是鴉片無法禁止的階級根源。林則徐在〈與胞弟林元掄書〉中，就曾經明白指出：

現任都撫，嗜煙者約占半數，若輩豈肯回扳石頭壓自腳？則陰持兩端，模棱其辭，勢所必然。〔註7〕

可見「食妖」的無法禁絕，權貴是相當大的阻力。至如第一一七首：

姬姜古妝不如市，趙女清盈躡銳屣。侯王宗廟求元妃，徽音豈在纖厥趾？

漢代神仙玉作堂，六朝文苑李香男。過江子弟傾風采，放學歸來祀衛郎。

則是譏刺了權貴摧殘婦女身心的病態心理，以及其子弟們恃勢玩弄戲子的惡習。

由上述可知，龔詩中，上關朝廷的傷時之語與下及冠蓋的罵坐之言，雖體現了龔自珍「詩成侍史佐評論」的創作理想，完成了他「大其生以察三時」的最高任務。但也因其「寒心」與「危言」，反而坐誣謗之罪，雖是他個人意料中事，其所付出的代價，也未免太大了。

貳、恩仇江湖的俠客肝膽

一、求其次的歷史抉擇

史與俠本是兩種生命形態的人。史者沉潛內斂，依中道而行，俠

〔註 7〕轉引自《龔自珍研究》，同註5，頁35。

者激昂跳脫，行徑多「不軌於正義」〔註8〕。龔自珍對此兩種人之間
的差異，其本身亦有深刻的認識與自覺。在〈尊任〉中，他就說：

> 周禮：「以九兩繫邦國之民，八曰有以任得民。」又曰：「以
> 六行教萬民：孝、友、睦、姻、任、卹。」杜子春曰：「任，
> 任朋友之事者。」……曾子曰：「士不可以不弘毅，任重而
> 道遠。」任也者，俠之先聲也。古亦謂之任俠，俠起先秦
> 間，任則三代有之。俠尚意氣，恩怨太明，儒者或不肯爲。
> 任則周公與曾子之道也。世之衰，患難不相急，豪傑罹患
> 難，則正言莊色厚貌以益鋤之；雖有骨肉之恩，夙所卵翼
> 之子，飄然絕裾，遠引事外。……嗚呼！……俠者之氣縱，
> 非周公、曾子法。

所謂任，應即指史職言：在〈古史鉤沉論二〉中，龔自珍曾主張：「任
照之史，宜爲道家祖」；「任天之史，宜爲農家祖」；「任約劑之史，宜
爲法家祖」；「任名之史，宜爲名家祖」；「任文之史，宜爲雜家祖」；
「史之任諱惡者，於材最爲下也，宜爲陰陽家祖」；「任喻之史，宜爲
縱橫家祖」；並說：

> 號爲治經則道尊，號爲學史則道絀，此失其名也。知孔氏
> 之聖，而不知周公、史佚之聖，此失其組也。……夢周公
> 者何心？吾從周者何學？……自珍於大道不敢承，抑萬一
> 幸而生其世，則願爲其人歟！則願爲其人歟！

表面上雖在辨明九流的來源，實質上，則是「在九流的外衣之下，說
明近代史家的職責」〔註9〕，也即〈尊任〉中引曾子所說的「士不可
以不弘毅，任重而道遠」。可見龔自珍的提倡「尊任」，其主要目的是
在「以天下己任爲注腳」，也就是「清議」〔註10〕。準此，在理性的
思考下，他自然會視「尚意氣，恩怨太明」的俠者「氣太縱」，「非周

〔註 8〕　《史記・游俠列傳》，王利器主編《史記注譯》，三秦出版社，1988
　　　　年 11 月第一版，頁 2615。
〔註 9〕　本文所引轉引自侯外廬《中國思想通史》第二編第十七章《龔自珍
　　　　的思想》，人民出版社，1953 年 1 月北京第二次印行，頁 668。
〔註10〕　同上。

公、曾子法」，所以，「儒者或不肯爲」。

但是，龔自珍「願爲其人」，以近代政論家自居的宏願，終未得時代的支持。在接二連三的讒憂交迫之後，他終究只能「察世變」，作一個悲劇時代的目擊者，而不能遂行更法的主張，有作爲於世變，以轉移世風。爲了實踐士人對時代責無旁貸的一份自覺，爲了遠大理想的能夠實現，在激憤之餘，乃轉而崇尙俠者的生命型態，期待拯救時代的英雄出現，一同攜手「衝決羅網」，以恢復「生人之樂」。

趙翼在《廿二史箚記》中，就曾指出漢末士風所以轉爲俠行的原因說：「舉世以此相尙，故國家緩急之際，尙有可恃以撐拄傾危。」〔註11〕詆毀龔自珍不遺餘力的章太炎，更以驚警動人的《儒俠篇》，力主復仇、暗殺說：

> 俠者無書，不得附九流，然天下有亟事，非俠士無足屬。……
> 且儒者之義，有過於殺身成人者乎？儒者之用，有過於除
> 國之大害、扞國之大患者乎？……天下亂也，義士則狙擊
> 人主。其佗藉交報仇，爲國民發憤，有爲鴟梟于百姓者，
> 則利劍次之，可以得志。當世之平，刺客則可絕乎？……
> 故擊刺者，當亂世則輔民，當平世則輔法。〔註12〕

在這種存在的基礎上，龔自珍的激憤，雖非如章太炎的特別鼓勵暗殺，以扞國大患，爲民除害；但期望俠者能夠「撐拄傾危」於世變之際，則是相同的。對於當時的俠者劉三，他就曾滿懷期待的在〈送劉三〉的贈詩中說：「劉三今義士，愧殺讀書人。風雪銜盃罷，關山拭劍行。英年須閱歷，俠骨豈沉淪？亦有恩仇託，期君共一身。」詩並自注：「劉鍾汶行三，俠士。」對於自己所欣慕的前輩李白與友人黃蓉石，他也分別在〈最錄李白集〉與〈己亥雜詩〉第二八首中，以「儒、仙、俠實三，不可以合，合之以爲氣，又自白始」及「亦狂亦俠亦溫文」稱揚之。對於陶潛，龔自珍更在〈己亥雜詩〉第一二九、

〔註11〕趙翼《廿二史箚記》，洪氏出版社，1974 年 10 月再版，頁 5。
〔註12〕轉引自龔鵬程《論俠客崇拜》，本論文收在《中國學術年刊》第 8 期，國立師範大學編印，1986 年 6 月，頁 280。

一三○、一三一等首中，以異於歷來評論的激昂豪爽的俠客形象稱頌他說：

> 陶潛詩喜說荊軻，想見停雲發浩歌。吟到恩仇心事湧，江湖俠骨恐無多。

> 陶潛酷似臥龍豪，萬古潯陽松菊高。莫信詩人竟平淡，二分梁甫一分騷。

> 陶潛磊落性情溫，冥報因他一飯恩。頗覺少陵詩吻薄，但言朝叩富兒門。

　　事實上，歷史中對俠的行徑，如龔自珍一般亦貶亦惜之的，並不乏其人，如太史公司馬遷的立「游俠列傳」，便是有名的例子。清朝蔣中和在〈讀游俠傳〉中，便分析史遷的立傳心理說：

> 嗟呼！自周衰而學道者亂其統，孔子懼無以為救也，於是不得已而思狂狷。孔子歿而道益微，復益之以虛無，縱橫、刑名諸家各馳其說以亂天下，於是學者失其所裁，遂激而為朱家、郭解之流。游俠者流，即狂者之不善變者歟！……太史公當漢武之際，斯時猶未有節義之名也，然而游俠者之皎皎不歡，誠有善變之資者矣。惜乎前無孔子，遂使狂者不幸而一旦至於此，苟及今不嚴為之所，安知所謂皎皎不歡者，不復變而為靡靡闒然媚世之鄉愿耶？是可懼也！是可感也！故一篇之中，反復咨嗟，以致其向慕之私。〔註13〕

吳齊賢在點評〈游俠列傳〉時也說：「儒是史公應言主意」，「太史公傳游俠，雖借儒形俠，而首句即特書曰學士多稱於世云，則其立言之旨為何如哉！」〔註14〕龔自珍平生既以史公之志自期，然則蔣氏等人的一番論述，似可作為瞭解龔自珍在歷史上，所以選擇俠者作為認同對象的緣由參考吧！在〈吳市得題名錄一冊，乃明崇禎戊辰科物也，

〔註13〕轉引自《歷代名家評史記》，北京師範大學出版社，1986年3月第一版，頁714。

〔註14〕同註10，頁278。

題其尾一律〉中，他就有「資格宋高滄海換，半爲義世半爲僧」的感慨，所謂「義士」，根據前揭〈送劉三〉來看，正是俠者。

二、狷直豪慨的生命氣質

在人生中，濃熾的擔當精神所帶來的，往往是艱辛的憂患之心；這兩者本來是互相衝突的，但人一旦在體會了生的悲苦之後，即有欲超越其上，以求解脫的願望。惟龔自珍雖深知其理，卻又無法眞正做到超脫的境界，反而愈深陷在其中。所以在〈長短言自序〉中，他就說：「情孰爲尊？無住爲尊，無寄爲尊……雖曰無住，予之住也大矣，雖曰無寄，予之寄也將不出矣。」

既要擔當時代的苦難，又要負荷人生的憂患，對生命的悲戚既永遠無法超越，然則心中的激情便也長此不滅。循此，「鋤之不能，而反宥之；宥之不已，而反尊之」的「尊情」，便也成爲龔自珍激盪的生命本質的唯一憑藉；在借著鍾情的執著中，強化並且慰藉個人繼續耽溺於這種折磨和煎熬之中。在〈雜詩，己卯自春徂夏，在京師作，得十有四首〉之三中的「情多處處有悲歡」，以及〈己亥雜詩〉第五首中的「落紅不是無情物，化作春泥更護花」，都可看出龔自珍的自覺。而這種耽溺的自覺，往往也正是俠客狷直不變，爲知己死的豪慨氣質所擁有的。

在歷史上，龔自珍不僅以俠者視陶潛，更將更法的理想託寄在俠者的身上，這種作法，儘管是龔自珍不得中道而思狂狷的結果；但是，在現實生活裡，龔自珍個人的生命型態中，不僅含有濃厚的俠者性格，更有甚者，他亦自認爲俠。

存在於歷史中的俠者，或者具有俠者氣質與特色的人，往往多有志好交游、狷直不變、矜豪傲慢、每以才氣凌物的性格。劉若愚在《中國之俠》一書中，就將俠的特徵，歸納爲鋤強扶弱、路見不平、不矜細行、爲知己死、重然諾、惜名譽、慷慨輕財與勇等八項。〔註15〕這

〔註15〕劉若愚《中國之俠》，上海三聯書店，1991年9月，頁4～6。

些在龔自珍的生命氣質中，並不陌生；如廣交游、簡傲、嘉狂言與揮金如土等，在在都與俠者的性格多所交集。

　　魏季子在《羽琌山民逸事》中，對龔自珍平素的生活型態，多有生動的記載；雖屬逸事，卻不無佐證之用。如他說：「山民不喜治生，交游多山僧、畸士，下逮閨秀、優倡，揮金如土。囊盡，輒又告貸。」又：「山民故簡傲，于人多側目，故忌嫉者多。」〔註16〕便可看出龔自珍的生命型態中，多有近似俠者的風範與行徑。

　　有關喜交游的生命性格，龔自珍自己於詩文中亦曾屢屢提及。如〈書金伶〉中所說：

> 乾隆時，貴僚賢公子，喜結歡名布衣，當佳晨冶夕，笙簫四座，被服靚耀，姚冶跌逷，時則必有一人，散衣冠，面目不可喜，而清醜入圖畫者，視之如古銅古玉，娑娑然奇權雜廁於其間以為常。其人未必天下奇士也，要之能上識貴人、長者、大官走聲譽，下能覓名僧、羽士、名倡、怪優、劍俠、奇巧善工之倫。

所謂的「乾隆時，貴僚賢公子」，其實即是龔自珍個人行徑的自我寫照。

　　他在〈哭洞庭葉青原〉中的「更兼愛客古人風，名流至者百輩同，己看屋裏黃金盡，尚恐人前淥酒空」，其實是也是對自己的感慨。在〈能令公少年行〉與〈己亥雜詩〉第四九首中，他就有「飲酒結客才氣鋒」及「黃金脫手贈椎埋」的豪慨自白。

　　而在〈自春徂秋，偶有所觸，拉雜書之，漫不詮次，得十五首〉之五中，龔自珍更於懷才不遇，憤恨之際，隱於游俠之中，引敢於為人排患解難，勇於獻身的俠者為同調：

> 朝從屠沽游，夕拉騶卒飲。此意不可得，有若茹大鯁。傳聞智勇人，傷心自鞭影。蹉跎復蹉跎，黃金滿虛牝。匣中龍劍光，一鳴四壁靜；夜夜輒一鳴，負汝汝難忍。出門何

> 茫茫，天心牖其逞。既窺豫讓橋，復瞰軹深井。長跪奠一
> 卮，風雲撲人冷。

龔詩中所流露的俠氣，其根源因素應即以上所言者。

參、悔露一鱗的韜晦心潮

在時代的激盪之下，龔自珍雖有改革時政的宏願，但它所帶來的卻是一連串的噩運；六次會試的不第，使他長期困坐下僚，無法完成躋身翰林的夙願，加上杭州老家無端而起的奇災、以及父親的降級，自己的罰俸等，〔註17〕都不禁使他思緒萬千，心潮如湧，徘徊在「觀心」、「懺心」、戒詩與破戒的苦澀之路中。這種矛盾心理的糾纏與掙扎，均具體而微的體現在龔詩中，這是本節所要討論的重點。

一、收狂向禪的掙扎

龔詩中有關作者韜晦心情的陳述，最早見於二十八歲時所作的〈雜詩，己卯自春徂夏，在京師作，得十有四首〉中。之十三：「東抹西塗迫半生，中年何故避聲名？才流百輩無餐範，忽動慈悲不與爭。」之十四：「欲爲平易近人詩，下筆清深不自持。洗盡狂名銷盡想，本無一字是吾師。」這是首次落第後之作，定庵不以爲意，故出筆輕鬆、俏皮，但已爲來日的收狂向禪埋下了種子。

明年，龔自珍會試再次落第，加上〈西域置行省議〉的未被朝廷所採納，激憤之情油然而生，乃有意收狂向禪，試圖藉著修禪屏附心中揮之不去的狂情，以換取內心的平靜。在〈驛鼓三首〉之三中，他就說：

> 書來懇款見君賢，我欲收狂漸向禪。早被家常磨慧骨，莫
> 因心病損華年。花看天上祈庸福，月墮懷中聽幻緣。一卷
> 金經香一炷，懺君自懺法無邊。

所以趨向於禪家，主要是因爲禪家不立文字，超越人生，視人生爲苦、爲空的生命態度，適契合了龔自珍此時心靈紛擾的所需，足以安

〔註17〕詳見本論文第一章第一節《猖狂詼詭的難言情懷》中論述。

定慰藉他正感受痛苦與徘徊猶豫的生命。

在〈觀心〉一首中，他更期望直接通過佛教坐禪入定的「止觀」修行，以求得心靈的寂靜：

> 結習真難盡，觀心屏見聞。燒香僧出定，譁夢鬼論文。幽緒不可食，新詩亂如雲。魯陽戈縱挽，萬慮亦紛紛。

龔自珍雖試圖借由「觀心」的途徑，以屏除塵世的見聞，但自己的結習畢竟太深，雖有時能如老僧入定一般，得到些許的平靜，但終究是短暫的；如眾鬼論文的喧譁聲，依舊在夢中擾攘不已，不可壓抑的詩思，仍然如出岫的亂雲，到處飛奔迸射。自己縱有魯戈的回天力氣，也難以叫紛亂動盪的思緒平靜。

「觀心」不得，龔自珍乃進一步「懺心」；期由更激烈的焚燒詩文行動，表達自己內心更深的懺悔，以求得心靈的解脫。在〈又懺心一首〉，他就說：

> 佛言劫火遇皆銷，何物千年怒若潮？經濟文章磨白晝，幽光狂慧復中宵。來何洶湧須揮劍，去尚纏綿可付簫。心藥心靈總心病，寓言決欲就燈燒。

即連佛家所言遇物皆銷的劫火，也無法平息自己心中那股無可名狀，又如怒潮一般洶湧的思想；經世濟時的文章依舊消耗了整個白晝的時光，而種種縱橫無定的詭奇思想，又趁著中夜齊湧心頭。其來勢洶湧，不可遏抑，所激起的是報國濟世的壯志與狂俠杖劍的豪氣；一旦退去，又如簫聲一般嗚咽纏綿，遺下不盡的憂國情思與失意愁緒。如今，這些經世匡時的理想與憂國憂民的思慮，都成了心病的所在。唯今之計，只有將它們付之一炬，以示自己最深的懺悔，才能換來心靈的平靜。

同年春深時分，龔自珍真的就燈燒起他的作品了。在〈客春，住京師之丞相胡同，有丞相胡同春夢詩二十絕句。春又深矣，因燒此作，而奠以一絕句〉中就說：

> 春夢撩天筆一枝，夢中傷骨醒難支。今年燒夢先燒筆，檢點青天白晝詩。

欲挽戈回天的理想，竟為自己招來刺骨般難忍的傷痛。經一番自我檢點後，纔知是出言招禍的緣故，祇好將如青天白日一般光明磊落的詩作，付諸灰燼。

不唯如此，在抱兩千篇功令文求教於姚學塨後，龔自珍竟也激憤得悉數將之付之一炬。在〈己亥雜詩〉第六十首中，他回憶著說：

> 華年心力九分殫，淚漬醰魚死不乾。此事千秋無我席，毅然一炬為歸安。

詩自注：

> 抱功令文二千篇，見歸安姚先生學塨，先生初獎借之，忽正色曰：「我文著墨不著筆，汝文筆墨兼用。乃自燒功令文。

經姚氏一點醒，龔自珍纔驚覺自己思想犀利的功令文，既闡發經義又議論時政，纔是不見容於考官，造成仕途坎坷的原因，乃憤憤不平，悉數將之焚燬。〔註18〕

儘管龔自珍既燒詩又燒文，以求換來心靈的平靜，但這祇是一時的激憤罷了。他仍然心有不甘，對於早年文章思想的酸辣既感得意，又自認無法安安靜靜的坐下參禪。如此一來，所謂的「觀心」與「懺心」，對他而言，是註定要失敗的。在〈因憶兩首〉之一中，他就說：

> 因憶橫街宅，槐花五丈青。文章酸辣早，知覺鬼神靈。大橈支干始，中年記憶熒。東牆涼月下，何客又橫經？

之二中，更有「情苗茁一絲」的宣告，可見自始至終龔自珍心中的熱情，就未曾有過冷卻的時候。因此，在回到杭州的老家後，他又開始不安分了。在〈杭州龍井寺〉中，他就說：

> 紅泥亭倒客來稀，鐘磬沉沉出翠微。無分安禪翻破戒，盜

〔註18〕孫欽善疑此事或在道光六年作者會試不第後，然嘉慶二十五年龔自珍在《又懺心一首》中，有「寓言決欲就燈燒」句，且姚氏逝於道光七年：是龔自珍燒功令文一事，或當在作《又懺心一首》後不久。孫說見所著《龔自珍詩文選》，人民文學出版社，1991 年 7 月北京第一版。

他常住一花歸。

在〈昨夜〉中，他也說：

種花都是種愁根，沒個花枝又斷魂。新學甚深微妙法，看
花看影不留痕。

「無分安禪」是眞，盜花而歸也是眞；前者正式宣告了他的收狂向禪
是註定要失敗的，後者則顯示他仍然要繼續在白日青天底下奮臂而
行。即使所種的都是愁根，也無妨。

從「觀心」到「懺心」，其中所展現的心路歷程，是龔自珍意欲
收狂向禪的決心；但是，強烈的憂患心又抵擋不住時代苦難的召喚，
每令他頻頻回首，謀求拯救世變的藥方。在晚年的〈己亥雜詩〉中，
龔自珍就再一次借著詩作，追蹤、刻畫出這種矛盾掙扎的變化過程。
開宗明義第一首即說：

著書何似觀心賢，不奈卮言夜湧泉。百卷書成南渡歲，先
生續集再編年。

出言招禍，顯然比不上靜默觀心的好，但是無可奈何，滔滔不盡的思
緒依舊難以遏抑，每當中夜人靜之際，便湧如泉水一般，著於紙端。
由此可見，龔自珍仍然不甘寂寞，胸中的憤懣之言，不吐不快。

但是，現實的環境終究不容改變，縱有感慨，仍然無濟於事；在
獻計無門，報國無望之際，龔自珍只好又興起皈依佛教，以求解脫的
念頭。在第三一五首中，他就頹然氣喪的又作出遁世之辭說：

吟罷江山氣不靈，萬千種話一燈青，忽然擱筆無言說，重
禮天台七卷經。

時代對於自己的滿腔報國熱誠既不領情，再多言語終究是無益的；
現實社會的冥頑不靈，是迫使龔自珍再度逃禪遁佛的最大原因。然
而，在隔年的八月，龔自珍終究還是不忍揮手離去他始終掛念的京
國，又再次的興起了熱切的報國之志，去信梁章鉅，表達「稍助籌筆」
〔註19〕的願望。

〔註19〕見氏著《師友集》，轉引自《資料集》，頁15。

從二十八、九歲的「本無一字是吾師」、「我欲收狂漸向禪」以「寓言絕欲就燈燒」，到四十八歲的「著書何似觀心賢，不奈卮言夜湧泉」以及「吟罷江山氣不靈，萬千種話一燈青」，其間所刻畫的，是龔自珍充滿了苦澀與糾纏的心路歷程。這中間有頹唐的心理表白，有進取的情緒宣告，是他個人掙扎在出世與入世間的韜晦心潮的投射。從傳統詩歌中，作者自我心靈的揭露視角來看，在面對現實環境壓迫時的諸種糾纏，龔詩不僅具體而微的曲盡了個人矛盾的心靈世界；更形象地探索了潛在意識中的紛亂與擾攘，這是此前詩人所少有的。

二、韜匿文字的矛盾

龔自珍一生戒詩主要有兩次；第一次在嘉慶廿五年秋天，是他廿九歲時。這次戒詩行動，是他二次會試落第，以舉人選為內閣中書，在失意消沉之際，有意收狂向禪的情緒連鎖反應。前揭的同年詩作〈驛鼓三首〉之三的「我欲收狂漸向禪」，便透露他有意學佛逃禪的意圖。逃禪的目的，是為了收狂，是企求沉浸在以空為教義的佛教中，以泯滅腦海中紛陳不已的幽情麗想，使時時處在激動奔騰的心緒得以平靜下來。而要「洗盡狂名消盡想」以求得禪悅的第一步，便要有「本無一字是吾師」的認知與實踐。

龔自珍之所以認為「不立文字」，是斷盡所有煩惱的根源，主要與他所學的佛教宗派思想有關。他的學佛，主要得自江沅。在〈己亥雜詩〉第一四一首自注中，龔自珍便稱江沅「是予學佛第一導師」。在戒詩同年的詩作〈鐵君惠書，有『玉想瓊思』之語，衍成一詩答之〉，他便說：「我昨清鸞背上行，美人規勸聽分明；不須文字傳言語，玉想瓊思過一生。」這就是龔自珍欲以戒詩作為空寂心靈，以自我解脫的理論依據。

就在這種思想的驅策下，龔自珍強抑住心中的怒火，下了首次戒詩的決心。〈戒詩五章〉之二中就說：

百臟發酸淚，夜湧如原泉。此淚何所從？萬一詩崇焉。今
誓空爾心，心滅激亦滅。有未滅者存，何用更留跡？

古來詩人戒詩各有其理由；程頤的戒詩，是因為作詩有害學道，方苞
的戒詩，是因為作詩有害為文，〔註20〕而龔自珍的戒詩，則是因為詩
魔作祟，惹來禍患所致。因此，即使有未滅絕的心志，再也不要讓它
發而為詩，留下痕跡了！

在之三中，龔自珍更出之以戲謔的筆法，聲言自己要拋棄政治理
想，與世情浮沉，以便斷盡憤世感時，憂國傷民的情思：

行年二十九，電光豈遽收？觀河生百喟，何如泛虛舟！當
喜我必喜，當憂我輒憂。盡此一報形，世法隨沉浮。天龍
為我喜，波旬為我愁。波旬爾忽愁，咒汝械汝頭。

雖則如此，卻益發可見龔自珍的濟世心切，念國情深，不甘與醉生夢
死的權貴同流合污的決心。

在之之五中，龔自珍則以看似爽朗的語調，奚落著說：

我有第一諦，不落文字中。一以落邊際，世法還具通。橫
看與側看，八萬四千好。泰山一塵多，瀚海一蛤少。隨意
攝舉之，龔子不在斯。百年守尸羅，十色毋陸離。

詩為心聲，即使僅著邊際，也仍是世間律法可以達到的；因此，祇要
行徑不落入文字的藩籬之中，不留下任何痕跡，便可以免於予人讒謗
的口實。內心的激憤雖然抑掩不住，但掙扎其中的韜晦之情，則溢於
言表。

然而，龔自珍這次的戒詩行動並未成功，第二年的夏天，也就是
道光元年，他就破戒了。在〈跋破戒草〉中，他就說：「余自庚辰之
秋，戒為詩，於戕言語簡思慮之指言之詳，然不能堅也。辛巳夏，決
瀾杝為之，至丁亥十月，又得二百九十篇」。不僅重拾詩筆，而且一
發不可收拾，在短短七年中，便近三百篇之多。

可是，在編妥〈破戒草〉與〈破戒草之餘〉的同年，即道光七年，

〔註20〕見王鎮遠《劍氣簫心》，中華書局，1990 年 4 月初版，頁 11。

龔自珍卅六歲時，他又有了戒詩的打算。在〈自春徂秋，偶有所觸，拉雜書之，漫不詮次，得十五首〉之十五首中，他就說：

> 戒詩昔有詩，庚辰詩語繁。第一欲言者，古來難明言。姑將譎言之，未言聲又吞。不求鬼神諒，剡向生人道？東雲露一鱗，西雲露一爪，與其見鱗爪，何如鱗爪無？況凡所云云，又鱗爪之餘。懺悔首文字，潛心戰空虛。今年真戒詩，才盡何傷乎！

這次戒詩的理由，是因為言不能盡意，意無法達辭；文字在多所顧忌的考量下，遮三掩四，支離破碎；既以喪失原來所期望的面目，那麼詩便已失去它存在的價值！與其如此，不如三緘其口罷了。情緒的落寞，無可聊賴，更甚於第一次的戒詩。

從同篇其他首詩便可以發覺，時代的沉痾難起，加上龔自珍個人在意緒上的消沉，是他再也無心發言的主要原因。如之二的「四海變秋氣，一室難為春」，之十三的「萬言摧燒之，奇氣又瘖啞。心死竟何云？結習幸漸寡。憂患稍稍平，此心即佛者」，之十四的「漸漸疑百家，中無要道津。縱使精氣留，硤硤為星辰。聞道幸不遲，多難乃緣因。空工開覺路，網盡傷心民。」情緒的激憤，更有甚於第一次的戒詩。

從這次戒詩後，龔自珍的詩作確實少了許多，一直要到道光十九年，被迫出都後，在了無顧忌的情況下，才又詩興大發地說：「著書何似觀心賢，不奈卮言夜湧泉」，一口氣完成了三百十五首的己亥雜詩。

綜觀龔自珍的從「觀心」到「懺心」，及一再地戒詩、破戒來看，說明他始終在出世與入世，紅塵與佛土之間徘徊不定；入世使他憂患不已，亟求佛土的寧靜，出世卻又使他頻頻回首紅塵，悲戚人間的苦難。就是這種對現實無法保持沉默，卻又時而欲跳脫文字藩籬的矛盾，使他一生困坐在激擾與不安之中，從而也使得龔詩充滿了矛盾紛亂，掙扎糾纏的精神面貌。

肆、不忘春聲的孺慕眞情

龔詩中，追憶童年的作品頗多；其中有對親情倫理的懷念，有對個人處世態度的反省，有對現實社會的不滿。所以如此，不僅與他幼年的經歷有關，與他憂患飄零的身世有關，更與他所處的時代有關。

一、慰藉憂患的童心

龔自珍出身名門，所以童年的啓蒙教育，可謂極爲完備；尤其身爲段玉裁之女的母親的詩文教誨，更是他終生所難忘的。因而，凡詩文中有關追憶童年者，亦往往有其慈母的身影。如〈冬日小病寄家書作〉：

> 黃日半窗煖，人聲四面希，餳簫咽窮巷，沉沉止復吹。小時聞此聲，心神輒爲癡；慈母知我病，手以棉覆之；夜夢猶呻寒，投於母懷中。行年迫壯盛，此病恆相隨；飲我慈母恩，雖壯同兒時。今年遠別離，獨坐天之涯，神理日不足，禪悅詎可期？沉沉復悄悄，擁衾思投誰？

詩寫作的時間，是道光元年。這年春天，龔自珍由上海起身赴北京，就任內閣中書一職，參與國史館修訂《清一統志》的校對工作。夏天則參加軍機章京的考試，卻因軍機處內部的營私舞弊而不幸落第。心情慘澹之餘，又在冬天生了一場小病。凡此離鄉背井的孤獨、赴試失志的落寞，加上寒冬小病的淒涼，在在觸發他追憶起童年時，慈母百般呵護的溫暖景象，藉以緩解心情的壓抑以及對前途的渺茫之感。

如果說幼年時的「投與母中懷」，是人情之常；然則龔自珍於壯年之際，依然有「擁衾思投誰」的依母深情，便顯示出他是借著「不忘春聲」的追求，以獲得一份來自母愛的「安全感」，以慰藉心靈的茫然。

而對慈恩的始終纏綿於心，竟也叫龔自珍產生了一種「移情」的心理現象，舉凡與母親有關的事物，他都時刻掛念在心，一生眷戀不

已。即使對詩文家的喜好之情，亦不例外。在〈三別好詩〉之一中，他就說：

> 莫從文體問高卑，生就燈前兒女詩。一種春聲忘不得，長安放學夜歸時。

詩前有序曰：

> 余於近賢文章，有三別好焉；雖明知非文章之極，而自髫年好之，至於冠益好之。茲得春三十有一，得秋三十有二，自揆造述，絕不出三君，而心未能舍去。以三者皆於慈母帳外燈前誦之，吳詩出口授，故尤纏綿於心：吾方壯而獨遊，每一吟此，宛然幼小依膝下時。

吳詩的格調，雖非詩中極品，但因是童年時，母親燈前親口授己的詩作，所以自己格外喜歡，即使長成後，依然時誦於口，未有改變。所謂「吾方壯而獨遊，每一吟此，宛然幼小依膝下時」，便說明了龔自珍這種「愛屋及烏」的移情心理，基本上是一種「安全感」的渴求，是藉由追憶慈恩的溫暖，以慰藉異鄉獨遊的孤寂心靈。

而當母親過世後，龔自珍在頓失所恃時所流露的孺慕之情，發而為詩的情感淒切，更令人欲與之放聲同哭。〈乙酉臘，見紅梅一枝，思親而作，時小客崑山〉：

> 絳臘高吟者，年年哭海濱。明年除夕淚，灑作北方春。天地埋憂畢，舟車祖道顏。何如抱冰雪，長作墓廬人？

句間注並云：「母在人間，百事予不知也。」母親在世時，慈恩的溫暖，使自己忘卻了平生憂患的痛苦，所以百事的煩憂盡可視若無睹；如今所恃頓失，自己祇有長居墓廬相伴，纔能再得到安慰了！

在〈元日書懷〉中，龔自珍所流露的孺慕之情更是誠摯感人：

> 癸秋以前為一天，癸秋以後為一天；天亦無母之日月，地亦無母之山川。孰贏孰絀孰付予？如奔如雷如流泉。從茲若到歲七十，是別慈親卅九年。

言淺意深，辭淡情濃，所謂「至情無文」，正是如此。

因此，當龔自珍回憶起童年時的歡樂景象後，再思及平生的百憂

交集，便不禁要慨歎千辛萬苦所得來的千秋萬世名，也不及少年時無憂無慮的快樂了。在〈丙戌秋作。獨遊法源寺，尋丁卯戊辰間舊遊，遂經過寺南故宅，惘然賦〉中，他就說：

> 髫年抱秋心，秋高屢逃塾。宕往不可收，聊就寺門讀。春聲滿秋空，不受秋束縛。一叟尋聲來，避之入修竹。叟乃噴古笑，爛漫晉宋謔。寺僧兩侮之，謂一猿一鶴。歸來慈母憐，摩我百怪腹。言我衣裳涼，飼我芋栗熟。萬恨未萌芽，千詩正珠玉。醰醰心肝淳，荓荓憂患伏。浩浩支干名，漫漫人鬼錄。依依燈火光，去去門巷曲。魂魄一惝恍，徑欲叩門宿。千秋萬歲名，何如小年樂。

對童年美好回憶的欣慕之情，所對照出的，正是對壯年後莽莽憂患的感慨不已；汲汲營營於千秋萬歲名的追求，其所換來的，也祇不過是一堆記載著生卒年月的人名簿罷了，這無論如何是比不上童年無爭無競的生活。詩中所流露的童心，雖誠摯深厚，卻有些高蹈的傾向。但卻是龔自珍亟求童年歡樂，以慰藉憂患生涯的心聲！

又如〈寒月吟〉之四：

> 我生受之天，哀樂恆過人。我有平生交，外氏之懿親。自我慈母死，誰饋此翁貧？江關斷消息，生死知無因。八十罹饑寒，雖生猶僇民。昨夢來啞啞，心肝何清眞？翁自鬚髮白，我如髫卝淳。夢中既觴之，而復留遮之，挽鬚搔爬之，磨墨揄揶之，呼燈而燭之，論文而謹之。阿母在旁坐，連連呼叔爺。今朝無風雪，我淚浩如雪，莫怪淚如雪，人生思幼日。

詩前有序曰：「歲暮共幽憂之所作也」。既是爲「幽憂」而作，則從夢憶與外家的忘年之交，彼此親密平等，純眞無猜的描寫，便也益發對照出平生際遇的憂患飄零；但童年越是歡樂，慈恩越是浩蕩，越發使得龔自珍感慨生涯的百憂交集，對童心的渴求也就越發的深切。

　　龔自珍依戀母親的情感既是如此的深，所以，即使在懺首文字，潛心戰空虛之際，所割捨不掉的，也唯有浩蕩溫暖的母愛而已。在

〈自春徂秋，偶有所觸，拉雜書之，漫不詮次，得十五首〉之十三中，他就說：

> 曉枕心氣消，奇淚忽盈把。少年愛惻悱，芳意媂幽雅。黃
> 塵漲洞中，古抱不可寫。萬言摧燒之，奇氣又瘖啞。心死
> 章何云？結習幸漸寡。憂患稍稍平，此心即佛心。獨有愛
> 根在，拔之誓難下。夢中慈母來，絮絮如何舍？

長達萬言的經世文章都燒燬，難以袪盡的結習，也漸漸稀少了，在
心境已逐漸趨於平靜之際，唯一難以割捨的，仍是夜夜入夢來的慈
母身影。慈恩所以難以割捨，是由於她是天地間最純靜廣大，既無
所傷又無所求的情感，是龔自珍在自悔、自解中，唯一足以慰藉的東
西。

二、回復精誠的童心

所謂「春聲」，對龔自珍而言，不只是慈母在燈前所吟哦的愛憐
兒女之聲，也是孩子依著慈母教誨的誦詩之聲，更是他在擾攘的憂患
生涯之中，亟欲尋找的一塊寧靜土地，以及藉以鞭撻現實黑暗的精神
力量。

龔自珍一生憂患飄零，在備嘗人間坎坷、飽經世態炎涼之後，爲
了求得內心的寧靜，袪除萬慮的紛擾，除了採取佛教「觀心」的修行
方式之外，也興起了羨慕童心的純樸混茫。

〈莊子·繕性〉上篇對於人類原始社會的混茫純樸，曾有一段理
想的描述：

> 古之人，在混茫之中，與一世而得淡漠焉。當時也，陰陽
> 和靜，鬼神不擾，四時得節，萬物不傷，群生不夭，人雖
> 有知，無所用之，此之謂至一。當是時也，莫之爲而常自
> 然。〔註21〕

這種陰陽和靜，鬼神不擾，雖有知而無所用的原始狀態，就人類心智

〔註21〕《莊子·繕性》，陳鼓應《莊子今注今譯》，中華書局，1990 年 9 月
初版，頁 404。

的成長過程來說，恰即是童年的心智狀態。龔自珍在〈宥情〉中，所謂的「一切境未起時，一切哀樂宋中時，一切語言未造時」，即是童心狀態的最好說明。

　　但是，童心雖處在一切未起，一切未中，一切未造的狀態下，卻不是毫無作為的。它是雖有知而無所用，「莫之為而常自然」的。因此，對於童心的大作用，《道德經》中就說：

> 含德之厚，比于赤子。毒蟲不螫，猛獸不據，攫鳥不搏，骨弱筋柔而握固。未知牝牡之合而朘作，精之至也。終日號而不嗄，和之至也。〔註22〕

因此，既純樸混茫，卻又元氣充足，德全而神完的童心，便也是龔自珍處在擾攘虛偽的官場中，所渴求的精神境界。

　　在嘉慶廿五年的〈鳴鳴硁硁〉中，龔自珍便歌頌純真精誠的童心，以揭露官場權貴的陰狠虛偽說：

> 黃犢怒求乳，樸誠心無猜；犢也爾何知，既壯恃其孩。古之子弄父兵者，喋血市上寧非哀？亦有小心人，天命終難奪，授命何其恭，履霜何其潔；孝子忠臣一傳成，千秋君父名先裂！不然冥冥鴻，無家在中路，潔哉心無瑕，千古孤飛去。鳴鳴復鳴鳴，古人誰智誰當愚？硁硁復硁硁，智亦未足重，愚亦未可輕。鄙夫較量愚智間，何如一意求精誠。仁者不怵愚癡之萬死，勇者不貪智慧之一生。寄言後世艱難子，白日青天奮臂行。

詩從最基本的君臣父子關係寫起，以漢武帝及太子間的互相猜忌，終於釀成天倫慘禍，以及古來君臣父子之道難以兩全其美的矛盾，戳穿虛假的禮義道德，違背了純真的人性。在讚美犢牛餓則怒以求乳的樸誠愚直裡，龔自珍不僅將傳統社會中，人情世故的虛偽面紗撕去，更觸及了人性的靈魂深處，揭櫫了智愚的不足辨，賦予人生應該排除萬難，追求精誠守直的積極意義。所謂「寄言後世艱難子，白日青天奮臂行」，理應如此。

〔註22〕《道德經》第五十五章。

事實上，清代官場的爾虞我詐，腐朽透頂，一直是倡導「尊情」的龔自珍所不遺餘力加以抨擊的。在〈歌哭〉中，對於官場的阿諛奉承，逢場作戲，今不如昔，他就感慨萬千的說：

> 閱歷名場萬態更，原非感慨爲蒼生。西鄰弔罷東鄰賀，歌
> 哭前賢較有情。

在〈人草稿〉中，他更以製偶造人爲喻，揭露統治階層按著自己口味的模式，選拔人材的結果，終使官場到處充斥著狡猾庸碌，矯揉做作的虛僞情態：

> 陶師師媧皇，摶土戲爲人：或則頭帖帖，或則頭頴頴；丹
> 黃粉墨之，衣裳百千身。

因而讚賞「人草稿」的未加裝飾，顯露質樸純眞的本色，既煥發著素樸之美，又有無邊磅礴的氣勢，而欲待之以上寮之禮：

> 因念造物者，豈無屬稿辰？茲大僞未具，媧也知艱辛；磅
> 礴匠心半，爛斑土花春。劇場不見收，我固憐其眞；諡曰
> 人草稿，禮之用上賓。

而龔自珍對於純樸精誠，萬物不能傷的童心的推崇，在〈太常仙蝶歌〉中，更予以明白的宣告說：「道籙十丈，不敵童心一車」。何以如此呢？在〈自春徂秋，偶有所觸，拉雜書之，漫不詮次，得十五首〉之一中，對於「道力」與「寸心」之間的關係，龔自珍曾作過這樣的比較：

> 道力戰萬籟，微芒課其功。不能勝寸心，安能勝蒼穹？

可見保有童心，是修道的第一步。李卓吾在〈童心說〉中，就說：

> 夫童心者，眞心也。……若失卻童心，便失卻眞心；失卻
> 眞心，便失卻眞人。人而非眞，全不復有初矣。〔註23〕

也是這個意思。

然而，在鞭撻官場黑暗，標舉童心的同時，龔自珍對於自己隨著歲月的增長而未能保有本眞的現象，也深感憂慮。在〈黃犢謠〉中，他就感慨的說：

〔註23〕李卓吾《焚書》卷三，漢京文化事業公司，1982年9月，頁98。

> 黃犢蹢躅，不離母腹。蹢躅何求？乃不如犢牛。晝則壯矣，
> 夜夢兒時。豈不知歸？爲夢中兒。無聞於時，歸亦汝怡。
> 矧有聞於時，胡不知歸？歸實阻我，求佛其可。念佛夢醒，
> 佛前涕零。漢，願夢中人安樂。佛香亭亭，願夢中人苦辛。
> 苦辛恆同，樂亦無窮。噫嘻噫嘻！歸苟樂矣，兒出辱矣。
> 夢中人知之，佛知之夙矣。

感歎人情世故的需要周旋逶迤，使得自己不得不白天一種態度，晚間一種態度，祇有在夜夢裡，纔能恢復本來的童心面目。

因此，當中年一到，功業仍然未就之時，龔自珍便也懷疑起半生孜孜於羅列文獻，雕章鑿句，祇是徒然而已，完全非初衷所本。在〈猛憶〉中，他就說：

> 狂臚文獻耗中年，亦是今生後起緣。猛憶兒時心力異，一
> 燈紅接混茫前。

龔自珍這首詩寫於第五次會試落第後。現實境遇的坎坷，終於使他驚醒中年以後的致力於學術上瑣屑的考證搜求，與年少時的用心方向完全不同，不禁感歎世情對自己原本精誠的心靈的薰染程度。

事實上，在同年的〈銘座詩〉中，龔自珍即曾對自己中年以後的致力於餖飣之學，表達了心中無可奈何的情緒說：

> 精微恍惚，少所樂兮。躬行且踐，壯所學兮。日以事天，
> 敢不諾兮？事無其耦，生靡樂兮。人無其朋，孤往何索兮？
> 借鎖耗奇，嗜好託兮。浮湛不返，循流俗兮。吁鎖以耗奇
> 兮，不如躬行以耗奇兮。迴念故我，在寥廓兮。我詩座右，
> 榮我獨兮。

在〈己亥雜詩〉第七三首中，他也說：

> 奇氣一縱不可闔，此是借鎖耗奇法。奇則耗矣鎖未休，眼
> 前臚列成五嶽。

雖是一種政治失意時的韜晦情緒，然又何嘗不是壓抑童心，苟循流俗，與現實妥協下的結果。

而爾虞我詐的官場生活，更是童心的致命傷。在〈己亥雜詩〉第

一七零首中，龔自珍就說：

> 少年哀樂過於人，歌泣無端字字眞。既壯周旋雜癡黠，童
> 心來復夢中身。

毫不諱言的指出，祗有年少的眞誠，纔是出自天性的眞誠；壯年的官
場生涯，時而故作糊塗，時而略施奸黠，致使童心祗有在夜夢裡，才
會出現。

龔自珍在〈琴歌〉與〈寒月吟〉之四中，曾自述其早年純眞的心
靈說：

> 之美一人，樂亦過人，哀亦過人。月生於堂，非月之精光，
> 睇視之光。

> 我生受之天，哀樂恆過人。

在〈世上光陰好〉中，他也說：

> 世上光陰好，無如繡閣中。靜原生智慧，愁亦破鴻濛。萬
> 緒含淳待，三生設想工。高情塵不滓，小別淚能紅。玉茁
> 心苗嫩，珠穿耳性聰。芳香箋藝譜。曲盡數窗櫳。遠樹當
> 山看，雲行入抱空。枕停如願月，扇避不情風。畫漏長千
> 刻，宵缸夢幾通。德容師窈窕，字體記玲瓏。朱戶春暉別，
> 蓬門淑舊同。百年辛苦始。何用嫁英雄？

年少心靈的精誠混茫，在動靜之間，所發出的光芒，的確都能一直透
闢到開天闢地以前；但人終將要入世，終將要面對一切人情世故。可
貴的是，人生在一番歷練之後還能保有童心的純眞。龔自珍對自己逐
漸喪失童心的感慨，正是他仍存有童心，又渴求童心的最好說明。較
之清代虛僞的官場中人，龔自珍所保有的童心，仍然是足以自豪的。
在〈夢中作四截句〉之二中，他就慶幸自己在動亂的時代裡，能不因
青春的消逝，而仍然保有童心，未染世俗說：

> 黃金華髮兩飄蕭，六九童心尚未消；叱起海紅帘底月，四
> 廂花影怒于潮。

而龔自珍的所以常保童心，是他無時無刻不在提醒自己的緣故。〈午
夢初覺，悵然詩成〉中的「覓我童心廿六年」，就是最好的說明。

伍、甘隸妝臺的兒女情長

負荷苦難的時代擔當，與激昂跳脫的恩仇相期，既無有著落的空間；而韜晦解脫的觀心懺心，雖有深刻的體認，卻又未能真正的超越；即連對混茫精誠的童心追求，也益發對照出身世的飄零與現實的黑暗無情。對龔自珍而言，激情究竟是無法遏抑的，而纏綿又始終不可解於心，在如此癡絕愁絕的情況下，人生是越走越感到淒涼孤寂的；而生命在持續的不安與騷動之中，也就越來越纖細敏感而脆弱，亟需一個撫慰舒緩的處所。

而美人的多愁善感，慣於傷春悲秋，以及對自身的憐惜深情，既與自己引以為傲的芬芳惻俳之情相類，又能貼合內心深憤隱曲的心境，然則龔自珍的生命於彷徨徘徊之際，將深情投注於溫柔之鄉，以求得一份聊賴，便也是有跡可循的了。在〈逆旅題壁，次周伯恬原韻〉中，他就說：

> 名場閱歷莽無涯，心史縱橫自一家。秋氣不驚堂內燕，夕陽還戀路旁鴉。東鄰嫠老難為妾，古木根深不似花。何日冥鴻蹤跡遂，美人經卷葬華年。

這首和詩作於龔自珍二次會試落第的南歸途中。身世國事的交感併集，使龔自珍頓感自己對時勢沒落與社會危機的無能為力；因而興起有朝一日，自己一旦歸隱出世，則要在美人相伴，讀佛遣日的情況下，葬送年華的念頭。雖是激憤之詞，卻也透露了英雄在無可如何的悲憤恓惶之下，往往便將深情投注於美人身上，以求慰藉和安頓。所以如此，如前所言，蓋由於兩者的生命氣質往往相通，英雄的欣賞憐愛美人，看似憐人，其實自憐。

一、借銷英氣的思美人

事實上，此前，龔自珍就曾經有意借著流連風月，以銷磨那股始終纏綿於胸中的鬱勃之氣。在嘉慶廿五年春天會試落第後的〈行路易〉中，龔自珍就曾有「朝衣東市甘如飴，玉體須為美人惜」的退避之計。

在隔年〈驛鼓三首〉之二中，他更說：

> 釵滿高樓燈滿城，風花未免態縱橫。長途借銷英氣，側調
> 安能犯正聲？綠鬢人嗤愁太早，黃金客怒散無名。吾生萬
> 事勞心意，嫁得狂奴孽已成。

這首詩是龔自珍在二次落第後，小住上海時所作。從之一的「河燈驛
鼓滿天霜，小夢溫馨亂客腸。夜欠羅幃梅弄影，春寒銀銚藥生香」來
看，其寫作的詳細時間是春天，較前首和詩為早，是落第後的不久之
作。上海歡場中的閃動釵影，自然令一般人的情懷為之動蕩，對甫在
考場失利而感到悲憤不平的龔自珍而言，更提供了一個紓緩心靈的場
所，以便銷磨久久揮之不去的憤恨。不過，在流連之餘，即使旁人嗤
笑他未免發愁太早，朋友也因為他的散金無名而感到生氣；但龔自珍
並未沉醉其中，他仍有「側調焉能犯正聲」的清醒意識。可見對年輕
的龔自珍而言，所謂的倚紅偎翠，還祇是一時無可聊賴下的憑藉，仍
不足以真正銷磨他的志氣。因此，當龔自珍卅六歲時，在〈春日有懷
山中桃花，因有寄〉中所說的「安能坐此愁陽春，不如歸侍妝臺前」，
也就祇能視作是一時因景傷情的牢騷語罷了，他並未偕妻歸隱。

雖則如此，龔自珍在處理男女私情的嚴肅態度及深情上，卻不是
泛泛士人的薄倖心態所能及的。在〈賦得香〉中，他就說：

> 我有香一段，煎熬刿斷成。德堅能不死，心苦惜無名。大
> 玉煩同薦，群靈感至誠。偶留閨閣愛，結習愧平生。

對於此前一段兒女的邂逅，龔自珍雖頗有結習難改的悔意；但他情愫
的深摯精誠，及所受的相思煎熬，卻是可以感動天地間的神靈。

龔自珍這種可以感動天地神靈，由煎熬刿斷而成的至情，在〈題
紅禪室詩尾〉之二中，更表露無遺：

> 畢竟恩輕與怨輕？自家脈脈欠分明。若論兩字紅禪意，紅
> 是他生禪此生。

詩情雖寫得惝恍，但在脈脈不語之中，將希望寄託在來生之中，仍然
可見龔自珍的一番深情似海。事實上，就是這種對愛情抱持著既真摯
又嚴肅的健康態度，使得龔自珍即使在晚年的歲月裡，因有感於英雄

垂暮，而有意歸隱於溫柔之鄉，其情愫儘管冶豔，卻是纏綿惻悱而不失於輕薄膚淺的，絕不是王國維在《人間詞話》中所譏誚的「涼薄無行」。〔註24〕

二、英雄垂暮的思美人

對時勢的無可奈何，雖常使英雄氣短，但若時值年少，則仍有作為的空間，故雖氣短，卻祇是一時性而已；是英雄，則必亟思奮發，伺機再起。故少年的龔自珍僅借思美人以銷英氣而已。唯一旦年已垂垂暮矣，除了徒然感慨流年於風雨，傷零落於芳華外，恐怕就祇有向著軟紅堆裡，訴說自己的深情一途了。己亥出都後的龔自珍，其心態所面臨的正是這樣的困境。處在絕處的他，不僅對網羅文獻的盛心有倦怠之意，更又結習重蹈，終日沉浸在「選色談空」的消極裡。在〈己亥雜詩〉第一零二首中，他就說：

> 網羅文獻吾倦矣，選色談空結習存。江淮狂生知我者，綠
> 箋百字銘其言。

不過，對於自己的「選色」，龔自珍也有另一種說法。在第一二六首中，他就說：

> 不容兒輩妄談兵，鎮物何妨一矯情。別有狂言謝時望，東
> 山妓即是蒼生。

以謝安畜妓的事件，印證表面的舉止，往往僅是矯情，未必真實反映內心的世界。即使如此，仍然可以看出龔自珍的「選色」的諸多無奈與頹唐情緒。

如第二五二首中，龔自珍就說：

> 風雲材略已消磨，甘隸妝臺伺眼波。為恐劉郎英氣盡，捲
> 簾梳洗望黃河。

慨嘆自己當年不可一世的經世材略，如今竟已被磨損到終日祇願與女郎為伴的地步，其中雖仍隱含為朝廷所棄的憤慨，但年華的不再，確實令龔自珍意興闌珊，消極許多。

〔註24〕王國維《人間詞話》，轉引自《資料集》，頁170。

在第一零七首與第二七六首中，龔自珍更表達了自己所以投向軟紅堆裡的無可奈何：

> 少年攬轡澄清意，倦矣應憐縮手時。今日不揮閒涕淚，渡江只怨別蛾眉。

> 少年雖亦薄湯武，不薄秦皇與武皇。設想英雄垂暮日，溫柔不住住何鄉。

蹉跎失志，以致無可奈何，祇有流連聲色，以求慰藉。頹唐情緒，溢於言表。

然而，龔自珍在垂暮之年，雖因失意的苦衷而眷戀美色，但他並不糟蹋美色，他深知美人，又深惜美人，往往將之引為知音、同調。在第二一首中，他就說：

> 少年尊隱有高文，猿鶴真堪張一軍。難向史家搜比例，商量出處到紅裙。

在〈尊隱〉中，龔自珍曾將挽救時代危機的理想，寄託在遭朝廷排斥在野的志士身上；但當自己也遭遇了同樣被棄置的命運時，竟不知何以為對是好？只有向知心的女子商量進退的行動了。這裡所揭示的，正是龔自珍對美人的深知與深惜。在第九七、九八與九九首中，就表達了他對靈簫與小雲的鍾愛說：

> 天花拂袂著難銷，始愧聲聞力未超。青史他年煩點染，定公四紀遇靈簫。

> 一言恩重降雲霄，塵劫成塵感不銷。未免出禪怯花影，夢回持偈謝靈簫。

> 能令公慍公復喜，揚州女兒名小雲。出弦相見上弦別，不曾題滿杏黃裙。

事實上，龔自珍筆下的美人形象，往往不同凡俗。在〈美人〉詩中，他就說：

> 美人清妙遺夷州，獨居雲外之高樓。春來不學空房怨，但折梨花照暮愁。

雖獨居高處，卻有望遠之心，能憂慮天下之人。因此，龔自珍所深惜

的美人，如小雲、靈簫等人的性情，也就與龔自珍本人的生命氣質，往往有相通之處；所以，龔自珍晚年的深惜美人，眷戀美人，不僅是失意的慰藉而已，更是自我憐惜的情意轉移。對他而言，美人不僅是現實生活裡可悅的慰藉，也同時是一種芬芳的情感，一種對理想的追求與嚮往的投射。在〈己亥雜詩〉中的「選色」之作，作者所流露的情感，往往就是這種現實與理想交滲的美人之思。

如第一零一首，龔自珍寫娼妓小雲時，便說：

美人才調信縱橫，我亦當筵拜盛名。一笑勸君輸一著，非將此骨媚公卿。

詩末自注說：「有人訪小雲於揚州，三至不得見，慍矣。箴之。」龔自珍所以勸友人輸一著，是因為小雲所以不見，自有她的骨氣，非為取媚於公卿。這種任性而為的才氣格調，其實正是龔自珍所堅持的，所以特為詩以寄深惜之意。

而對靈簫性情的描寫中，更往往可見到龔自珍自己的影子。如前揭第二五二首的「為恐劉郎英氣盡，捲簾梳洗望黃河」，是寫靈簫的有志氣，也是寫自己的不甘雌伏。又如第二四六首：「對人才調若飛仙，詞令聰華四座傳。撐住東南金粉氣，未須料理五湖船。」第二五三首：「玉樹堅牢不病身，恥為嬌喘與輕顰。天花豈用鈴旛護，活色生香五百春。」第二五四首：「眉痕英絕語諓諓，指揮小婢帶韜略。幸汝生逢清晏時，不然劍底桃花落。」第二六三首：「道韞談鋒不落詮，耳根何福受清圓。自知語之煙霞氣，枉負才名三十年。」都與龔自珍瑰麗拗怒的審美情趣契合。而第二七零首中，更說明了靈簫與龔自珍自己同是鄙視官場人物：「身世閒商酒半醺，美人胸有北山文。平交百輩悠悠口，揖罷還期將相動。」

因此，龔自珍對他與靈簫間的情感，也就倍加的珍惜。在第二六零首中，他就說：「收拾風花儻蕩詩，凌晨端坐一凝思。勉求玉體長生訣，留報金閨國士知」，深惜之餘，竟欲以尋求延年長壽的秘訣，留來報答靈簫的知遇之恩。

在第一三五首中，龔自珍曾經借著詩體，回顧了自己從出仕到歸隱的平生經歷說：

> 偶賦凌雲偶倦飛，偶然閒慕遂初衣，偶逢錦瑟佳人問，便
> 說尋春為汝歸。

一連用了四個「偶」字，似乎一切均出於偶然的隨心所欲，大有玩世不恭之概，實則這只是謝安式的「矯情」而已，輕鬆閒散的字面底下，不難看出龔自珍所欲傳達的，是一份命不由己，飽嚐人間辛酸的難言初衷。因此，絕不是王國維所詆毀的「涼薄無行」。所以，如同龔自珍的擔當時代的苦難，是個人情深不能自己的自我折磨與煎熬一樣，他與靈簫間的奇遇，也是他個人深情的自供。在〈雜詩，己卯自春徂秋，在京師作，得十有四首〉之三中，他就已有「情多處處有悲歡，何必滄桑始浩歎」的宣告。因此，這種深情，不僅是現實生活裡的男女愛悅之情而已，它更是一種纏綿不可解於心，唯我輩鍾於情的耽溺的投射，其中隱含有使個人精神向上昇華的積極意義。因此，不能祇將它視為是龔自珍失意後的慰藉，雖然這是根源因素的所在。否則，便無法解釋晚清南社中人始終纏綿於美人的文化現象。〔註25〕

陸、雲情煙想的飛仙靈氣

遊仙詩起於晉，是傳統的詩題，後世多用之。在這類詩題中，作者往往借著描述「仙境」，以寄托思想感情。嚴格來說，龔詩中真正屬於這類作品的，祇有〈小遊仙詩十五首〉；但龔詩中又有一類作品，往往「詩雜仙心」，借著雲情煙想，融入神仙典故，以曲盡情意，具有濃厚的仙靈之氣，雖非正式的游仙之作，因其性質頗為相類，都是另一個深入瞭解龔自珍主體情志的方向，故一併加以討論。

李善在注郭璞〈游仙詩〉時說：「凡仙遊之篇，皆所以滓穢塵網，錙銖纓紱，餐霞倒景，餌玉玄都。而璞之制，文多自敘。雖志狹中區，

而辭無俗累。」劉熙載在〈藝概・詩概〉中，則說：「郭景純詩除殘去穢之情，第以『清剛』『雋上』目之，殆猶未見厥蘊。嵇叔夜、郭景純皆亮節之士，雖〈秋胡行〉貴玄默之致，〈遊仙詩〉假棲遯之詞，而激烈悲憤，自在言外。」〔註26〕無論「滓穢塵網，錙銖纓紱」，抑是「假棲遯之詞，而激烈悲憤，自在言外」，龔詩中的雲情煙想之作，實不出此二旨。前者往往是龔自珍消極地蔑視現實，避開官場，意欲歸隱的矛盾與煩惱的折光，後者則多是他積極抨擊腐朽官僚體制的情緒投射。而激烈悲憤，皆同在言外。龔自珍在爲忘年交王曇的妻子所作的〈金孺人畫山水序〉中，曾說：

> 嘗以後世一切之言皆出於經，獨至窮山川之幽靈，嗟歎草
> 木之華實，文人思女，或名其家，或以寄其不齊乎凡民之
> 心，至一往而不可止，是不知其所出。嘗以叩吾客，客曰：
> 是出老、莊耳。老、莊以逍遙虛無爲宗，以養神氣爲用，
> 故一變而爲山川草木之言。昔者劉勰論魏、晉、宋三朝之
> 文，亦幾幾見及是，或者神理然耶？吾有王曇仲瞿，有婦
> 曰金，字曰五雲，能屬文，又能爲畫，其文皆言好山水也；
> 其所畫，有曰山居圖，極命物態。仲瞿實未甘即隱逸，以
> 從魚鳥之游。五雲饗筆研而祝之曰：必得山水如斯畫之美
> 而偕隱焉。曇曰：諾。吁！曩者同時之士，固嘗擬仲瞿似
> 晉宋閒民，不聞其有其婦。余窺其能事，與其用心，雖未
> 知所慕學何等，要眞不類乎凡民矣。抑又聞老莊之言，或
> 歧而爲神仙，或歧而爲此類，將毋此類之能事與其用心，
> 其亦去去有仙者思歟？

山水與遊仙之詩所共有的出世隱逸思想，本與老、莊的逍遙虛無思想一脈相承，常爲失意文人的情意之所寄。龔自珍既言「仲瞿實宋甘即隱逸，以從魚鳥之游」，又謂「其亦去去有仙者思歟」，然則所謂「雖未知所慕學何等」，亦祇是作者的故作惝恍之詞而已。

〔註26〕李、劉二說，轉引自詹瑛《文心雕龍義證》，上海古籍出版社，1989年 8 月第一版，頁 207。

一、息心簡慮的縹緲仙境

〈行路易〉是龔詩中，充滿作者雲情煙想之思的最早一首。古樂府雜曲中，本有〈行路難〉舊題，郭茂倩《樂府詩集》引《樂府解題》說：「〈行路難〉備言世路艱難及離別悲切之意。」〔註27〕而龔自珍改為〈行路易〉，既在反語嘲弄，以示對所遭厄運的蔑視和違抗，又語出激憤，有息心簡慮，逃脫世事之意。其中有關作者甘心退避之詩句曰：

> 臣請逝矣逝勿還。嘈嘈舟師，三五詈汝：汝以白晝放歌為可惜，而乃脂汝轄！汝以黃金散盡為復來，而乃鞭其腜！紅玫瑰，青鏡台，美人別汝光徘徊。富富膊膊，雞鳴狗鳴；淅淅索索，風聲雨聲；浩浩蕩蕩，仙都玉京。蟠桃之花萬丈明，淮南之犬彳亍行；臣豈不如武皇階下東方生？亂曰：三寸舌，一枝筆，萬言書，萬人敵，九天九淵少顏色。朝衣東市甘如飴，玉體須為美人惜。

嘉慶廿五年春天，龔自珍第一次參加會試落第，留居京城，從劉逢祿受《公羊春秋》，明微言大義之學，遂往往援引以譏切時政。此詩的創作背景，應即斯時此事。詩中，龔自珍儘管語出激憤，韜匿趨避的意緒則歷歷可見；雖京國形勢危急，朝廷庸輩充斥，才士淪落紛紛；自己卻甘心放浪縱情，眷戀美人，徘徊在光彩陸離之中而不忍離去。

遊仙詩在郭璞手中，雖往生「激烈悲憤，自在言外」；但自唐代詩人曹唐作〈小遊仙詩〉以後，則格調一變，多有敘及兒女情懷與仙人遊戲人間之事。〔註28〕龔自珍的〈行路易〉，在激烈悲憤之外，乃放浪情懷，寄意美人，然則作者之假凌踰幽遐以息心簡慮之意，於焉可見。

〔註27〕郭茂倩《樂府詩集》，里仁書局，1981 年 9 月。
〔註28〕曹唐以遊仙詩著名，其七律《劉晨阮肇游天臺》等十七首，世稱「大遊仙詩」，七絕《小遊仙詩七十八篇》尤為著名。詩情多迷離飄渺，設色濃麗，瑰奇多采，但觀以「劉晨阮肇」名題，則豔情之作也。

　　道光元年夏天，龔自珍應試軍機章京又告未成，苦悶之際，乃馳騁想像，寄意於心中所描繪的桃源勝地，以消極逃避的方式，幻想皈依引人出世的佛教，以求解脫。在〈能令公少年行〉中，龔自珍在一番「我能令公顏丹鬢綠而與年少爭光風」的自我勸慰之後，便自述其爲學的生涯說：

> 貂毫署年年甫中，著書先成不朽功，名驚四海如雲龍，攫
> 挐不定光影同。微文考獻陳禮容，飲酒結客橫才鋒，逃禪
> 一意歸宗風，惜哉幽情麗想銷難空。

對照〈己亥雜詩〉第一零二首的「網羅文獻吾倦矣，選色談空結習存」，便可知道以上有關著述、考訂與學佛的自白，其實即在爲作者的「幽情麗想」開起馳騁的大門。

　　所謂「麗想」，即作者幻想與美人的交游及愛情部分：

> 拂衣行矣如奔虹，太湖西去青青峰。一樓初上一閣逢，玉
> 簫金管東山東。美人十五如花穠，湖波如鏡能照容，山痕
> 宛宛能助長眉丰：一索鈿盒知心同，再索班管知才工，珠
> 明玉暖春朦朧，吳歈楚辭兼國風，深吟淺吟態不同，千篇
> 背盡燈玲瓏。有時言尋縹渺之孤蹤，春山不妒春裙紅，笛
> 聲叫起春波龍，湖波湖雨來空濛，桃花亂打蘭舟蓬，煙新
> 月舊長相從。

龔自珍借著對「選色」的幻想，陶醉在偕美人一同拂衣歸隱，詩詞相唱和，同尋仙靈佳勝之境，以排憂解悶。

　　所謂「幽情」，則是指龔自珍幻想廣交平民、隱士，與官場中人決絕的山居純樸生活：

> 十年不見王與公，亦不見夷州名流一刺通。其南鄰北舍誰
> 與相過從？病慶丈人石戶農，嶔崎楚客，窈窕吳儂，敲門
> 借書者釣翁，探碑學搨者溪僮。賣劍買琴，鬥瓦輸銅，銀
> 針玉薤芝泥封，秦疏漢密齊梁工，佉經梵刻著錄重，千番
> 百軸光熊熊，奇許相借錯相攻。應客有玄鶴，驚人無白驄，
> 相思相訪溪凹與谷中，采茶采藥三三兩兩逢，高談俊辯皆
> 沉雄。公等休矣吾方憁，天涼忽報蘆花濃，七十二峰峰峰

> 生丹楓，紫蟹熟矣胡麻饝，門前釣榜催詞篛。余方左抽豪，
> 右按譜，高吟角與宮，三聲兩生棹唱終，吹入浩浩蘆花風，
> 仰視一白雲卷空。歸來料理書燈紅，茶煙欲散頹鬟濃，秋
> 肌出釧涼瓏鬆，夢不墮少年煩惱叢。東僧西僧一杵鐘，披
> 衣起展華嚴筒。噫嘻！少年萬恨填心胸，消災解難野之功？
> 吉祥解脫文殊童，著我五十三參中，蓮邦縱使緣未通，他
> 生且生兜率宮。

龔自珍借由幻想，將自己帶進一個出塵的人間仙境，那裡無官場的
齷齪纏繞，也無名流顯赫的足跡驚擾；來往的盡是一般的平民百姓
與隱逸的文人學士，而過的則是悠游於金石古物、抄寫佛經的自在
生活。

事實上，〈能令公少年行〉中所描繪的佳境勝景，亦非龔自珍憑
空造起的，實有其現實的基礎。前人在評點〈能令公少年行〉時就說：
「定公中年仕宦，不忘山居曼妙之樂，此詩之所以作也。」〔註29〕既
以其中有關探碑學搨、銀針玉薤等部分來看，便是龔自珍中年以後日
常生活的實際寫照。在〈以奇異金石文字拓本十九種，寄秦編修恩復
揚州，而賸以詩〉中，他就說：「食古欲醉醉欲狂，娛魂快意宜文章」。
但龔自珍的「不忘東南山居曼妙之樂」，實是際遇寥落之時的情感折
光，是消極的意緒亟欲得到慰藉的體現。在〈己亥雜詩〉第一五一首
中，他就說：

> 小別湖山劫外天，生還如證第三禪。台宗悟後無來去，人
> 道蒼茫十四年。

對於自己能夠回到闊別已久的杭州，龔自珍竟以禪宗的第三禪視之，
可見在十四年的飄零官涯之後，龔自珍不僅亟欲以「家」的溫暖，慰
藉心靈的空虛，更顯示出他對宦海沉浮與抗塵走俗的厭倦。因此，在
第一五二首中，他就不禁盛讚起杭州老家的湖山，乃天下無雙：

> 浙東雖秀太清屏，北地雄奇或獷頑。踏遍中華窺兩戒，無
> 雙畢竟是家山。

〔註29〕轉引自《資料集》，頁181。

而在第一五三首中，他表白得更露骨：

> 親朋歲月各蕭閒，情話纏綿禮數刪。洗盡東華塵土否？一秋十日九湖山。

鄙棄官場的庸俗，嚮往回歸自然脫俗的蕭散思想，完全展露無遺。

而考瑣的餖飣之學，在龔自珍而言，儘管可以「娛魂快意」，卻終究是「今生後起緣」罷了，是中年失意後不得已的道路。在〈乙酉十二月十九日，得漢鳳紐白玉印一枚，文曰婕妤妾趙，既爲之載文集中矣，喜極賦詩，爲寰中倡，時丙戌上春也〉中，他就說：

> 寥落文人命，中年萬恨並。天教彌陷缺，喜欲冠平生。掌上飛仙墮，懷中夜月明。自誇奇福至，端不換公卿。

既是如此，更勿論他對佛經的鑽研了！

因此，龔自珍憑借著馳騁的想像，以層出不窮的藝術形象，爲自己失意時的空虛，塑造出一個「選色談空」的理想世界，其中雖沒有現實的烏煙瘴氣，也沒有勾心鬥角的世故人情；有的只是明媚的湖光山色，世不干己的論學著文，同心同德的美好愛情，以及平等對待、自由往來的交游。幸福則幸福矣，但既無更爲深刻的經濟以及政治的基礎，終究也衹是沙漠中的海市蜃樓而已，是龔自珍有意趨避現實苦難時的幻影，是他在宦途失意，報國無門，轉而以「選色談空」塡補心靈空虛的折光罷了。因此，他詩中所謂的「幽情麗想」，也就不得不是他凌踰幽遐，意欲簡慮罷心的「雲情煙想」了。

但是，道光三年春天，龔自珍第三次參加會試，卻又宣告落第。接二連三的考場失意，使他的歸隱之志更趨強烈，又聞友人致仕不果，遂有「招隱」之作。在〈桐君仙人招隱歌〉中，他就說：

> 春人晝夢梅花眠，醒聞雜佩聲璆然。初疑三神山，影落窗戶何娟娟！又疑三明星，灼灼飛下太乙船。三人皆隸桐君仙，山靈一謫今千年；胡不相逢桐江之濱理釣舡？又胡不采藥桐山顛？乃買黃塵十丈之一塵，叟書大署庭之楊。梅花夷里移幽燕，毋乃望梅止渴所憐。過從誰歟客盈千，一客對之中悁悁，亦有幻境胸纏綿，心靈構造難具宣。乃在

　　具區之西、莫釐之北、大小龍渚相毘連。自名春人塢，樓
　　臺窈窕春無邊，俯臨太湖春水閣，仰見縹緲晴空懸；中間
　　紅梅七八九，輪囷古鐵花如錢。兩家息壤殊不遠，江東浙
　　東一棹堪洄沿；相嘲相慰亦有年，今朝筆底東風顛。請爲
　　莫釐龍女破顏曲，換我桐君仙人招隱篇，相祈相禱春陽天。
　　開簾送客一惝恍，簾外三日生春煙。

詩前有序曰：

　　吳舍人嵩梁嘗與婦蔣及姬兩人約偕隱桐江之九里梅花村，
　　不能果也，顏京邸所居曰九里梅花村舍，以自慰藉。嘗以
　　春日，軒車枉存道觀，因獻此詩，蓋代三靈招此三人也。

所謂「亦有幻境胸纏綿，心靈構造難具宣」，正指龔自珍在〈能令公
少年行〉中，任想像馳騁所構建完成的理想世界。而兩年後的春天，
它仍然纏綿在龔自珍的胸中，始終揮之不去。前人在評點此詩時，曾
有「一客即定公自謂，與前〈能令公少年行〉意同」〔註30〕的看法，
是正確的。

　　在論述〈能令公少年行〉時曾說過，龔自珍在詩中所描繪而成的
桃源世界，是有其現實的經驗背景的。這經驗背景，即是龔自珍認爲
湖光山色乃天下無雙的杭州老家。而他之所以以杭州家鄉爲理想世界
的藍圖，則完全是宦途失意，轉而以「選色談空」，填補心靈空虛的
折光。這一觀點，在〈桐君仙人招隱歌〉中，又得到進一步的證實。
吳昌綬在《定盦先生年譜》中，就說：

　　先生夙願恒在具屈、莫釐之間，卜宅幽居，攜鬟吹笛，有
　　終焉之志。中年仕宦，心中溫溫然不忘東南山居曼妙之樂，
　　嘗賦〈能令公少年行〉以自禱蘄。〔註31〕

　　在詩中，龔自珍明確的標出了這一理想世界的座標，是在「具
區之西、莫釐之北」的「春人塢」，這裡不僅「大小龍渚相毘連」，而

　　〔註30〕　《定盦詩集・古今體詩上卷》，評校足本《龔定盦全集》，新文豐出
　　　　　　　版公司，1974年3月初版，頁8。
　　〔註31〕　《全集》附錄，頁610。

且，「樓臺窈窕春無邊」，更重要的是，它可以俯視春水遼闊的太湖風光。龔自珍招隱之地的謎底，終於揭曉了。湖山無雙的杭州家鄉，不僅是他意欲出世時，所中意的理想地點，也是他招友人一同歸隱的地點。所以，對友人選擇在「雄奇或獷頑」的幽燕之地的桐江一帶，作為歸隱地點一事，龔自珍便認為無疑是「望梅止渴」罷了，是無補於事的。

龔自珍縱有「招隱」之詩，但他終究是「未甘即隱逸，以從魚鳥之游」的；雖，他確曾有意攜妻偕隱杭州家鄉的打算，但到頭來還是打消了念頭。在〈秋心三首〉之三中，他就說：

> 我所思兮在何處？胸中靈氣欲成雲。槎通碧漢無多路，土
> 蝕寒花又此墳。某山某水迷姓氏，一釵一佩斷知聞。起看
> 歷歷樓臺外，窈窕秋星或是君。

這首詩寫於道光六年。詩中以寒花、秋星自喻，認為自己既已遭朝廷棄置，便與謝世無異，而有意偕妻子一同歸隱，共著埋名隱姓，斷盡見聞的生活，隱沒一生。其意緒的消沉程度，可想而知。

在同年的〈寒月吟〉中，龔自珍再度表達了與妻偕隱未果的矛盾心情。之一：

> 夜起數山川，浩浩共月色。不知何山青？不知河川白？幽
> 幽東南隅，似有偕隱宅。東南一以望，終戀杭州路。城裏
> 雖無家，城外卻有墓。相期買一丘，毋遠故鄉故。而我屏
> 見聞，而汝養幽素。舟行百里間，須見墓門樹。南向發此
> 言，恍欲雙飛去。

詩中意欲歸隱，屏除見聞的闌珊情緒，與〈秋心三首〉之三無異。

而之二中，情緒的「激烈悲憤」，更在言外：

> 雙飛未能去，月浸衣裳濕。愀焉靜念之，勞生幾時歇？勞
> 者本庸流，事事乏定識。朴愚傷于家，放誕忌于國。皇天
> 誤矜寵，付汝憂患物。再拜何敢當，藉以戰道力。何期閨
> 闈中，亦荷天眷別？多難淬心光，偓勉共一室。憂患吾故
> 物，明月吾故人。可隱不偕隱，有如月一輪，心跡如此清，

容光如此深。

龔自珍在這組詩的前序中，曾說：「〈寒月吟〉者，龔自與婦何氏共幽憂之所作也。相喻以所懷，相勗以所尚，鬱而能暢者也。」以寒名月，龔自珍欲在險惡的環境中，保有一分純潔如月的節操，則其情之幽憂可知。惟雖終以偕隱未成，而與妻相勉臨患不懼，共葆潔美，然其激烈悲憤之情，亦自在言外。

龔自珍在可隱之際，竟無法偕隱如願，對致仕既無定識，而情緒的激盪勃鬱，又始終纏綿於心，無法揮去；獻計無門，歸隱無望，然則，對他而言，除了仍然繼續耽溺沉醉於「選色談空」之中，冀由對理想世界的悠悠幻想，以稍稍緩解情緒的激盪之外，恐亦無其他妙方了。

在道光七年的〈西郊落花歌〉中，他就又馳騁一連串的想像，在落花繽紛的冥想神馳中，既感傷身世的不幸，又寄寓自己仍有生生不已的理想說：

> 如錢唐潮夜澎湃，如昆陽戰晨披靡。如八萬四千天女洗臉罷，齊向此地傾胭脂。奇龍怪鳳愛漂泊，琴高之鯉何反欲上天為？玉皇宮中空若洗，三十六界無一青蛾眉。又如先生平生之憂患，恍惚怪誕百出難窮期。先生讀書盡三藏，最喜維摩卷裡清詞。又聞淨土落花深四寸，冥目觀想尤神馳。西方淨國未可到，下筆綺語何灕灕！安得樹有不盡之花更雨新好者，三百六十日長是落花時？

佛國淨土裡的落花深深景象，雖足以令龔自珍為之冥目觀想，神馳忘憂；但他既愛慣了漂泊的生活〔註32〕，以致生平的憂患千奇百怪，層出不窮；而一動筆起來，又往往麗詞情語，離離蔚蔚。這對視綺語為十戒之一的佛家而言，是犯戒的。既無緣於西方淨土，然則，龔自珍終不免要流轉於文字海中，以了其一生了。

雖然，在同年的暮春時分，他曾思以「更名」，作為息心簡慮的

〔註32〕「奇龍怪鳳愛漂泊」一句是反語，是龔自珍不忍捨世而歸隱的心聲流露，因此，也注定他要遭遇千奇百怪的憂患。

第一步，以免一生都流轉於文字海的苦難中。在〈四月初一投牒更名易簡〉中，他就說：

匪慕宋朝蘇易簡，翻似漢朝劉更生。從此請歌行路易，萬緣簡慮罷心兵。

即便如此，也還是枉然的！在〈己亥雜詩〉第三一二首中，他就說：

古愁莽莽不可說，化作飛仙忽奇闊。江天如夢我非還，折梅不畏蛟龍奪。

詩自注說：「十二月十九日，攜女辛游焦山，歸舟大雪。」龔自珍既欲從毫無邊際的凌想中，將不可言喻的愁緒，寄托在理想的幻想世界裡，以求慰藉；但是，又不忍就此偕眷隱去，仍然要與險惡的現實搏鬥一番；然則，在龔詩中往往流露的「雲情煙想」，也就不得不是作者一時有意息心簡慮的消極心理的反應了。

二、折返人間的飢龍悴鳳

〈小遊仙詞十五首〉，是典型的遊仙詩。雖是作者的怨懟之作，但其詩中往往積澱著深刻的現實經歷與政治內容，全不似同時之作的〈能令公少年行〉中，所流露的高蹈氣息。如之一：

歷劫丹砂道未成，天風鷹鶴怨三生。是誰指與遊仙路？抄過蓬萊隔岸行。

就清代的考試制度來看，通過進士考試，自是一條進入翰林院，取得樞要的途徑；另外，由考選軍機章京，也同樣可以達到目的，且由於其位置的特殊，往往又較進士更容易受到皇帝的賞識。龔自珍在〈干祿新書自序〉中，就說：

本朝宰輔，必由翰林院官。卿貳及封圻大臣，由翰林者大半。其非翰林官，以值軍機處爲榮選。軍機處之職，有事則佐上運籌決勝，無事則備顧問祖宗掌故，以出內命者也。

再者，龔自珍的祖父禔身曾任軍機行走，父親麗正曾任軍機章京。〔註33〕職是之故，當龔自珍連遭兩次會試落第後，便也接受建議，轉

〔註33〕同註29，頁590、591。

考軍機章京。不意，仍然落第。詩即言此事。

龔自珍所以不第的原因，主要是由於他並非是唯唯諾諾之徒；既與考官未能同心，則其結果自在預料之中。在之五中，他便譏刺軍機處內，人事關係的冷酷與猜忌說：

> 寒暄上界本來希，不怨仙官識面遲。僥倖梁清一私語，回頭還死歲星疑。

在之七中，他更揭露了軍機處選拔標準的不合理，嚴重束縛人才的任用，使得庸碌之輩充斥其中：

> 丹房不是漫相容，百劫修成忍辱功。幾輩凡胎無覓處，仙姨初豢可憐蟲。

而對於一旦考取軍機章京的官員的趾高氣揚，不可一世，龔自珍更在詩中，寄以最深的譏刺說：

> 仙家雞犬近來肥，不向淮王舊宅飛。卻踞金床作人語，背人高坐著天衣。

龔自珍的〈小遊仙詞十五首〉，是為未考得軍機章京而作，其中自然不免夾雜著文人失意的自嘲自悔；如之十三的「我來敢恨初桄窄，曾有人居大梵天」，之十五的「捫心半夜清無寐，愧負銀河織女星」。但更多的是，對清代任用制度出現弊端的揭露，尤其是往往由親王、大學士與侍郎等親臣擔任的軍機大臣的拔扈，更是令人齒冷。其題材雖出之以遊仙，卻全不類前所述的意緒闌珊，就整個時代的考試制度及政治權力的分配問題，有其更積極的批判意義存在其中。

〈辨仙行〉是龔詩中另一首借由對仙真的「雲情煙想」，以譏刺世間人事的詩作。詩題辨仙，可知龔自珍作詩的目的，乃在重新詮釋所謂「仙」的定義：

> 噫嘻！臞仙之臞無乃貧，長卿所賦亦失真。我夢遊仙辨厥因，齋莊精白聽我云：仙者乃非松喬倫，亦無英魄與烈魂；彼但墮落鬼與神，太一主宰先氤氳。

詩的開頭，龔自珍便否定了歷來所謂的神仙，即指松喬一類的仙人而言；他認為他們既無「英魄」，又乏「烈魂」，根本就夠不上神仙的資

格。但如何纔是龔自珍心目中所謂的神仙呢？他說：

> 帝一非五邪説泯，唐堯姬旦誠仙人，厥光下界呼星辰。不
> 然詩書所說陳，誰在帝左福下民？五行陰騭誰平均？享用
> 大樂須韶鈞，蓬蓬櫨燎高薦裡。號曰宗祖冠以神，其次官
> 貴貌必文；周任史佚來斌斌，配食漆吏與楚臣；六藝但許
> 莊騷鄰，芳香側悱懷義仁。荒唐心苦余所親，我才難饋仙
> 官貧。側聞盲左位頗尊，姬孔而降三不湮，九皇五伯升且
> 淪，大橈以來未泱旬。爲儒爲仙無滓塵，萬古只似人間寅；
> 使汝形氣長和淳。一雙仙犬無狂獠，人間儒派方狺狺；飢
> 龍悴鳳氣不伸，鳳兮欲降上帝嗔，鋤商所獲爲謫麟，愼旃
> 莫往罹采薪。

由上引詩句可知，龔自珍所謂的神仙，其實即指在人世間，德性精
微，而又能夠制禮作樂、造福人群的人，如堯、舜、周公等，在他的
眼中，才是眞正的神仙。龔自珍曾作〈非五行傳〉，以破除讖諱、災
異等迷信；又有〈五經大義終始論〉，認爲「飲食」、「製作」及「聞
性與天道」，乃聖人的終始之道。〔註34〕可見龔自珍在此詩中，是借
用了公羊家法，將仙與儒二者結合在一起，不僅將遠離塵囂，不問人
間的神仙，拉回到現實世界裡，而且，在對神仙定義作辨正的同時，
更賦予了它精微的德性，以及致力於「生人之樂」的積極意義。

　　雖然，在詩的結尾處，龔自珍仍然免不了要有一番才氣不伸與讒
憂交集的慨歎。但他跳開了以往有關這類詩題的藩籬，將常在虛無飄
渺間的神仙，落實到人間世裡，不僅歌誦了「無滓塵」的純眞的可貴，
更反映了他積極入世，不因失意而喪志的一面。

　　與〈辨仙行〉有異曲同工之趣的，則是〈太常仙蝶歌〉：

> 恭聞故實太常寺，蝶壽三百猶有加。銜玉皇之明詔，視臺
> 閣猶煙霞。不聞願見不許見，矧向非入太常家。本朝太常

〔註34〕《非五行傳》：「劉向有大功，有大罪，功在《七略》，罪在《五行
　　　傳》。」《全集》，頁131。另龔自珍《五行大義終始論》的觀點，可
　　　參第一章第一節結合經史的論政心理部分。

五百輦，意者公其飛仙之身邪？仙人正人事一貫，天上豈
有仙奸邪？所以公立朝，人不識，仙靈識公非誣誇。忍此
寒寒，其來銜銜。感德輝而上下，助靈思之紛挐。我聞此
事，就公求茶。道焰十丈，不敵童心一車。鸞漂鳳泊咄咄
發空唷，雲情煙想寸寸凌幽遐。人生吉祥縹渺罕並有，何
必中秋兒女睹璧月之流華？玉皇使者識我否？寓園亦在城
之涯。幽夏靈氣怒百倍，相思遲汝五出紅梨花。

關於仙蝶的事跡，吳昌綬在〈定盦先生年譜·後記〉中，曾有幾則記
載。在〈蜻僊小影〉條下，他說：「夙聞太常僊蜻好與士大夫游，或
數千里訪其友，思一見不獲」；在〈僊蜻第二圖〉條下，他又記曰：「瞬
息幾千里，天空任去來。果然是僊客，何必守瑤臺？冷暖不逾節，交
游殊愛才。人間夢幻耳，此相豈真哉？」〔註35〕可知仙蝶本身所代表
的象徵意義，其實就是堅貞不移與禮賢下士的德性化身。龔自珍便是
從這個觀點創作〈太常仙蝶歌〉的。在詩前序中，他就說：

太常仙蝶，士大夫知之稔矣。曷為而歌之？蝶數數飛入姚
公家，吾歌為姚公也。姚公者，太常少卿仁和姚公祖同也。
公為大吏歷五省，易事難說，見排擠不安其位，公嶽立不
改，雖投閒，人忌之者上眾。異哉！蝶能識當代正人，不
惟故實之流轉而已。吾歌以記之，且招蝶也。

龔自珍在詩中說仙蝶銜著天上玉皇的詔書下凡，將人間臺閣與煙
霞仙境同等看待，專程為慰問姚氏的忠貞而來，以便表彰他心地純
真，剛正不阿，既使「見排擠不安其位」，仍然「嶽立不改」。循此，
龔自珍的作歌以招仙蝶，從中所對照出來的，其實正是諷刺世間權貴
的恃勢居傲，既無堅貞之德，又不禮賢下士。所謂「道焰十丈，不敵
童心一車」，其所揭示的，即是不染虛偽世俗的精誠可貴。而在另一
方面，仙蝶的專程下凡慰問姚太常，也徒令龔自珍感歎自己「鸞漂鳳
泊」一般的飄零身世，終未得知遇，相思仙蝶，卻期而不至。其中所
揭露的，則是朝廷摧殘人材的事實。雖則如此，龔自珍的作歌以招仙

〔註35〕同註29，頁630、631。

蝶，其所流露的，仍是一股匦思作爲的積極情感。

　　總結上述可知，龔詩中所流露的「雲情煙想」，除是作者有意息心簡慮，趨避逃世的消極反應外，還是一股一怒冲天，不可遏抑的憤怒之氣，這雖也是龔自珍在失意時的情緒反應，但由於其中往往具有深刻的批判意義，故其所體現的主體情志的面貌，也就迥異於前者。前者的幻境，是龔自珍在以「選色談空」的現實背景作基礎之下，任由想像馳騁所構建的世界；換言之，它是作者主體情志中，仙氣、禪心與豔情三種生命氣質相互滲透下的產物。其情感的形態，是以波平浪靜的樣式爲基調，縱有起伏，亦旋歸之於平靜。雖然如此，它卻是龔自珍的消極面。

　　而後者，則是龔自珍「侍史」不成，轉而崇仙後，任由想像飛馳時，所進行的反省；換言之，它是作者主體情志中，仙氣與史志交融後的結果。其情感的形態，往往以江濤動地的基調出現，縱使有宛轉傳達之時，也仍是暗潮洶湧的。在〈秋心三首〉之三中，龔自珍就說：「我所思兮在何處？胸中靈氣欲成雲」，可見這是他積極的一面。

柒、簫心劍氣的平心意緒

　　從計量的角度看龔詩中的用字，便可發覺「簫」與「劍」二字的使用情形，異常頻繁。兩者出現的頻率，各在十次左右，而且，往往「簫」與「劍」對舉。其出現的情形，茲摘錄如下。〈吳山人文徵、沈書記錫東餞之虎邱〉：

　　　　我有簫心吹不得，落花風裏別江南。

又，〈雜詩，己卯自春徂秋，在京師作，得十有四首〉之十一：

　　　　功成儻賜移家住，何必湖山理故簫。

〈又懺心一首〉：

　　　　來何洶湧須揮劍，去尚纏綿可付簫。

〈能令公少年行〉：

一樓初上一閣逢，玉簫金琯東山東、賣劍買琴，鬥瓦輸銅，
銀針玉薤芝泥封。

〈辛巳除夕，與彭同年蘊章同宿道觀中，彭出平生詩，讀之竟夜，遂
書其尾〉：

挑燈人海外，拔劍夢魂中。

〈送劉三〉：

風雪銜盃罷，關山拭劍行。

〈漫感〉：

一簫一劍平生意，負盡狂名十五年。

〈夜坐〉：

萬一禪關春然破，美人如玉劍如虹。

〈後遊〉：

前度未吹簫，今朝好吹笛。

〈秋心三首〉之一：

氣寒西北何人劍？聲滿東南幾度簫。

〈自春徂秋，偶有所觸，拉雜書之，漫不詮次，得十五首〉之三：

一簫與一笛，化作太古琴。

〈記夢七首〉之五：

按劍因誰怒，尋簫思不堪。

〈秋夜聽俞秋圃彈琵琶賦詩，書諸老輩贈詩冊子尾〉：

我疑慕生來撥劍，又疑王郎舞雙劍。曲終卻是琵琶聲，一
代宮商開生面。

〈己亥雜詩〉第九六首：

少年擊劍更吹簫，劍氣簫心一例消。

其中有自述，有述，但後者亦無妨是他自己的投射。所謂「劍」，準
確地說，應即指作者生命型態中所具有的「俠骨」而言；而「簫」，
則是指「幽情」而言。洪子駿在〈金縷曲〉詞前序中，就說：「龔子
瑟人近詞有曰：『怨去吹簫，狂來說劍』二語，是難兼得，未曾有也，
爰題〈金縷曲〉贈之。」其中有句曰：「結客從軍雙絕技，不在古人

之下，更生小會騎飛馬。如此燕鄴輕俠子，豈吳頭楚尾行吟者。」其下半闋更曰：「一棹蘭舟迴細雨，中有詞腔姚冶，忽頓挫淋漓如畫。俠骨幽情簫與劍，問簫心劍態誰能畫？且付與，山靈詫。」〔註36〕可說是極準確的概括。

　　但是，對既是詩詞家，又是思想家兼政論家的龔自珍而言，洪氏所言仍嫌有不足之處。其實，龔詩中的「劍」，並不祇限於慷慨豪概的俠客氣質，而是還包括了呼喚風雷的濟世雄心，以及雲情煙想的飛仙奇氣；而「簫」，也不僅僅是一般自傷自怨的失意情緒，除了是喜愛六朝風花，以及佛國淨土的「幽情麗想」外，還是憂國憂民的哀怨情懷。換言之，龔自珍的「簫心」與「劍氣」，是對休個人生命型態中，所具有的儒、俠、仙、佛與艷的人生態度的形象概括。在情感的傾向上，雖有沉靜、纏綿、幽怨，與奇狂、鼓盪、激昂的區分，但兩者並非是絕對的。對龔自珍而言，在沉靜幽怨中，往往暗潮洶湧，伏流四竄；在奇狂鼓盪裡，也不乏一份深情的纏綿。

　　所以如此，自與龔自珍與生俱來的「痼疾」和「心病」有關。在〈上大學士書〉中，他就說：

> 中書仕內閣，麋七品之俸，於今五年，所見所聞，胸弗謂是；同列八九十輩安之，而中書一人，胸弗謂是；大庭廣眾，苟且安之，夢覺獨居，胸弗謂是；入東華門，坐直房，昏然安之；步出東華門，神明湛然，胸弗謂是；同列八九十輩，疑中書有痼疾，弗辨也，然胸弗謂是。

龔自珍所謂的「痼疾」，其實即屢屢現身於詩中的「心病」；如〈驛鼓三首〉之三中的「早被家常埋慧骨，莫因心病損華年」、〈又懺心一首〉中的「心藥心靈總心病，寓言決欲就燈燒。」至於這種「心病」與「痼疾」的詳細情形為何呢？龔自珍在詩中亦每及之。

　　在〈戒詩五首〉之一中，他就說：

> 蚤年攖心疾，詩境無人知。幽想雜奇悟，靈香何鬱伊？

〔註36〕《全集・懷人館詞選・湘月》，作者自注，頁565。

又，〈冬日小病寄家書作〉：

> 黃日半窗煖，人聲四面稀，餳簫咽窮巷，沉沉止復吹。小
> 時聞此聲，心神輒爲癡。……行年迫壯盛，此病恆相隨。

〈丙戌秋作，獨遊法源寺，尋丁卯戊辰間舊遊，遂經過寺南故宅，惘
然賦〉：

> 髫年抱秋心，秋高屢逃塾。宅住不可收，聊就寺門讀。春
> 聲滿秋空，不受秋束縛……歸來慈母憐，摩我百怪腹。

龔自珍的這種「心疾」，其實即是〈宥情〉中所謂的「陰氣」；正如他
在〈琴歌〉中所說的：「哀亦過人，樂亦過人」；這種情感，是一種接
近混茫，但感受又極真切，雖如癡如病，卻又如醉如狂，不可以壓抑，
卻又難以明言的東西。它時而一怒沖天，氣貫斗牛，時而屈曲鬱抑，
百迴千轉。

可見龔詩中所謂「一簫一劍平生意」，實是「人格美的剛柔交織」
〔註37〕，是「哀豔雜雄奇」的！它既在青天白日下奮臂而行，也在深
夜的高樓裡，獨自背燈而坐；既榜其居爲「淵淵夜思」的「積思之
門」，也顏其寢爲「言愁愁無終」的「寡歡之府」。是徘徊在出世與入
世之間的「自豪與自慨」〔註38〕。其彼此間的關係，是既矛盾對立，
卻又是和諧統一，渾然一體的。是以，龔自珍「亦劍亦簫，亦壯亦憂，
慷慨中有蒼茫，狂憤中有淒切，奮進中有頹唐」〔註39〕的生命態度，
既具有著德清所謂「人」的鮮明典型，復加上往後持續百年的動亂之
故，因此，對近百年的文人而言，他也就發揮出人意表的感染魅力，
而爲渠等所仰慕追隨。

一、慷慨中的蒼茫

俠客腰間繫劍，縱氣使性，輕財而好結交。因此，說「劍氣」係

〔註37〕 見吳調公《兼得于亦劍亦簫之美者》一文，《文學評論》1984 年第 5
　　　　期，頁 47。
〔註38〕 同上。
〔註39〕 同上。

指「俠骨」而言，自是有跡可循。而且，龔自珍「四海黃金四海遊」〔註40〕的生命型態，也確實有此因也。但「劍氣」卻不必是專指「俠骨」而言，張祖廉《定盦先生年譜》有一則說：

> 先生交友嚴，好直言。劉鍾汶者，俠士也。嘗遠行，公送之詩，其序曰：「方水從吾游久矣，而氣益浮，中益淺，吾慮其出門而悔吝多也。然吾方托以大事，倚仗之如左右手。以其人實質無可疑者，特不學無術耳，爰最以一詩送其行。」

序中所指的詩，應即為〈送劉三〉：

> 劉三今義士，愧殺讀書人！風雪銜盃罷，關山拭劍行。英年須閱歷，俠骨豈沉淪？亦有恩仇托，期君共一身。

結合著序與詩看，龔自珍雖肯定劉三「質實」的俠骨，但對他的「不學無術」，則頗有微辭，因此以「須閱歷」勉勵之，要他多多歷練生活，以增廣見聞，作一番事業。龔自珍所謂的「托以大事」，決不是一般俠客所為之事，而是濟世報國的大事業。可見「劍氣」，也還包括呼喚風雷的濟世雄心在內。

在〈漫感〉中，他就說：

> 絕域從軍計惘然，東南幽恨滿詞箋，一簫一劍平生意，負盡狂名十五年。

又，〈秋心〉三首之一：

> 氣寒西北何人劍？聲滿東南幾處簫？

龔自珍一向重視西北輿地之學，這是他「天地東南西北之學」的一部分。此詩即在感歎意欲歸隱的幽恨詩詞，已經寫滿了紙，而自己安定西北邊疆的壯志，卻始終毫無著落。以「簫」指前者，以「劍」指後者，則「劍氣」之包括呼喚風雷的濟世雄心在內，自無疑問。

此外，「劍氣」也還包括了雲情煙想的飛仙奇氣，在〈己亥雜詩〉第四五首中，龔自珍就說：

〔註40〕見作者《秋夜聽俞秋圃彈琵琶賦詩，書諸老輩贈詩冊子尾》，《全集》，頁500。

　　　眼前二萬里風雷，飛出胸中不負才。枉破期門伙非膽，至
　　　今駭道遇仙回。

又，〈秋心三首〉之三：

　　　我所思兮在何處？胸中靈氣欲成雲。

阮葵生在《茶餘客話》卷九中說：「張南華詹事，今之謫仙也，天才
敏捷，于韻語具宿慧，興到成篇，脫口而出，妥帖停當。……南郊視
壇，……南華沖口吟數十韻……如何懸瀾翻，不能自休。六曹夷卿羽
林期門之士，環繞聳聽，詫爲異人。」〔註41〕據吳昌綬《定盫先生年
譜》道光九年條下載：

　　　四月二十八日朝考，奉旨以知縣用，呈請仍歸中書原班。
　　　先生廷試對策，大致祖王荊公〈上仁宗皇帝書〉。及朝考，
　　　欽命題「安邊綏遠疏」，時張格爾，方議新疆善後，先生臚
　　　舉時事，灑灑千餘言，直陳無隱，閱卷諸公皆大驚。辛以
　　　楷法不中程，不列優等。〔註42〕

可見胸中洋洋灑灑如雲的飛仙靈氣，亦是「劍氣」之所括。

　　然而，龔詩中所流露的「劍氣」，並非是一味的慷慨狂憤，而是
寓纏綿深情於雄奇之中的。雖然，「才之興于中古」〔註43〕的原因，
使得「劍氣」成爲龔詩中的一種「優勢」情感，但是龔自珍在主張
「受天下之瑰麗，而洩天下之拗怒」之時，卻也不反對中晚唐；在書
法觀上，他既激賞氣魄渾厚的〈瘞鶴銘〉和〈鄭文公碑〉，卻也極力
稱揚娟秀瀟洒的〈黃庭〉、〈洛神〉諸帖，說後者是「更無他家能輩行
高出之者」。〔註44〕因此，一簫一劍雖往往有主從之勢，卻又是相輔
相成的。

　　如〈行路易〉的亂曰：

〔註41〕轉引自註16書，頁186。
〔註42〕同註29，頁618。
〔註43〕錢仲聯《龔自珍與沈曾植》稱揚龔自珍：「才之中興，其于中古
　　　　乎？」，《中國古代、近代文學研究》1989年第5期，中國人民大學
　　　　書報資料中心，頁283。
〔註44〕《全集》，頁302。

> 三寸舌，一枝筆，萬言書，萬人敵，九天九淵少顏色；朝
> 衣東市甘如飴，玉體須爲美人惜。

驚天動地的直言切諫，直叫人爲之失色；但面對著因堅持眞理而遭
誅，心裡雖仍坦然接受，甘之若飴；卻又不免因此而有些孤絕的淒涼
之感，尤其是念及自己所眷戀的美人時，纔更警覺到應爲她珍惜身
體，姑作退避之計。

　　就是這種慷慨就義的浩蕩情懷，激發出龔自珍與生俱來「哀亦
過人」的一面，使他在奮進狂怒之際，頓生蒼茫的感覺，從而映襯出
自己悲劇生涯的淒涼。如〈十月廿夜大風，不寐，起而書懷〉中的
「側身天地本孤絕，矧乃氣悍心肝淳」，是拗怒的，偏於「劍氣」的；
但「縱有噫氣自塡咽，敢學大塊舒輪囷。起書此語燈燄死，貍奴瑟縮
偎幬奠。安得眼前可歸竟歸矣，風酥雨膩江南春」；其險惡的環境所
激起的，正是對家鄉的無比思念，但又欲歸不得，徒能嚮往而已。則
又是淒切悲涼，是偏於「簫心」的。

　　因此，龔自珍在慨然面對現實的險惡，並予以嚴厲的批判之後，
其所換來的，便是對踽踽於途的孤絕的痛苦承受。在〈鳴鳴磕磕〉中，
他就說：

> 古之子弄父兵者，喋血市上寧非哀？亦有小心人，天命終
> 難奪，授命何其恭，履霜何其潔；孝子忠臣一傳成，千秋
> 君父名先裂！不然冥冥鴻，無家在中路，潔哉心無瑕，千
> 古孤飛去。

崇揚樸誠愚直的可貴，否定傳統禮義的虛僞，是偏於「劍氣」的；而
「不然」以下的種種，卻道出了隨著慷慨狂憤而來的，可能即是蒼茫
天際裡的單飛孤往。

　　而在〈逆旅題壁，次周伯恬原韻〉中的「名場閱歷莽無涯，心史
縱橫自一家」，龔自珍所大聲宣告的，是對官場追逐名利的不屑，以
及繫念國家，引古籌今者，唯我輩而已的豪概與自信。這是偏向於
「劍氣」的。但江山不靈，挾策無濟的結果，卻祇能作「何日冥鴻蹤
跡遂，美人經卷葬華年」之想了。這就不僅是救國無望的蒼茫而已，

而更是「選色談空」的頹唐了。

雖然，儒俠挾著慷慨豪慨的擔當精神，於衝決羅網不成之，雖仍有其奮臂而行的昂揚面，如〈鳴鳴硜硜〉：

> 仁者不恍愚癡之萬死，勇者不貪智慧之一生。寄言後世艱難子，白日青天奮臂行。

又，〈寄古北口提督楊將軍芳〉：

> 莫以同朝寄，慚非貴戚倫。

〈己亥雜詩〉第七六首：

> 文章合有老波瀾，莫作鄱陽夾漈看。

第一二五首：

> 我勸天公重抖擻，不拘一格降人才。

第二一一首：

> 萬綠無人嗖一蟬。

豪慨則豪慨矣；但是，即如〈己亥雜詩〉第一二零首中所說：

> 促柱危絃太覺孤，琴邊倦眼晒平蕪。香蘭自判前因誤，生不當門也被鋤。

際遇依然孤絕之後，悲切蒼茫頓生，而消沉的倦意也隨之而來。如〈寥落〉：

> 寥落吾徒可奈何，青山青史兩蹉跎。

又，〈送南歸者〉：

> 布衣三十上書回，揮手東華事可哀。且買青山且酣臥，料無富貴逼人來。

〈吳市得題名錄一冊，乃明崇禎戊辰科物也，題其尾一律〉：

> 資格未高蒼海換，半爲義士半爲僧。

〈四月初一投牒更名易簡〉：

> 從此請歌行路易，萬緣簡廢罷心兵。

〈己亥雜詩〉第二七六首：

> 設想英雄垂暮日，溫柔不住住何鄉？

致仕、逃禪，與美人長相爲伴的想法，便也接踵而至了。

二、雄奇式的哀豔

但是，龔詩中的「選色談空」，趨避逃憂，卻又未必然是一味頹唐而纖柔的，雖然其中少不了政治失意的怨恨，但它仍然蘊藏著傲骨，有龔自珍亟思作爲的憂國憂民的深情。在〈夜坐〉之二中，龔自珍就說：

> 沉沉心事北南東，一晼人才海内空。壯歲始參周史席，髫年惜墮晉賢風。功高拜將成仙外，才盡迴腸盪氣中。萬一禪關寿然破，美人如玉劍如虹。

代表濟世之志的「劍氣」，本與「選色談空」的「簫心」相悖逆的。在〈京師樂籍說〉中，龔自珍即謂「纏綿歌泣於床第之間」，是人主用以銷磨豪傑之士，使之勿論議軍國政事的「苦心奇術」，更不用說息心空慮的佛禪了。但是，龔自珍於政治失意後，在盼望透過參禪以求解脫，達到心所嚮往的理想境界時，則將兩者交融在一起，使之相輔相成，構建出一種並行不悖的生活情調。所以，當參禪得道之時，便也是劍氣沖向斗牛，理想可以實現之日。

因此，對於龔自珍有意偕眷隱沒一生的「簫心」，也就不能視爲是全然的頹唐了。在〈秋心三首〉之一中，他就說：

> 秋心如海復如潮，但有秋魂不可招。漠漠鬱金香在臂，亭亭古玉佩當腰。氣寒西北何人劍？聲滿東南幾處簫？斗大明星爛無數，長天一夜墜林梢。

以「如海復如潮」形容「簫心」，其蒼涼激越，已不在話下。又誓欲堅守優美的情操，更見堅眞之意。而對邊疆的動亂以及人才零落的念念不忘，憂國憂時的深情，更是溢於言表。

而在之三中，龔自珍不僅寫追求理想的熱切，還寫出理想幻滅後的歸處；但是卻又在息心簡慮的隱沒世界裡，看見「如美一人」的自己：

> 我所思兮在何處？胸中靈氣欲成雲。槎通碧漢無多路，土蝕寒花又此墳。某山某水迷姓氏。一釵一佩斷知聞。起看歷歷樓臺外，窈窕秋星或是君。

可見透過層層樓閣，龔自珍極目夜空深處的，仍然是他難以抹滅的執著與期待的心情。雖是煙霧迷茫，但在迴環飄忽之中，卻仍然閃爍著燈火，提醒他的不忘。

因此，在〈己亥雜詩〉第三一二首中，龔自珍雖因理想無著，愁緒難排，而忽有「遠遊」之意，但飛馳之際，卻又有所不忍，誓與現實纏鬥到底：

> 古愁莽莽不可說，化作飛仙忽奇闊。江天如墨我非還，折
> 梅不畏蛟龍奪。

所以，儘管龔自珍晚年頗沉溺於「選色」的艷情之中，但就像他在〈驛鼓三首〉之一中所說：「側調安能犯正聲」，因此，他的「選色」，是「哀豔」，而不是「側豔」。在〈己亥雜詩〉第二五二首中，他就借著靈簫的捲簾遠望黃河，抒發自己的壯志未泯：

> 風雲材略已消磨，甘隸妝臺伺眼波。爲恐劉郎英氣盡，捲
> 簾梳洗望黃河。

又，從第二五二首中，更可見出龔自珍的「選色」，往往是利用回避現實的消極方式，以作爲寄托。但其中所流露的，則仍是不甘委墮雌伏的熱情：

> 少年尊隱有高文，猿鶴眞堪張一軍。難向史家搜比例，商
> 量出處到紅裙。

就像〈美人〉一詩中所吟哦的：

> 美人清妙遣九州，獨居雲外之高樓。春來不學空房怨，但
> 折梨花照暮愁。

在〈己亥雜詩〉第二二七首中，他曾說：

> 賸山殘水意度深，平生幾緉屐難尋。栽花鄭重看花約，此
> 是劉郎遲暮心。

從官場敗下陣來的龔自珍，不僅要親自栽花，還要與花約定相看的時間，更要折花對照出自己遲暮的憂愁。可見他的一股報國熱情，是不會永遠眞正冷卻的。

總結上述，南社詩人柳亞子在〈定庵有三別好詩，余仿其意做論

詩三截句〉，就說：

> 三百年來第一流，飛仙劍客古無儔。只愁孤負靈簫意，北
> 駕南轅到白頭。〔註45〕

又，姚錫鈞〈論詩絕句·龔定庵瑟人氏〉：

> 豔骨奇情獨此才，時聞磬欬走風雷。論心肯下西江拜，卻
> 共楊劉入座來。〔註46〕

都同時注意到龔詩中兼具儒、俠、仙、禪、豔的多面性。不過，他的
俠，不是一般俠客的「不學無術」，而是恩仇相期的濟世大業；他的
仙，木不是常在虛無飄渺間的餐風隱露，而是折返人間，欲與蛟龍相
搏的謫仙；他的禪，不是一味息心簡慮慮的蹈空，而是整裝待發，期
待禪關一破後的劍氣沖斗牛；他的豔，也不是視女子爲玩物的「側
豔」，而是相勉共期的深情。在〈己亥雜詩〉第二八首中，龔自珍曾
以「亦狂亦俠亦溫文」評黃蓉石的爲人風格，這不妨亦是他的夫子自
道，而且從以上所述來看，更是貼合。

第二節　文本形態的研究

壹、回薄激宕的情感基調

清末「同光體」詩人沈曾植在〈書龔定庵文集後〉中，曾有一段
話說：

> 才之興，其于中古乎？智與愚角，智又與智角，尤智者又
> 與群智角，其間有通人，齊古今之智者出，則又與尤智者
> 角，尤智者或抑首啄氣，不敢與角焉，於是才之量成，而
> 才之事亦極。其聲非尋常之聲也；其色非尋常之色也；其
> 回薄激宕，江海不足以爲深，山岳不足以爲高，群天下魁
> 儒碩學、長德偉人、大豪大奸邪、大盜大猾，震之、駭之、

〔註45〕轉引自《資料集》，頁 234。
〔註46〕轉引自《資料集》，頁 237。

　　頌之、贊之、擯去之、絕之。〔註47〕

沈氏的這番評語，雖是針對龔文而發，但亦不妨其為龔詩作註腳；尤其是其中的「回薄激石」一詞，頗能合乎龔詩在情感基調上的面貌。

　　龔自珍一人集儒、俠、仙、禪、豔於一身，若以本章前言所揭的德清祖師的處世眼光來看，他這種豐潤的生命態度，自然是避開了淪落為「偏人」、「隘人」的危險。因此，其淡宕雖有如莊子與屈原，但在身世飄零之際，儘管屈曲繚戾、徬徨矛盾，卻始終不如前者真正走上趨避歸隱的道路，也不會如後者的自沉於淵。而他的這種多重生命態度的養成，又與他身處「中古」之世有關；此即沈氏所謂「智與愚角，智又與智角，尤智者又與群智角」的結果。然而，正如龔自珍自己在〈乙丙之際著議第九〉中所意識到的：「才者自度將見戮，則蚤夜號以求治，求治而不得，悖悍者則蚤夜號以求亂。」其個人雖在現實環境的撞擊之下，磨練成「通天人，齊古今」的才幹，但卻也因「見戮」而趨於悖悍。此所以龔自珍雖然集三教於一身，會儒、俠、仙、禪、豔於一心，在令「群天下魁儒碩學、長德偉人、大豪大奸邪、大盜大猾」，既「震之、駭之、頌之、贊之」之餘，卻又「擯去之、絕之」的原因。然則，龔自珍在狂猖悖悍之際，其強烈的自豪自慨，發而為詩，在情感的形態上，也就不得不以「回薄激宕」為其主調了。

一、愛憎分明的恩仇

　　在〈己亥雜詩〉中，龔自珍曾以三首詩為歷來視為「古今隱逸詩人之宗」的陶淵明「平反」。第一二九首：

　　　陶潛詩喜說荊軻，想見〈停雲〉發浩歌。吟到恩仇心事湧，江湖俠骨恐無多。

又，第一三〇首：

　　　陶潛酷似臥龍豪，萬古潯陽松菊高。莫信詩人竟平淡，二

―――――――――――――――――――――

〔註47〕轉引自錢仲聯《龔自珍與沈曾植》一文，收入《文獻》1989 年第 1
　　　期，頁 28～32。

分〈梁甫〉一分〈騷〉。

第一三一首：

> 陶潛磊落性情溫，冥報因他一飯恩。頗覺少陵詩吻薄，但
> 言朝叩富兒門。

歷史上的陶淵明，形象超然物外，無爭無競，其感情狀態，雖然非如
槁木死灰，但淡漠飄逸，總是其基調之所在。然而，龔自珍卻不同意
這樣的看法，他認爲陶淵明既喜稱道擊劍任俠，謀刺秦王的荊軻，又
作〈停雲〉一詩，以縱情放歌，然則陶淵明在現實生活裡，實際上應
是個富有愛憎之情，以及豪俠之氣的人才對。他在出山用世以前，不
僅如諸葛亮一樣，懷有雄才壯志，而在入世之後，品格節操依然如松
菊一般，足以萬古流芳，所以說陶詩平淡，是不足採信的，他的詩既
如諸葛亮的〈梁甫吟〉，其中寓有豪情壯志，也如屈原的〈離騷〉一
般，深懷著憤怨與不平。再者，從陶淵明的念念不忘人助一飯之恩，
與杜甫的乞食於人，卻又語帶譏誚來看，陶氏在飄洒豪放之外，更有
一份溫厚的深情。

　　這三首詩，是龔自珍在出都後的歸舟途中，讀陶詩有感而作的。
此時，他雖已被迫辭官南下歸隱，但世情始終纏綿於心，未曾一日或
忘，所以引陶淵明以自況。詩中，他不僅撕去了歷代論者爲陶詩所披
上的不食人間煙火的高士外衣，更透過平淡，見出陶詩中的悲憤不平
與豪情壯志。事實上，在歷史上爲陶詩「平反」的人，龔自珍並不是
第一個。朱熹就曾說：「陶淵明詩，人皆說是平淡，據某看，他自豪
放，但豪放來得不覺耳。其露出本相者，是〈詠荊軻〉一篇，平淡底
人，如何說得這樣的語言出來。」〔註48〕而這也正是龔自珍所以重新
詮釋陶詩的原因所在。

　　尤其是「恩仇」二字，更是龔自珍的寄意之所在，也是龔詩在情
感基調上，所以是淚宕不平的根源因素。在龔詩中，屢見「恩仇」或

〔註48〕見朱熹《朱子語類・論文下》卷一百四十，漢京文化事業有限公司，
　　　　1980 年 7 月，頁 1336。

與之相類的用詞，如〈送劉三〉：

> 亦有恩仇託，期君共一身。

又，〈題紅禪室詩尾〉：

> 畢竟恩輕與怨輕，自家脈脈欠分明。

〈冬日小病寄家書作〉：

> 飲我慈母恩，雖壯同兒時。

〈詠史〉：

> 金粉東南十五州，萬重恩怨屬名流。

〈夢中作四截句〉：

> 恩仇恩仇日苦短，魯戈如麻天不管。

〈己亥雜詩〉第八十首：

> 言行較詳官閥略，報恩如此疚心多。

又，第八一首：

> 歷劫如何報佛恩？塵塵文字以爲門。

第八八首：

> 河干勞問又江干，恩怨他時邸報看。

第九八首：

> 一言恩重降雲霄，塵劫成塵感不銷。

第一四三首：

> 見面恍疑悲母在，報恩祝汝後昆賢。

第一九七首：

> 是恩是怨無性相，冥祥記裏魂朦朧。

第二四二首：

> 誰肯心甘薄倖名，南轅北駕怨三生。

第二四七首：

> 征衫不漬尋常淚，此是平生未報恩。

大凡人心一旦懷抱著「恩仇」，其情感狀態自然就不會是平淡詳和，毫無起伏。在〈長短言自序〉中，龔自珍就說：「人之閒居也，泊然以和，頑然以無恩仇。」就是這種愛憎分明的恩仇之心，使得龔自

珍即使是歸了隱，卻仍然無法超然於物外，擁有一份泊然頑然的心情。

　　至於「恩仇」的具體內容為何呢？陶淵明在〈停雲〉詩前，曾有自序說：「停雲，思親友也。尊湛新醪，園列初榮，願言不從，歎息彌襟。」〔註49〕將這一段序言，與「喜說荊軻」四字結合著看，便可知「恩仇」的對象，實際上是涵蓋了家庭之思與君國之恨。思親友屬恩，荊軻刺秦屬仇。可見陶淵明心中固尚有深恨未銷。

　　然而，由於龔自珍在生命態度上的集儒、仙、俠、禪與豔於一身，加上「哀樂過于人」的天性使然，因此，其詩中所流露的「恩仇」之情，也就益形強烈與複雜許多。以「恩」而言，除是對親友之情的感愧之外，也還是他在兒女情場上的種種恩恩怨怨。前者如〈冬日小病寄家書作〉：

　　　　飲我慈母恩，雖壯同兒時。今年遠離別，獨坐天之涯，神理日不足，禪悅詎可期？沉沉復悄悄，擁衾思投誰？

又，〈十月廿夜大風，不寐，起而書懷〉：

　　　　城南有客夜兀兀，不風尚且淒心神。家書前夕至，憶我人海之一鱗。此時慈母擁燈坐，姑倡婦和雙勞人。寒鼓四下夢我至，謂我久不同艱辛。書中隱約不盡道，惚恍懸揣如聞呻。

〈乙酉除夕，夢返故廬，見先母及潘氏姑母〉：

　　　　門內滄桑事，三人隱痛深！淒迷生我處，宛轉夢中尋。窗外雙梅樹，床頭一素琴。醒猶聞絮語，難謝九原心。

〈己亥雜詩〉第一四三首：

　　　　溫良阿者淚漣漣，能說吾家六十年。見面恍疑悲母在，報恩祝汝後昆賢。

第一四九首：

　　　　祇將愧汗濕萊衣，悔極堂堂歲月違。世事滄桑心事定，此

──────────────

〔註49〕陶淵明〈停雲詩〉序，見逯欽立輯校《先秦漢魏晉南北朝詩‧晉詩》卷十六，木鐸出版社，1983年9月，頁967。

生一跌莫全非。

第一五八首：

> 靈鸞高華夜吐雲，山凹指點舊家墳。千秋名教吾誰愧？愧
> 讀羲之誓墓文。

人海一鱗的孤絕冷落、滄桑飄零的隱痛身世，在面對著倚門而望的年
邁父親，以及闊別十四年的母親墳前，龔自珍心中的羞愧與悔恨交
并，其五內翻騰的情形可想而知。如此激宕而淳厚的情感，絕不是王
國維所說的「儇薄無行」之徒。

而對師友間深切的懷念之情，更同時寄寓著龔自珍內心的憤恨與
不平。如〈哭鄭八丈〉：

> 醇古淡泊士，滔滔辯有餘。青燈同一笑，恍到我生初。頑
> 福曾無分，清才清不臞。四方帆馬興，千幅鳳鸞書。為有
> 先生在，東南意不枢。論交三世久，問字兩兒趨。天命雖
> 秋肅，其人春氣腴。鄉音謇謇謇，破帽惻吾吾。儻蕩為文
> 罷，剞斜使酒餘。心肝纖滓盡，孝友閣門俱。科第中年淡，
> 星壬暮癖殊。卜雲來日少，笑指逝川徂。……

又，〈己亥雜詩〉第八〇首：

> 夜思師友淚滂沱，光影猶存急網羅。言行較詳官閥略，報
> 恩如此疚心多。

鄭師愈與龔自珍既是世交，又是龔自珍兒子的啟蒙老師。詩雖回顧了
深厚的舊情，並著重描寫鄭氏懷才不遇，身陷苦境，卻才清性醇，倔
強樂觀的可貴人格。但對比龔自珍本人的遭遇，其實亦是夫子自道，
是自我身世的寫照。因此，當他抱著感愧的心情，為眾師友寫〈平生
師友小記〉（已佚）時，其激動之情，竟也至於淚水滂沱的地步。

至於龔自珍晚年與小雲、靈簫之間的「遇合」，其詩中所流露的
激宕深情，更叫後世讀者為之「迴腸盪氣」不已。如〈己亥雜詩〉第
九七首：

> 天花拂袂著難銷，始愧聲聞力未超。青史他年煩點染，定
> 公四紀遇靈簫。

又，第九八首：

> 一言恩重降雲霄，應劫成塵感不銷。未免初禪怯花影，夢
> 回持偈謝靈簫。

第二四二首：

> 誰肯心甘薄倖名？南轅北駕怨三生。勞人只有空王諒，那
> 向如花辨得明？

第二七四首：

> 明知此浦定重過，其奈尊前百感何？亦是今生未曾有，滿
> 襟清淚渡黃河。

第二七八首：

> 閱歷天花悟後身，為誰出定亦前因。一燈古店齋心坐，不
> 似雲屏夢裏人。

在〈與吳虹生書〉（十二）中，龔自珍曾說：「記君餞我于時豐齋之夕，言定盍此遊，必有奇遇合。何以君能作此讖？但遇合二字甚難，遇而不合，鏡中徒添數莖華髮，集中徒添數首惆悵詩，供讀者迴腸盪氣，虹生亦無樂乎聞此遇也。」龔自珍這種春蠶自縛，明燭自燒，自我煎熬與折磨的兒女情長，其所流露的情感形態，正是一種令人為之「迴腸盪氣」的激宕。

而在「仇」的方面，其實也即是他憂世情感的強烈流露。這種仇情，除是對朝廷不重視人才的憤怨與不平外，也還是他與權貴之間一番明爭暗鬥的情感性質。前者如〈行路易〉：

> 袖中芳草豈不香？手中玉麈豈不長？中婦豈不姝？座客豈
> 不都？……我欲食江魚，江水澀喉嚨，魚骨亦不可以餐，
> 冤屈復冤屈，果然龍蛇蟠我喉舌間，使我說天九難、說地
> 夷難、踉蹌入中門。中門一步一荊棘，大藥不療膏肓頑，
> 鼻涕一尺何其屏？

〈寒月吟〉之二：

> 朴愚傷于家，放誕忌于國。皇天誤矜寵，付汝憂患物。

〈自春徂秋，偶有所觸，拉雜書之，漫不詮次，得十五首〉之六：

造化大癃痔，斯言韓柳共。我思文人言，毋乃太驚眾。儒
家守門户，家法毋徇縱。事天如事親，誰云小兒弄。我身
我不有，周旋折旋奉。

〈乞糴保陽〉：

讀書一萬卷，不博侏儒飽。掌故二百年，身先執戰老。若
不合時宜，身名坐枯槁。

〈己亥雜詩〉第四五首：

眼前二萬里風雷，飛出胸中不費才。枉破期門佽飛膽，至
今駭道遇仙回。

第一二〇首：

促柱危弦太覺孤，琴邊倦眼眄平蕪。香蘭自判前因誤，生
不當門也被鋤。

無論是袖中芳草的自信，朴愚放誕的自解，或是苦不合時宜與自判
前因誤的自嘲，其情感形態始終是一以貫之的，是一種幾近悲兀的
激宕。

而在後者方面，其激憤之情，更是溢於言表。如〈釋言四首之
一〉：

守默守雌容努力，毋勞上相損宵眠。

又，〈十月廿夜大風，不寐，起而書懷〉：

貴人一夕下飛語，絕似風伯驕無垠。

〈己亥雜詩〉第一七一首：

狺猵狺猵屬牙齒，求覆我祖十世祀。我請於帝詛於鬼，亞
駝巫陽菹雜豕。

第一七二首：

晝夢亞駝告有喜，明年三月狺猵恐。大神羹臛殄臭子，焚
香敬告少昊氏。

龔自珍不僅反言譏刺權貴，更向鬼神祈求詛咒，對這般人降禍。其激
宕之情，已接近狂妄。從龔自珍出都後的尚以陶淵明的「恩仇」之心
自況，可推知他在此前的「恩仇」之情，必定是有過之而無不及。而

龔詩的情感形態，基本上也就是在這種恩仇之心的貫穿之下，而呈現出一種愛憎分明的激宕形態。

二、亦壯亦憂的回旋

龔詩在情感的基調上，雖是一種愛憎分明，恩仇明顯的激宕，但這種情感在運動的過程中，卻是極盡回旋繚戾之態勢的。它是一種亦壯亦憂，兼得「劍氣」與「簫心」之美的情感。這種情感態勢的形成，基本上是體現了作者徘徊在出世與入世，狂憤與淒切，奮進與頹唐之間的主體情志。因此，在傳統裡，往往看似對立的兩種情感，如禪心與豔情、俠客與兒女、倡妓與蒼生等，在龔詩中，都達到了前所未有的和諧境界。

如〈吳市得題名錄一冊，乃明崇禎戊辰科物也，題其尾一律〉一首：

> 天心將改禮闈徵，養士猶傳十四陵。板蕩人才科目重，蓁蕪文體史家憑。朱衣點過無光氣，淡墨堆中有廢興。資格未高滄海換，半爲義士半爲僧。

詩中情感的運動過程，由儒者的「廢興」懷抱，轉而爲「滄海換」之後的「半爲義士半爲僧」；巧妙地將儒、俠與僧三種不同的生命態度融匯在一起。其中有中道與狂狷的辯證，如儒與俠；有狂憤與淒切的二位一體，如俠與僧；有出世與入世的掙扎，如僧與儒。這種情感的態勢，是一種亦壯亦憂的回旋。它所體現的，不祇是龔自珍對現實判斷的犀利深切，還是在探索理想境界之際，所流露的迷茫與抉擇。就審美情趣與意象內涵而言，龔自珍所揭櫫的，其實就是一種「無雙畢竟是家山」的境界，它有浙東的秀美，卻無它的清孱，有北地的雄奇，而沒有它的獷頑。因此，龔詩中的僧情之美，不會是一種枯禪的無味，而是有著安頓生命的潤澤作用；其俠情之美，也不會是「不學無術」的「質實」，而是蘊涵著可以「託以大事」的「恩仇」意義。

在〈夜坐〉一首中，其情感態勢在迴旋之後所抵達的最終目的，也同樣可以說明這種現象：

> 沈沈心事北南東，一睨人材海內空。壯歲始參周史席，暮
> 年惜墮晉賢風。功高拜將成仙外，才盡迴腸盪氣中。萬一
> 禪關春然破，美人如玉劍如虹。

龔自珍在這一首詩中，將海內缺乏人才的事實，與自己坎坷不遇的身世結合起來，披露了朝廷按著資格選拔庸才，卻不能破格用人的腐朽制度。但是，就作者在詩中所流露的審美情趣與意象內涵而言，同樣是構建在一種亦壯亦憂的回旋態勢的基礎之上。首聯二句是憂，三、四句是亦壯亦憂，五、六句是亦憂亦壯，尾聯則是化憂為壯。劍所代表的，是豪氣與傲骨，是作者在政治理想的犀利情感，自與歌泣於床第之間的溫柔美人，以及佛教的談空教義的飄渺，是不相容的。但情感在起伏變化的回旋裡，時而洶湧澎湃如浪潮，時而纏綿屈曲如游絲，其前後的情感形態，雖存在著差異性與對立面，卻又如龔自珍所自覺到的「情多處處有悲歡」一樣，三者無不肇因於「多情」的緣故，所以，超越的看，禪關與美人及劍三者彼此間的關係，其實是一種相互提攜的共榮關係。因此，當禪關一經參破，深情所及之處，劍與美人也就都能同時噴薄出旺盛爛漫的生命力量。

　　因此，原本是陰柔愀然的落花，在龔詩中，也就不是一味的纖巧了。在〈西郊落花歌〉中，龔自珍開宗明義就說：「西郊落花天下奇，古來但賦傷春詩」，一手推倒了古來所有有關落花的詩句。而其落花的景象，也確實是兼得亦壯亦憂的回旋態勢：

> 如錢塘潮夜澎湃，如昆陽戰晨披靡，如八萬四千天女洗臉
> 罷，齊向此地傾胭脂。奇龍怪鳳愛漂泊，琴高之鯉何反欲
> 上天為？玉皇宮中空若洗，三十六界無一青蛾眉。又如先
> 生平生之憂患，恍惚怪誕百出難窮期。

　　既是如此，所謂「選色」，對併劍氣與簫心於一身的龔自珍而言，也就不能單純的視為是一種「結習」了。雖然，龔自珍自己往往亦如此認為。但是，對於他的這種心態，與其視為自我的悔恨與惋惜，倒不如看成是他個人不落俗套的自高。在〈己亥雜詩〉第二四一首中，我們就又見到了他這種政治理想的犀利與探索理想境界的飄渺的互

相對立：

> 少年尊隱有高文，猿鶴眞堪張一軍。難向史家搜比例，商
> 量出處到紅裙。

龔自珍在〈尊隱〉中所揭示的情感，基本上是一種幾近狂俠的劍氣，
這可從他下一句的「猿鶴眞堪張一軍」，見出端倪，甚至也可以說是
一種荊軻式的「仇情」。因此，當有才之士被朝廷棄置於山林，難以
再向史家尋得指導出處的先例時，那麼，美人的溫柔懷抱，便是最後
的歸處了。其詩中意象所傳達的情感流向，似乎越來越頹唐，越往下
沉了。

　　但是，如果我們知道龔自珍所謂的「紅裙」者流，其實是有著
「玲瓏」材地，又「恥爲嬌喘與輕顰」，能以韜略兵法指揮小婢的美
人，那麼，他的「商量出處到紅裙」，也就是一種謝安式的「矯情」。
所謂「東山妓即是蒼生」，其實就是寓劍氣於簫心之中的。在〈己亥
雜詩〉第二五二首中，他就說：

> 風雲材略已消磨，甘隸妝臺伺眼波。爲恐劉郎英氣盡，捲
> 簾梳洗望黃河。

從作者的主體情志來看，這是一種雄奇式的哀豔，是在兜唐中有進
取，在消沉裡有亟欲用世的激宕。所以，從詩中意象所傳達出來的情
感內涵，也就是一種亦壯亦憂的回旋。這種回旋，往往千變萬化，縱
橫飄忽，有奇幻的光彩，節奏亦作跳躍狀。在〈女士有客海上者，繡
大士像，而自繡己像禮之，又繡平生詩數十篇綴於尾〉中，龔自珍所
謂「遂俠奇心恣縹渺，別以沈痼搜纏綿」，就是這種亦壯亦憂的回旋
情感態勢的最好說明。

貳、比物徵事的傳達特徵

　　章太炎在〈箴新黨論〉中，曾說：

> 生長貴游，憑藉家世，一端之長，足以傾動朝野，自謂與
> 國家同休戚，不敢有貳，而學術未具，徒能詩歌，所賦不
> 出佩蘭贈芍之詞，所擬不離鳴鴃啼鵑之狀，而又挾其惰性，

> 喜逐燕邪，燕私之情形於動靜，則有父朝宗兄定庵者，此
> 一族也。〔註50〕

章氏向來鄙夷龔自珍，批評時往往不稍假以辭色，這段引文和他其他的文章一樣，都極盡詆毀之能事。唯所謂「所賦不出佩蘭贈芍之詞，所擬不離鳴鴂啼鵑之狀」，實道出了龔詩在藝術傳達方面，是以偏重借喻、博喻以及明喻的比法，為主要的傳達特徵。

「比」的意念之形成，應溯源自《楚辭》的「引類譬喻」。後世的比體詩，主要有詠史、遊仙、豔情與詠物等四大類型；詠史之作是以古比今，遊仙之作是以仙比俗，豔情之作是以男女比君臣，詠物之作是以物比人。〔註51〕這比體詩的四大類型，在龔詩中並不陌生。詠史如〈詠史〉（金粉東南十五州）以及〈漢朝儒生行〉等，都是足以傳誦千古的佳音；尤其後者，更是借古諷今，寓意深長的長篇大作。遊仙如〈小遊仙詞十五首〉，以「仙境」借喻清代的軍機處，揭露當時官僚制度的腐朽。豔情如〈美人〉（美人清妙遣九州）、〈己亥雜詩〉第一六首、第一二○首等，是借香草美人以塑造自我堅潔的形象。而詠物則是龔詩中運用比法的最大宗，如〈逆旅題壁，次周伯恬原韻〉、〈人草稿〉、〈西郊落花歌〉、〈題盆中蘭花四首〉、〈題鷺津上人書冊〉與〈己亥雜詩〉第三首、第五首、第二四首、第一七一首、第一七二首、第二一○首以及一系列形容靈簫等人之作，都是較著名的例子。

不過，就形象思維的運動過程而言，比體是一種「以彼物比此物」〔註52〕，將本體與喻體連結在一起的現象。但是，從詩歌構思的角度上來看，這種「以彼物比此物」的精神活動過程與藝術想像，尤其是藝術聯想有著絕對的密切關係。所謂「引類譬喻」，即指藝術聯

〔註50〕氏著收入〈章太炎全集四・太炎文錄初編・別錄〉卷一，上海人民出版社，1980 年 10 月，頁 299。

〔註51〕參朱自清〈詩言志辨・賦比興通釋〉，收入《朱自清古典文學論文集》，源流出版社，1982 年 5 月，頁 269。

〔註52〕見朱熹〈詩集傳・螽斯注〉。

想而言。沒有詩人不斷翻湧而出的藝術聯想，「此物」與「彼物」兩者之間，根本搭不上關係，更別談要融匯成一體了。可見運用這種傳達手段的先決條件之一，想像力的豐富，是首要必備的。

龔自珍在詩中，就不祇一次的提及自己思緒不斷的問題。如〈雜詩，己卯自春徂秋，在京師作，得十有四首〉之十四：

> 洗盡狂名銷盡想，本無一字是吾師。

又，〈觀心〉：

> 幽緒不可食，新詩如亂雲。魯陽戈縱橫，萬慮亦紛紛。

〈又懺心一首〉：

> 佛言劫火遇皆銷，何物千年怒若潮？經濟文章磨白晝，幽光狂慧復中宵。來何洶湧須揮劍，去尚纏綿可付簫。心藥心靈總心病，寓言決欲就燈號。

〈琴歌〉：

> 之美一人，樂亦過人，哀亦過人。月升於堂，匪月之光，睇視之光。美人沈沈，山川滿心，落月逝矣，如之何勿思矣。美人沈沈，山川滿心。吁嗟幽離，無人可思。

〈鐵君惠書，有「玉想瓊思」之語，衍成一詩答之〉：

> 不須文字傳言語，玉想瓊思過一生。

〈戒詩五章〉之一：

> 蚤年攖心疾，詩境無人知。幽想雜奇悟，靈香何鬱伊？

〈能令公少年行〉：

> 逃禪一意歸宗風，惜哉幽情麗想銷難空。

〈桐君仙人招隱歌〉：

> 亦有幻境胸纏綿，心靈構造難具宣。

〈女士有客海上者，繡大士像，而自繡己像禮之，又繡平生詩數十篇綴於尾〉：

> 遂挾奇心恣縹渺，別以沉痼搜纏綿。

〈太常仙蝶歌〉：

> 鸞漂鳳泊咄咄發空唱，雲情煙想寸寸凌幽遐。

〈秋夜聽俞秋圃彈琵琶賦詩，書諸老輩贈詩冊子尾〉：

> 我有心靈動鬼神，卻無福見乾隆春。

雖然，龔自珍在上引的詩句裡所欲傳達的，並不是我們此處所要討論的主題；但不可諱言的，所謂「銷盡想」等等，無非是龔自珍擁有充沛想像力的自白。而且，這種想像力所能達到的境界，是一種「樂亦過人，哀亦過人」，即連佛所謂的「劫火」，也無法銷盡的「幽想」與「奇悟」。在〈寫神思銘〉中，龔自珍就說：

> 夫心靈之香，較溫於蘭蕙；神明之媚，絕嫭乎裙裾。殊呻窈吟，魂舒魄慘，殆有離故實，絕言語者焉。鄙人稟賦實沖，孕愁無竭，投閒篔之，沉沉不樂。抽豪而吟，莫宣其緒，倚枕內聽，莫訟其情。謂懷古也，曾不朕乎詩書，謂感物也，豈能役乎鼙悅。將謂樂也，胡迻至而不和；將謂哀也，抑屢襲而無疢。徒乃漫漫漠漠，幽幽奇奇，覽鏡忽睎，顏色變矣。

龔自珍不僅肯定了想像力馳騁時的奇異感受，實有著不能言傳的藝術魅力，更以「漫漫漠漠，幽幽奇奇」，闡釋了這種「天馬行空」的藝術境界。

值得注意的是，龔自珍在以豐富的想像力驅遣比法時，往往以對比式的聯想方式，以及幾近程式化的聯想模式，進行詩歌的創作活動。前者的普遍使用，不僅更深刻化了龔自珍所欲傳達的情感，也更強化了詩歌本身的藝術效果。而後者的反覆使用，則使詩中的某些意象龔自珍化，成為龔自珍個人專利的藝術形象，不僅因此大大提高了龔詩在藝術個性上的價值，也為他與後代詩人間的淵源關係，提供了一塊「試金石」。

一、對比式的特徵

對比式的傳達特徵，在我國詩歌史上，一直表現得非常突出。《易》中的陰陽觀念，即是一種對比式的思想。《老子》一書，從「道」派生出來的自然界及社會生活中的一切現象，如有無、難易、巧拙與

曲全等，也都是對比的。而《楚辭》的對比手法，表現得更爲明顯。尤其是習慣於反面的對比，借以激發詩歌中的熱情。如〈卜居〉中的「寧昂昂若千里之駒乎，將氾氾若水中之鳧乎，與波上下偷以全吾軀乎」的句子比比皆是。

這一種對比與比喻兼用的傳達手段，作者所傳達的情感態度，往往愛憎分明，以致往往有著強烈的藝術效果。龔自珍在散文中，亦往往使用之。如〈尊隱〉一文中，將「京師」與「山中」對比，借以傳達作者對「山中之民」的熱切期待，並暗示「山中」取代「京師」的自然趨勢，以喚醒清廷的沈睡，積極從事改革的行動。純就龔詩而言，雖然《楚辭》是它的一大淵源，但這種利用對立面的差異性質，激發詩中的熱情，以造成強烈的藝術效果，並非僅僅是單純的藝術繼承而已，而是還有著主體情志的投射其中。換言之，這種對比式的傳達特徵，其實即是龔自珍「哀亦過人，樂亦過人」，集儒、仙、俠、禪與豔於一身，在狂憤中有凄切，在奮進中有頹唐，始終徘徊在入世與出世之間的生命態度的投射；而哀與樂、儒與仙、禪與豔、儒與禪以及俠與豔等，無論在情感上或在歷史上，兩兩之間往往都存在不可以併合的對立情形，其體現在詩歌中，自然也會造成強烈的反差效果。

以龔詩中最常吟詠，也最足以代表龔詩的「劍氣」與「簫心」爲例。這兩個意象，本是我國古典詩歌的傳統喻體。前者多用來譬喻作者的豪情壯志，後者則多寄寓著作者的幽思哀怨。〈神思銘〉所謂「幽幽奇奇」，殆可以比擬這一組正反兩面的意象境界。不過，一到龔自珍的手中，更予以發揚光大，其實際的涵蓋內容，較以往顯著的增加，更形多重而複雜。這在前面第一節主體情志的部分，業已論述過了。

然而，如同在情感內容方面，龔自珍擴充了這對喻體的指涉範疇一樣，多次的在同一首詩中，予以對舉，借著兩者間的差異與對立的矛盾性質，以便凸顯心靈世界的翻騰，龔自珍也是第一位。如〈又懺

心一首〉：

> 佛言劫火遇皆銷，何物千年怒若潮？經濟文章磨白晝，幽
> 光狂慧復中宵。來何洶湧須揮劍，去尚纏綿可付簫。心藥
> 心靈總心病，寓言決欲就燈燒。

「劫火」的一遇則銷與千年不變的「怒若潮」對比；經世文章的「磨
白晝」與幽奇無定的思緒的「復中宵」對比；「來何洶湧須揮劍」與
「去尚纏綿可付簫」的對比，一首詩中即連續使用了包括水與火、瞬
間與千年、整一的文字與縱橫的思緒、白天與黑夜、來與、洶湧與纏
綿、劍與簫等在內兩兩對立矛盾的喻體，狀物抒情，以激發詩中翻騰
不已的熱情。劉熙載在《藝概》中，曾評論《楚辭》說：「試觀屈子
辭中，忌己者如黨人，憫己者如女嬃，靈氛，巫咸，以及漁父別有崇
尚，詹尹不置是非，皆由屈子先有主意。是以相形相待，皆若沓然偕
來，拱向注射耳。」〔註53〕劉氏的這段評論，亦無妨其用之於龔詩身
上。這種利用正反兩面對比與章法對峙的傳達手段，既是作者先有了
主意，因此，詩題所謂「懺心」云云，亦是作者出于激憤的反語，詩
中所流露的懺心愈重，其所愈激發熱情，也就愈是熾熱。

　　然而，就像老子看到對立的雙方往往可以互相轉化，相反相成，
如「曲則全，枉則正」一樣，「簫心」與「劍氣」這一對本質上幾呈
現矛盾狀態的喻體，是有可能經過轉化，而相反相成，形成一個渾然
無間的心靈整體的。龔自珍在〈最錄李白集〉中說：「莊、屈實二，
不可以并，并之以為心，自白始。儒、仙、俠實三，不可以合，合之
以為氣，又自白始。」其所揭示的，也是這個意思。在龔詩中，這樣
的例子，亦復不少。如〈夜坐〉之二：

> 沉沉心事北南東，一晼人才海內空。壯歲始參周史席，髫
> 年惜墮晉賢風。功高拜將成仙外，才盡迴腸盪氣中。萬一
> 禪關春然破，美人如玉劍如虹。

到處皆是的憂患與海內空乏一人的對比，壯年與少年、史官與晉賢的

〔註53〕劉熙載《藝概‧詩概》，廣文書局。

對比，功成拜將與纏綿悱惻的對比，仍然是劍氣與簫心的對比，祇是龔自珍從反面對比出自己在政治失意後，冀由「美人經卷葬華年」的方式以求解脫，看似「哀豔」，但一經「禪關」的轉化後，竟可以相反相成，達到「美人如玉劍如虹」的雄奇境界。尤其是「美人如玉」與「劍如虹」這一對原本矛盾的意象，既表現出了它的相反面與差異性，但在另一方面卻又有著統一與相互依存的關係。

　　另外，從「少年」與「暮年」的對舉，也可以一窺龔詩兼用對比與比喻的傳達特徵。

　　「少年」（或童心）一詞在龔詩中，往往是純真精誠、哀樂過人的象徵，而暮年（或壯年），則是浮湛徇俗、深於世故的象徵。這一對矛盾詞語的對舉，其所激發的，往往是龔自珍對自然之性的嚮往，與強烈的今昔之慨。如〈黃犢謠〉：

　　　　晝則壯矣，夜夢兒時。豈不知歸，為夢中兒。

又，〈猛憶〉：

　　　　狂臚文獻耗中年，亦是今生後起緣。猛憶兒時心力異，一
　　　　燈紅接混茫前。

〈銘座詩〉：

　　　　精微恍惚，少所樂兮。躬行且踐，壯所學兮。……借瑣好
　　　　奇兮，嗜好託兮符湛不返，循流俗兮。吁瑣以耗奇兮，不
　　　　如躬行以耗奇之約兮。

　　這種對比的情形，在晚年的〈己亥雜詩〉中，更是明顯。在〈己亥雜詩〉中，以「少年」起句的詩作，就有十首之多，其中「少年」與「暮年」對舉者，則有六處。第九六首：

　　　　少年擊劍更吹簫，劍氣簫心一例消。誰分蒼涼歸櫂後，萬
　　　　千哀樂集今朝。

又，第一○七首：

　　　　少年攬轡澄清意，倦矣應憐縮手時。今日不揮閒涕淚，渡
　　　　江只怨別蛾眉。

第一四二首：

> 少年哀豔雜雄奇，暮氣頹唐不自知。哭過支硎山下路，重
> 抄梅冶一盦詩。

第一七〇首：

> 少年哀樂過於人，歌泣無端字字眞。既壯周旋雜癡黠，童
> 心來復夢中身。

第四一首：

> 少年尊隱有高文，猿鶴眞堪張一軍。難向史家搜比例，商
> 量出處到紅裙。

第二七六首：

> 少年雖亦薄湯，不薄秦皇與漢武。設想英雄垂暮日，溫柔
> 不住住何鄉？

暮年時的豪氣銷盡，心厭意懶，向「溫柔鄉」求取聊賴，與少年時擊
劍吹簫，奮武揉文，攬轡澄清天下的自負對比，龔自珍對「暮氣頹唐」
的自責與自覺，是極其明顯的。但也就是因爲這一份自責與自覺，詩
中所流露出來的情感，雖屬低調，說它是不爲世用的激憤之詞則可，
說它是不能免俗的自甘墮落，則有待商榷。尤其是向溫柔鄉裡的美人
商量自己的出處，更不能視爲絕對的頹唐；從對比式的傳達手段而
言，這是一種反言的對比，是作者心中先有了主意，再以相形相對的
藝術手段，激發出詩中的不平之氣。所謂「商量出處到紅裙」、「溫柔
不住住何鄉」與「今日不揮閒涕淚」等，其實也就是劉熙載《藝概》
中的「別有崇尚」與「不置是非」。龔自珍在年少時憂國憂民的熱情，
並未銷盡。吳昌綬評〈己亥雜詩〉第一〇四首時，即說：「民物之懷，
固無時不睠睠也。」〔註54〕在第二二一首中，龔自珍就一反庾信〈枯
樹賦〉的蕭瑟蒼涼，主張英烈之士，時值暮年，更應保持雄心壯志，
學好有關人生的哲理：

> 西牆枯樹庇縱橫，奇古全憑一臂撐。烈士暮年宜學道，江
> 關詞賦笑蘭成。

〔註54〕見王文濡校編本，新文豐出版公司，1975 年 3 月。

因此，純就反言的對比角度來看第二五二首，詩旨也就不全如詞面所展現的意義那樣，作者的雄心壯志固未爲現實的蹇困所磨盡：

> 風雲材略已消磨，甘隸妝臺伺眼波。爲恐劉郎英氣盡，捲簾梳洗望黃河。

英雄垂暮的頹唐，與美人捲簾望黃河的進取對比，其所投射出來的，仍是前者對禪關毫然破，「美人如玉劍如虹」的無限期待。

在〈自春徂秋，偶有所觸，拉雜書之，漫不詮次，得十五首〉之三中，龔自珍曾企圖像李白一樣，將莊、屈併於一心：

> 名理孕異夢，秀句鑴春心。莊騷兩靈鬼，盤踞肝腸深。古來不可兼，方寸我何任？所以志爲道，淡宕生微吟。一簫與一笛，化作太古琴。

從以上所論述者來看，他是達到了這個目標了。

二、程式化的模式

龔詩在傳達手段方面的主要特徵，除了對比與比喻兼用，更在於其比喻的程式化。所謂「程式化」，即指比喻、夸飾或象徵被固定下來，凝結成一種處處適用的恆定模式。

在龔詩中，趨向於「程度式」的比喻手法的例子很多。其各組喻體的性質，涵蓋範圍也極廣，包括了天候、地理、動物、植物、人物、意識、時間與一般事物。天候如「風雷」，地理如「東南」，動物如「龍鳳」，植物如「落花」，人物如「史官名」，意識如「夢」、「童心」、「恩仇」與「幽情麗想」，時間如「少年」與「暮年」，一般事物如「劍」與「簫」。這種喻體的「程式化」，有助於龔詩在形象經營方面趨向於個性化，使該藝術形象成爲作者的「商標」。由於，其中大半喻體的出現情形以及涵義，前面都已多次論及，未免重覆，以下僅舉「風雷」、「東南」、「龍鳳」、「落花」、「夢」等，加以說明。

1、風雷（或稱風霆）

龔詩中以「風雷」喻事抒情的，有五處。如〈三別好詩〉之二：

> 狼藉丹黃竊自哀，高吟肺腑走風雷。不容明月沉天去，卻

有江濤動地來。

又，〈題鷺津上人書冊〉：

天女身騎落花下，顧眄中有風與霆。

〈己亥雜詩〉第四五首：

眼前二萬里風雷，飛出胸中不費才。枉破期門佽飛膽，至
今駭道遇仙回。

第六一首：

軒后孤虛縱莫尋，漢官戊己兩言深。著書不爲丹鉛誤，中
有風雷老將心。

第一二五首：

九州生氣恃風雷，萬馬齊瘖究可哀。我勸天公重抖擻，不
拘一格降人才。

其中除〈題鷺津上人書冊〉的「風與霆」，稍作更動外，餘四首皆同。
此一喻體，旨在象徵思想感情的態勢，如狂風雷霆一般，有翻騰洶湧
之姿。這種思想感情，主要是指風雲材略而言。它是龔自珍心中充滿
了改革時弊與追求理想未來的熱情的代稱詞。

2、東南（或稱江東）

「東南」一詞，也是在龔詩中反覆出現，具有「程式化」傾向的
喻體。如〈懷沈五錫東、莊四綏甲〉：

白日西傾共九州，東南詞客愀然愁。沈生飄蕩莊生廢，笑
比陳王喪應、劉。

又，〈漫感〉：

絕域從軍計惘然，東南幽恨滿詞箋。一簫一劍平生意，負
盡狂名十五年。

〈夜坐〉：

塞上似騰奇女氣，江東久隕少微星。

〈暮春以事詢圓明園，趨公既罷，因覽西郊形勝，最後過澄懷園，和
內直友人春晚退直詩六首〉：

九重阿閣外，一脈太行飛。何必東南美？宸居靜紫微。

〈詠史〉：

　　金粉東南十五州，萬重恩怨屬名流。

〈乙酉十二月十九日，得漢鳳紐白玉印一枚，文曰婕妤趙，既爲之說載文集中矣，喜極賦詩，爲寰中倡，時丙戌上春也〉：

　　拓以甘泉瓦，燃之內史燈。東南誰望氣，照耀玉山陵。

〈秋心三首〉之一：

　　氣寒西北何人劍？聲滿東南幾處簫？

〈同年生徐編修寶善齋中夜集，編修屬書卷尾〉之二：

　　東南文獻嗣者誰？別之綜之亦有待。

〈寒月吟〉之一：

　　幽幽東南隅，似有偕隱宅。東南一以望，終戀杭州路。

〈哭鄭八丈〉：

　　爲有先生在，東南意不孤。

〈乞糴保陽〉：

　　東南騷雅士，十或來八九。

〈己亥雜詩〉第五九首：

　　端門受命有雲礽，一脈微言我敬承。宿草感豳劉禮部，東南絕學在毘陵。

第一七六首：

　　俎膾飛沉竹肉喧，侍郎十日敞清尊。東南不可無斯樂，濡筆親題第四園。

第二四六首：

　　對人才調若飛仙，詞令聰華四座傳。撐住東南金粉氣，未須料理五湖船。

龔自珍在作於道光十七年的〈論京北可居狀〉中，曾說：「吾少年營東南山居，中年仕宦，心中溫溫然不忘東南之山。居京師，既不欲久淹，天意詗我，人事恭我，又未必使我老東南從曼妙之樂也，我方圖之矣。」可見「東南」實指其家鄉所在的江浙一帶地區，尤其是指杭州而言。又吳昌綬《定盦先生年譜》也說：「先生夙願恒在具區、莫

鼇之間，卜宅幽棲，攜鬟吹笛，有終焉之志。中年仕宦，心中溫溫然不忘東南山居曼妙之樂，嘗賦〈能令公少年行〉，以自禱蕲。」[註55] 也即是〈桐君仙人招隱歌〉中的「乃在具區之西、莫鼇之北」。東南既是龔自珍入仕前的卜居之地，又是入仕後眷戀不忘的歸隱之地，而且在詩中，往往與入仕相對舉，從文學的象徵意義來看，上引詩句中，凡有關龔自珍身世者，東南自應視為他個人失意境遇的代稱詞。非關身世而乃沿用者，亦隱約可見龔自珍思奮的進取精神，如〈己亥雜詩〉第二四六首等。是知東南又不必全與失意有關，其中仍然寄寓有作者亟欲人世的積極意義在。

3、龍鳳（或鸞鶴）

龍與鳳，是龔詩中另一個經常吟詠的對象。如〈小遊仙詞十五首〉之一：

> 歷劫丹砂道未成，天風鸞鶴怨三生。

又，〈辨仙行〉：

> 一隻仙犬無狂獠，人間儒派方狺狺。飢龍悴鳳氣不伸，鳳兮欲降上帝嗔。

〈送端木鶴田出都〉：

> 此鶴南飛誓不回，有鸞送向城頭哭。鸞鶴相逢會有時，各悔高名動寥廓。

〈自春徂秋，偶有所觸，拉雜書之，漫不詮次，得十五首〉之九：

> 天姿若麟鳳，宏加以切劘。

〈西郊落花歌〉：

> 奇龍怪鳳愛漂泊，琴高之鯉何反欲上天為。

〈太常仙蝶歌〉：

> 鸞漂鳳泊呱呱發空喟，雲情煙想寸寸凌幽遐。

〈題鷺津上人書冊〉：

> 青鸞紫鳳雖冶逸，翔啄一一梳其翎。

[註55] 見《全集》，頁610。

〈張詩舲前輩游西山歸索贈〉：

> 鶯吟鳳蹈下人寰，絕頂題名振筆還。

〈己亥雜詩〉第四六首：

> 丹墀小立綴鵷鸞，金碧初陽當畫看。一隊夾飛爭識我，健
> 兒身手此文官。

龔自珍以龍鳳自喻，有時是對於自己內美外修的自信，但更多的是才人不遇的浩歎，即使是詠書法之作的〈題鷺津上人書冊〉，也仍然寄意於其中。但這種浩歎，也並不全是消極而毫不思作為的。從性愛漂泊的龍鳳對琴高之鯉的質疑，以及鶯鳳相偕下人寰的舉動來看，儘管龔自珍平生遭遇了種種千奇百怪的憂患，他的用世之心仍亟思有所作為，尚未泯滅。

4、落花

落花也是龔詩中具有「程式化」傾向的喻體之一。如〈吳山人文徵、沈書記錫東餞之虎邱〉：

> 我有簫心吹不得，落花風裡別江南。

又，〈贈伯恬〉：

> 從此周郎閉門臥，落花三月斷知聞。

〈女士有客海上者，繡大士像，而自繡己像禮之，又繡平生詩數十篇綴於尾〉：

> 維摩昨日扶病過，落花正遶蒲團前。

〈西郊落花歌〉：

> 安得樹有不盡之花更雨心好者，三百六十日長是落花時。

〈題鷺津上人書冊〉：

> 天女身騎落花下，顧眄中有風與霆。

〈己亥雜詩〉第三首：

> 終是落花心緒好，平生默感玉皇恩。

第五首：

> 落紅不是無情物，化作春泥更護花。

「落花」這一喻體，在龔詩中所象徵的情感，頗為複雜。一方面龔自

珍以落花自比飄零的身世，另一方面他又不落入「古來但賦傷春詩」的舊詞，不僅不因失意而趨避，反而隨著落花飄抵人間，而且從落花繽紛中，看到了新生與希望，還願意付出一切，盡力去護惜它。同東南與龍鳳等喻體一樣，落花所傳達的作者情感，既有其哀傷失意的一面，也有其思奮的積極面。交滲於其中的，仍是龔自珍亦憂亦壯的「簫心」與「劍氣」。

5、夢

龔自珍在〈影事詞選・清平樂〉的自注中，說有人形容他是「狂便談禪，悲還說夢。」事實上，這種借夢抒情的傳達手段，也是龔詩中所常見的比體之一。龔詩中不僅有不少紀夢詩，而且詩句中也常有「夢」字的出現。如〈驛鼓三首〉之一：

河燈驛鼓滿天霜，小夢溫馨亂客腸。

又，〈觀心〉：

燒香僧出定，譁夢論鬼文。

〈客春，住京詩之丞相胡同，有丞相胡同春夢詩二十絕句。春又深矣，因燒此作，而奠以一詩〉：

春夢撩天筆一枝，夢中傷骨醒難支。今年燒夢先燒筆，檢點青天白日詩。

〈能令公少年行〉：

秋肌出釖涼瓏鬆，夢不墮少年煩惱叢。

〈桐君仙人招隱歌〉：

春人晝夢梅花眠，醒聞雜佩聲鏐然。

〈黃犢謠〉：

晝則壯矣，夜夢兒時。豈不知歸？爲夢中兒。

〈午夢初覺，悵然詩成〉：

不似懷人不似禪，夢回清淚一潸然。

〈辨仙行〉：

我夢游仙辨厥因，齋莊精白聽我云。

〈乙酉除夕，夢返故廬，見先母及潘氏姑母〉：

　　淒迷生我處，宛轉夢中尋。

〈燼餘破簏中，獲書數十冊，皆慈澤也，書其尾〉：

　　收魂天未許，靈夢夜仍飛。

〈自春徂秋，偶有所觸，拉雜書之，漫不詮次，得十五首〉之十三：

　　夢中慈母來，絮絮如何舍？

〈己亥雜詩〉第二七八首：

　　一燈古店齋心座，不似雲屏夢裡人。

夢作爲喻體，其實也是龔自珍平生處境的真實寫照。但其所象徵的情感，也是十分的複雜。一方面是理想與願望的代稱，另一方面又是作者鬱抑的情懷，在無所聊賴之際的一種慰藉。它的情感性質，既有批判現實的犀利，也有失意時的迷茫。前者是散發著劍氣的夢，後者則是懷抱著簫心的夢。洶湧如潮的夢，不免傷徹筋骨；纏綿如絲的夢，又令人迴腸盪氣，傷感不已。龔詩中的夢，是作者犀利與迷茫的多重性格的折射。

　　事實上，從上面所舉的五個例子來看，龔詩中具有「程式化」的主要喻體，仍然是圍繞著龔自珍所謂「平生意」的「劍氣簫心」打轉。而且，從各個喻體所投射出來的思想感情，也都是亦劍亦簫，狂憤中有淒切，奮進中有頹唐的。因此，龔詩中的喻體，所以會有「程式化」的趨向產生，其根源因素，也應是來自於龔自珍個人多重又相互交滲的生命態度。

參、鬱怒情深的語言作風

　　語言作風的形成，作者的主體情志是主要的決定因素。而觀察後者對前者的駕馭情形，又可從後者的生命態度與審美情趣兩個方面著手。在生命態度方面，龔自珍的集儒、俠、仙、禪與豔於一身，其中的辯證過程，前一節已論之甚詳；但從其取徑的路向來看，這樣的生命態度，儘管多重而複雜，卻又可以以「劍氣」與「簫心」這一對在內涵上，既矛盾又和諧的意象來加以概括。若從劉勰所謂「辯麗本於

情性」以及「爲情造文」的觀點出發。〔註56〕龔自珍併「劍氣」與「簫心」於一身的生命態度，已經主觀地決定了龔詩的語言作風，必將出現各自屬於「崇高」與「優美」兩個不同範疇的趣向。雖各有其側重，卻又是一個渾然無間的心靈整體的體現。

但這樣的觀察，仍衹是概略地勾勒出龔詩在語言作風上所可能採取的兩種不同趣尚；事實上，「崇高」與「優美」的趣尚之中，還有著極其豐富的表現形態。前者可能是豪宕的，也可能是高拔的；後者可能是浓豔的，也有可能是深婉的。這種表現形態的確定，纔是決定龔詩的語言作風的必要條件。這就關係到龔自珍的審美情趣了。在〈己亥雜詩〉第一一四首中，龔自珍曾對兩位前輩詩人舒位與彭兆蓀的詩風，作出評論說：

> 詩人瓶水與諤觴，鬱怒清深兩擅場。如此高才勝高第，頭銜追贈薄三唐。

詩末自注：「鬱怒橫逸，舒鐵雲瓶水齋之詩也。清深淵雅，彭甘亭小諤觴館之詩也。兩君死皆一紀矣。」龔自珍各以鬱勃感憤、不受羈束以及清峭深刻、典奧古雅，盛讚舒、彭二人的詩風，足以臻於高手之林而當之無愧。龔詩的主要旨趣，雖意在抒發個人科場失意的憤怨，以標舉舒、彭二人的詩風，貶斥一般以高官高第傲視他人的不學無術之徒。但這其中，仍然可以見出龔自珍的審美情趣所在。在〈雜詩，己卯自春徂秋，在京師作，得十有四首〉之十四中，龔自珍曾說：

> 欲爲平易近人詩，下筆清深不自持。洗盡狂名消盡想，本無一字是吾師。

這是龔自珍對自己詩歌的自我解剖。他指出自己在詩風上的深邃、含蓄，實是由於個人的想像力太豐富，思緒太敏感，始終有「幽情麗想」纏綿於心所造成的。事實上，爲了躲避當時文字獄的戕害，以致留戀

〔註56〕王利器校箋《文心雕龍校證‧情采》，明文書局，1982 年 4 月，頁205。

於文字的典雅與故實的鎔鑄，也應是龔詩所以「清深」的另一重要因素。在〈戒詩五章〉之一中，他就說：「蚤年搜心疾，詩境無人知。幽思雜奇悟，靈香何鬱伊。」龔詩的不能一目了然，應與龔自珍個人在語言作風上的力求典雅與婉曲有關。

　　再者，龔詩中的屢屢喜用「怒」字，亦可看出龔自珍個人的審美情趣。如〈又懺心一首〉：

　　　　佛言劫火欲皆銷，何物千年怒若潮。

又，〈夢得『東海潮來月怒明』之句，醒，足成一詩〉：

　　　　西池酒罷龍嬌語，東海潮來月怒明。

〈夢中作四截句〉之二：

　　　　叱起海紅簾底月，四廂花影怒於潮。

〈張詩舲前輩遊西山歸索贈〉：

　　　　畿輔千山互長雄，太行一臂怒趨東。

〈李復軒秀才學璜惠序吾文，鬱鬱千餘言，詩以報之〉：

　　　　李家夫婦各一集，數典唐宋元明希：婦才善哀君善怒，哀
　　　　以沈造怒則飛。

龔自珍以「怒若潮」、「怒於潮」，極言思緒之紛擾與花影之動蕩，以月之「怒明」及山之「怒趨」，在賦予靜態的山色與月光以動感外，還在客觀圖景中著上強烈的主觀情感。龔自珍以「善怒」稱許李學璜的詩文，正與他稱讚舒位的「鬱怒」一致，可見龔自珍對「鬱怒清深」的語言作風的推崇。

　　在〈自春徂秋，偶有所觸，拉雜書之，漫不詮次，得十五首〉之三中，龔自珍曾說：

　　　　名理孕異夢，秀句鎬春心。壯騷兩靈鬼，盤踞肝腸深。古
　　　　來不可兼，方寸我何任？所以志為道，淡宕生微吟。一簫
　　　　與一笛，化作太古琴。

這是龔自珍志在合併屈、莊二人的藝術風格於一心的自白。所謂「淡宕」，其實是與「鬱怒清深」相通的。「淡」通常都有著「清」與「深」的特徵，而「宕」也往往是「鬱怒」的結果。

因此，舒雲的鬱怒橫逸與彭甘亭的清深淵雅，不但是龔自珍個人所追求的詩風，實際上也即是龔詩的語言作風。而甚麼是「鬱怒」？甚麼又是「清深」呢？二者體現在修辭現象中，又是怎麼樣的情形呢？這是本節所要討論的重點。以下即從辭藻與辭趣兩方面，就龔詩在有關物象、意境、詞語、章句與意味等修辭現象，作一論述。

一、體物淡宕

從修辭的諸種現象來看，在描寫物象事狀上，兼用夸飾與婉曲的手法，所形成的雄宕與沖淡的語言特徵，是我們論述龔詩的語言作風時，首先要討論的。

比是龔詩最主要的藝術傳達原則，它的基本要求，是作者本身必須要有善於從物象中取材，為我所用的能力。僧虛中在《流類手鑒》中就說：「善詩之人」應該「心含造化，言含萬象，且天地、日月、草木、煙雲，皆隨我用。」〔註57〕從龔詩中有關體物的修辭現象來看，龔自珍是善於驅遣靈活變幻的豐富想像力，以神話傳說以及自然景物為材料作為喻體，以求曲盡己意的能事。

在龔詩中，如仙家雞犬、西山風伯、奇龍怪鳳、仙都玉京、蟠桃之花、琴高之鯉、姮娥織女、九關虎豹、曼衍魚龍、仙姨玉女、玉皇天宮、西方淨國與兜率宮等喻體，都同樣具有著鮮明、生動、具體的個別性。這種以夸飾為主的修辭現象，其筆下的物象，往往流利跳蕩，往來飄忽，上天下地，不易納入常軌，無事不可詩，無意不可入詩，物境翻騰而闊大。不過，在眾多物象紛陳雜出之中，往往有一個鮮明突出的物象，其目的乃在於以象徵的方式言志，或是眾物象渾化為一個完整的物境，以烘托出作者的情感。前者如〈西郊落花歌〉：

> 如錢唐潮夜澎湃，如昆陽戰晨披靡，如八萬四千天女洗臉罷，齊向此地傾胭脂。奇龍怪鳳愛漂泊，琴高之鯉何反欲

〔註57〕轉引自易蒲、李金苓合編《漢語修辭學史綱》，吉林教育出版社，1989年5月，頁211。

上天爲？玉皇宮中空若洗，三十六界無一青蛾眉。又如先
生平生之憂患，恍惚怪誕百出難窮期。

龔自珍以鋪采摛文的方式，交叉使用比法與賦法，使物象在天風海濤
之際，呈現出波濤怒飛的圖景，頃刻數十百里間，甚至潰決奔放，蛟
龍出沒其間，平夷城郭宮室而不可阻遏。

後如〈行路易〉：

江大水深多江魚，江邊何嘵呶，人不足，盱有餘，夏父以
來目矍矍。我欲食江魚，江水澀喉嚨，魚骨亦不可以餐；
冤曲復冤曲，果然龍蛇蟠我喉舌間，使我說天九難、說地
九難、跟蹌入中門。中門一步一荊棘，大藥不療膏肓頑，
鼻洟一尺何其孱？臣請逝矣逝勿還。嘈嘈舟師，三五詈汝，
汝以白晝放歌爲可惜，而乃脂汝轄；汝以黃金散盡爲復來，
而乃鞭其脢。紅玫瑰，青鏡台，美人別汝光徘徊。腷腷膊
膊，雞鳴狗鳴，浙浙索索，風聲雨聲，浩浩蕩蕩，仙都玉
京。蟠桃之花萬丈明，淮南之犬彳亍行，臣豈不如武皇階
下東方生？

在說天說地之中，物象顯豁而生動，筆力健舉，氣象雄宕，無一靡
弱字，無一尖纖語，不專尚色彩，而物色耀人。且其中都用引人刺激
的字眼，如「果然龍蛇蟠我喉舌間」、「鼻洟一尺何其孱」，化平庸
爲生新，驅實質使超脫，紛紜的物象構建出仙都玉京的擾攘蕩蕩，
以烘托出庸惡之人得勢，有志之士反而淪落的現實憤慨，最得誕宕
的意味。

但是，同是借物象以托言情意，龔詩中卻又有另一種修辭現象，
往往以委婉的手法傳達作者的中心旨趣。這一類詩中的物象，柔密細
膩，物境沖澹幽靜，雖時有刻露清秀之容，但其中每含蘊著一股作者
亟欲脫離塵世的虛無之氣，在平淡中，顯示出一種空靈。從「內容決
定形式」的觀點出發，這種修辭現象的形成，實即由於龔自珍濯足清
流，不染世塵，同權貴不合，轉而對寧靜、美好的理想境界產生憧憬
的精神的體現。其中雖不免仍有失志的憤怨存在，但其姿態是和緩

的，高蹈的，而不是高亢、激昂的。如在〈能令公少年行〉中，所用以描繪理想境界的物象，就是明顯的例子：

> 痾瘻丈人石戶農，嶔崎楚客，窈窕吳儂，敲門借書者釣翁，探碑學搨者溪僮。賣劍買琴，鬥瓦輸銅，銀針玉薤芝泥封，秦疏漢密齊梁工，佉經梵刻著錄重，千番百軸光熊熊，奇許相借錯喜攻。應客有玄鶴，驚人無白驄，相思相訪溪凹與谷中，采茶采藥三三兩兩逢，高談俊辯皆沉雄。

設色選聲，駁綠紛紅，多形狀之辭，可謂極盡體物之能事。然物象雅麗，細意琢磨，又兼比興之意；物境幽靜沖淡，細加咀嚼，情味無窮，空靈之氣愈出。以修辭效用言，或僅限於文人學士之欣賞，以作者情志言，則是士人亟思歸的理想折光。

而平淡中含刻露清秀之容者，如〈寒月吟〉之一：

> 夜起數山川，浩浩共月色。不知何山青？不知何川白？幽幽東南隅，似有偕隱宅。東南一以望，終戀杭州路。城裡雖無家，城外卻有墓。相期買一丘，毋遠故鄉故。而我屏見聞，而汝養幽素。舟行百里間，須見墓門樹。南向發此言，恍欲雙飛去。

情感自然凝煉，不似誕宕的奔放，境界幽清，色彩淡雅，又不似〈能令公少年行〉的絢麗，而是含蓄雋永之中，徐徐吐露作者心中的幽幽情緒，看似不經意，娓娓感人。

二、意境沉飛

面對嚴重的時代窒塞，蒿目時艱的志士，豈能無動於衷？但人微言輕，儘管意氣踔厲，卻終究鬱抑不得施展抱負。這種際遇，使得龔自珍的心境，始終是處在矛盾與徘徊的狀態之中。時而狂憤激盪，亟亟呼喚時代的風雷，迅即駕臨；時而屈曲自怨，頹唐情緒幾無可聊賴。在〈李復軒秀才學璜惠序吾文，鬱鬱千餘言，詩以報之〉中，龔自珍曾許以李氏夫婦的文集是：「哀以沉造怒以飛」，用這句話來形容他自己在有關意境上的修辭特徵，是最恰當不過了。

所謂「沉」，是指作者的情感含蓄深沉，若隱若顯，欲露不露，反覆纏綿，卻又終不許一語道破。它常常是以山重水復的姿態出現，將原本充沛不已的情感壓抑隱藏在心靈的深處，讓它九曲回腸，盡情旋轉，而不恣意宣洩的。之所以如此，是因爲這種鬱伊屈曲的意境特徵，往往與作者的內心憂憤糾結在一起。客觀的現實環境，既不允許作一洩千里式的修辭，自己又始終無法排解內心的鬱伊，發而爲詩，其詩境自然也就顯得沉怨繚戾了。在〈自春徂秋，偶有所觸，拉雜書之，漫不詮次，得十五首〉之十五中，龔自珍就說：

> 戒詩昔有詩，庚辰詩語繁。第一欲言者，古來難明言。姑將譎言之，未言聲又吞。不求鬼神諒，矧向生人道？東雲露一鱗，西雲露一爪；與其見鱗爪，何如鱗爪無？況凡所云云，又鱗爪之餘。懺悔首文字，潛心戰空虛。

欲言又難以明言，將譎言而言，卻又未言聲已吞，這種屈曲繚戾的回旋情感，正是龔詩在意境上往往呈現悲怨沉鬱的主因。如前揭詩之十三：

> 曉枕心氣清，奇淚忽盈抱。少年愛悱惻，芳意嫭幽雅。黃塵澒洞中，古抱不可寫。萬言摧燒之，奇氣又瘖啞。心死竟何云？結習幸漸寡。憂患稍稍平，此心即佛者。獨有愛根在，拔之暮難下。夢中慈母來，絮絮如何舍？

情感回旋紆折，時時柳暗花又明，卻又在一正一反的辯證中，越來往下沉，意境也越來越悲鬱。

詩境的沉哀，往往又與情感的深厚之間，有著密切的關係。所謂深厚，是指詩的情感忠厚、誠實，沒有半點虛僞與矯飾而言。唯其作者情感深厚，纔會喜愛趨於蘊藉的修辭手法。而蘊藉的修辭現象，正是意境所以沉的原因所在。再者，深厚的情感，往往是植根於作者日常生活最底層的親切體驗，既是來自最深層，其意境自然也就必然是深沉的。如〈秋心三首〉：

> 秋心如海復如潮，但有秋魂不可招。漠漠鬱金香在臂，亭亭古玉佩當腰。氣寒西北何人劍？聲滿東南幾處簫？斗大

> 明星爛無數，長天一夜墜林梢。

> 忽筮一官來闕下，眾中俯仰不材身。新知觸眼春雲過，老
> 輩填胸夜雨消。天問有靈難置對，陰符無笑勿盧陳。曉來
> 客籍差夸富，無數湘南劍外民。

> 我所思兮在何處？胸中靈氣欲成雲。槎通碧漢無通路，土
> 蝕寒花又此墳。某水某山迷姓氏，一釵一佩斷知聞。起看
> 歷歷樓台外，窈窕秋星或是君。

其一以秋天譬喻自己悲涼的心境，以秋魂比喻自己飄零的身世，慨嘆
操美德重，志詞情深，卻不容於朝廷，獨自淪落，殘魂難招；其二寫
官微職卑，理想難酬，卻又新知交淺，老輩凋玲，世乏知音，孤獨無
伴；其三以寒花、秋星自喻，認為既遭棄置，則與謝世無異，欲與山
水長相為伴，隱沒一生。感情深厚而頓挫，纏綿而委婉，意境沉造而
悲鬱，是精致的律詩佳作。

怒飛與沉造不同，後者有如海底潛流，雖是暗潮洶湧，海平面上
卻是無風無浪，它是作者沉思默處，憂憤填膺時的心境寫照。而前者，
則彷彿是火山爆發，塵煙衝上雲霄，岩漿奔流而下，它是作者無法壓
抑內心的激盪，憤氣噴薄而出，意欲思奮的心境寫照，是淒切之後的
狂憤發洩。這在龔詩中，每每見之。如〈三別好詩〉之二：

> 狼藉丹黃竊自哀，高吟肺腑走風雷。不容明月沈天去，卻
> 有江濤動地來。

對於人才的淪落，龔自珍在〈秋心〉之一中的心境，是「斗大明星爛
無數，長天一夜墜林梢」的沉哀，其所流露的是簫心式的淒切與蒼
茫，但在〈三別好詩〉中，則表現出一種不屈不撓，不牽就現實的氣
概。他不容許人才就此凋零下去，要振作起精神，重新呼喚風雷的到
來。詩中所流露的，是作者一種不甘雌伏的昂揚劍氣，故其意境是怒
而飛的。

可見作品意境的怒飛，又與作者鬱勃的精神相結合一起。在雖幽
怨卻又心襟仍然浩蕩的作者心中，他一直存在著一股不甘就此消沉的

情感，不容許明月就此沉落下去，要揮起魯陽之戈，阻止太陽的西沉。因此，當他其心境處在肅然凝思的情況時，迅即轉而爲豁然開朗的心情，不僅讓幻想馳飛而去，不再自哀自憐，而且讓長期醞釀於心靈深處的劍氣再度噴薄而出。唯其心怒而飛，所以能不期而然地開展出廣闊飛動的境界。唯其超邁不凡，所以能把視線與心情都集中在罕見的幻想之上。而其所塑造的意境，也就顯得元氣十足，讓人有怵目驚心的感受。龔詩中著有「風雷」一語的詩作，其詩境大底都呈現怒而飛的境界。如〈己亥雜詩〉第四五首：

> 眼前二萬里風雷，飛出胸中不費才。枉破期門佽飛膽，至今駭道遇仙回。

又，第一二五首：

> 九州生氣恃風雷，萬馬齊瘖究可哀。我勸天公重抖擻，不拘人格降人才。

而在第三一二首，這種怒而飛的境界，更呈現出一種充溢於宇宙之間，遼闊而奇麗的劍氣之美：

> 古愁莽莽不可說，化作飛仙忽奇闊。江天如墨我飛還，折梅不畏蛟龍奪。

長期沉鬱的情思漫天蓋地，這是龔自珍失意的愁緒。但在江天沉沉的危機四伏中，他卻居然賈勇而歸，還以折梅，表示自己永保芬芳惻悱的自誓，無懼於橫行無忌的蛟龍。在浩浩蕩蕩的江天中，人在飛，雪在飛，境界除是遼闊外，還有一份蓬勃的生氣，這就是因怒而噴薄而出的飛了。

三、詞語奇古

　　詩中的物象與詩境本身，能否生動活潑，情景交融？其主要關鍵都繫在詩句本身的能否錘煉成功上面。換言之，作者主觀情思與作品所表現的生活意象化、生動化與縱深化與否，都只有煉出具體生動，富於美學意義的字句，才會產生感染的藝術魅力。

　　由於在不同的語言作風規範之下，其錘煉的技巧以及趣尚，也會

隨之而有所不同。修辭與作風，就如同影之隨形，響之應聲一樣，何種作風，則用何種之辭與字，兩者前後是趨於一律的。龔自珍在字句的錘煉趣尚方面，基本上也在他鬱怒情深的語言作風的要求之下，呈現出亦奇亦古的修辭特徵。這兩種各有趣尚的修辭現象，前者往往可見作者「語不驚人死不休」的煉字氣概，詞語多奇而健，後者則純以意境為主，古色古香，令人志遠，其詞語本身則多具有古雅淵深的趣尚。

在奇健的錘煉方面：

以數量詞為例，龔詩中對數量詞的錘煉，往往能化無味為有致，使全詩氣機流暢，平添一份奇味。如〈行路易〉中的「三寸舌，一枝筆，萬言書，萬人敵，九天九淵少顏色」，連續排比五個數量詞的句子，寫自己直言切諫，力大無比，足以驚天動地，使人為之失色。筆力奇健，化板滯為流動，是善於鍛煉字句的結果。又如〈奴史答問〉中的「朝韰一卮，五百學士偷文詞。暮酒一杓，四七辨士記崖略」及「日籍酒三五六斤，苦韰亦三斤」，〈辨仙行〉中的「魯史書秋復書春，二百四十一寅陳，夷皇五伯升且淪」，雖出之以散文句法，卻能夠將枯燥無味的數，錘煉得奇崛而有情味，在俯仰之間，俱見作者失意的情懷。在〈己亥雜詩〉第二一一首中，也同樣借著虛擬的數字，以示歸隱之意的堅決：

> 萬綠無人嘒一蟬，三層閣子俯秋煙。安排寫集三千卷，料
> 理看山五十年。

「萬綠」與「一蟬」對比，寫自己在死氣沉沉的局面之中，潔身自高，獨鳴無儔。而「一蟬」又與「三千卷」遙相呼應，後者又與「五十年」緊粘，在虛擬的數量詞中，作者將餘生寄意於寫作與歸隱的堅決，皆見於言外。

即連傷悼之作，龔自珍亦往往驅遣數字，化平淡為奇特，數字本身所蘊含的即是作者心中無限的感念。如〈元日書懷〉：

> 癸秋以前為一天，癸秋以後為一天；天亦無母之日月，地

亦無母之山川。孰贏孰絀孰付予？如奔如雷如流泉。從茲
若到七十歲，是別慈親卅九年。

又〈己亥雜詩〉第一九六、一九七兩首：

一十三度溪花紅，一百八下西溪鐘。卿家滄桑卿命短，渠
儂不關關我儂。

一百八下西溪鐘，一十三度溪花。是恩是怨無性相，冥祥
記裏魂朦朧。

在形容詞的錘煉方面，化抽象爲具象，變無形爲有形，使人如聞
其聲，如見其影，如觸其物，如歷其境，亦往往奇特非凡，達到感通
的妙用。如〈行路易〉：

膈膈膊膊，雞鳴狗鳴，浙浙索索，風聲雨聲，浩浩蕩蕩，
仙都玉京。蟠桃之花萬丈明，淮南之犬彳亍行。

連續排比三個疊用的形容詞，寫京師朝廷，醉生夢死，庸輩充斥，形
勢危急。龔詩中諸如此類的例子，亦復不少。如〈嗚嗚硈硈〉：

嗚嗚復嗚嗚，古人誰智誰當愚？硈硈復硈硈，智亦未足重，
愚亦未可輕。

又，〈人草稿〉：

陶師師媧皇，摶土戲爲人，或則頭帖帖，或則頭顒顒。

〈秋心三首〉之一：

漠漠鬱金香在臂，亭亭古玉珮當腰。

以疊字之法，摹景寫情，音調抑揚，氣格整暇，悉在其中。

以動詞的錘煉爲例。在所有的詞性中，眞正能夠使意象去熟生
新，氣勢頓宕，而情韻回旋的，主要是表動態的具象動詞。如〈三別
好詩〉之二：

狼藉丹黃竊自哀，高吟肺腑走風雷。不容明月沈天去，卻
有江濤動地來。

二、四句中的「走」與「動」二字，化靜爲動，造語奇特，將作者不
甘雌伏的情態活現紙上。

又如〈夢中作四截句〉之二：

> 黃金華髮兩飄瀟，六九童心尚未消。叱起海紅簾底月，四
> 廂花影怒於潮。

末句以「怒」寫花影，動詞兼攝形容詞，更是比喻非凡，想像奇特，
將無聲幽暗的花影，寫得繪聲繪色，氣象萬千，充滿活力。而〈逆旅
題壁，次周伯恬原韻〉一首，更以「驚」、「戀」二字深刻繪出衰世人
心的麻木與不思振作：

> 秋氣不驚堂內燕，夕陽還戀路旁鴉。東鄰矮老難爲妾，古
> 木根深不似花。

在古雅的錘煉方面：

在〈己亥雜詩〉第七五首中，龔自珍曾說：「一能古雅不幽靈，
氣體南躋作者庭。」認爲「古雅」與「幽靈」兩種氣體，是躋上詞家
之林所必備的。事實上，除了奇健之外，龔詩的詞語特性，也有其古
雅幽靈的一面。〈戒詩五章〉之一的「幽想」與「靈香」，落實在詞語
的錘煉上，就是這種韻味雋永，意境雅致的「古雅」與「幽靈」。

在語態上，古雅基本上是文靜的。它沒有靡辭豔句，也沒有俚諺
村語。它喜愛古色古香，而不隨俗浮沉。它有一點像三代的鼎彝、秦
漢的印璽和六朝的碑碣，雖全無修飾，卻又令人感覺可愛，玩味不
已。﹝註58﹞它與新巧有別，與灑脫相違，與峻切相左，是一種士大夫
式的空靈情趣。如〈紀遊〉：

> 春小蘭氣淳，湖空月華出。未可通微波，相將踏幽石。一
> 亭復一亭，亭中戶曛黑。千春幾葦來，何況嬋媛客？離離
> 梅綻蕊，皎皎鶴梳翮。

又〈世上光陰好〉：

> 靜原生智慧，愁亦破鴻濛。萬緒含淳待，三生設想工。高
> 情塵不滓，小別淚能紅。玉苗心苗嫩，珠穿耳聰明。芳香
> 箋藝譜，曲蠱數窗櫳。

詞語雍容雅馴，色彩淡雅，情感徐緩舒展，詩境在幽麗中，流露出一
股空虛，讀之往往令人的情感得到陶冶、淨化與提昇。

﹝註58﹞ 朱傑勤《龔自珍研究》，臺灣商務印書館，1972 年 3 月，頁 94。

四、章句橫密

在章句脈絡上，龔詩也同時兼具有橫逸與細密的兩種修辭特徵。章句橫逸是前文談到的情思怒飛在結構上的表現，而脈絡細密，則是沉哀的體現。橫逸的章句對詩而言，往往像小說那樣以情節出奇取勝，又像戲劇那樣層層衝突不斷展開，章句之間的跨度性極大，有明顯的變化，往往以大筆著墨，粗筆鉤勒，予人痛快淋漓的感受。在龔詩中，作者往往借著「單行之神，運排偶之體」，造成章句橫的藝術效果。如〈西郊落花歌〉：

> 如錢唐潮夜澎湃，如昆陽戰晨披靡，如八萬四千天女洗臉罷，齊向此地傾胭脂。奇龍怪鳳愛漂泊，琴高之鯉何反欲上天為？玉皇宮中空若洗，三十六界無一青蛾眉。又如先生平生之憂患，恍惚怪誕百出難窮期。

而在長短句的安排上，更是參差錯綜，「霸氣」十足。在〈奴史答問〉中，二言的如「奴言」，三言的如「出無車」、「入無姝」，四言的如「朝豭一厄」、「暮豭一厄」，五言的如「朝誦聖賢文，夕誦聖賢文」，六言的如「主人朝臒夕腴」、「十赴波而海赴」，七言的如「五百學士偷文詞」、八言的如「包山老龍讒不得歸」，九言的如「長安無客不踏主人門」，十言的如「奴不信主人行藏似誰某」，十一言的如「尚不見主人之眉髮美與醜」，十四言的如「又能使大荒之山麒麟之角移贈狗」，純出之以散文句法，短僅二言，長達十四言，縱橫交錯，橫逸之姿如龍蛇盤繞。

詩脈的橫逸，固然有賴於物象如波瀾般的層層展開，以及長短句的參差錯縱，但是，虛詞的靈活運用方式，也是不可或缺的修辭技巧。如〈行路易〉中的「豈不」、「亦不可以」、「果然」、「何其」、「而乃」，〈奴史答問〉中的「但見」、「尚不見」、「惟聞」、「又聞」、「又能」等虛詞，對於詩境的開展，音節的抑揚頓挫與前後章句的策應，都起了關鍵的作用。

而在脈絡細密方面，它主要是應該扣合情感的波瀾，運用各種藝

術手法，突出意境的中心，以達到各個形象均能和諧的畫面，如此一來，詩歌中所流露的作者情感，也才能夠精微細密的展示開來。如〈題盆中蘭花四首〉之一：

> 憶昨幽居絕壁下，漠漠春山罕樵者。薛荔長爲苦竹衣，鵜
> 鶘誤就鼪鼯舍。天榮此魄不用媒，可憐位置費君才。珍重
> 不從今日始，出山時節千徘徊。

這一首詩的物象和作者情意的融合，是層層逐漸展開的。隨著典型性物象的逐步揭示，在複沓紆迴的雙關語意之中，作者隱藏其中的深切意蘊，也逐步吐露。對「長爲苦竹衣」與「誤就鼪鼯舍」的悔，雖烘托出「不用媒」的自在與可貴，「可憐位置」卻又襯顯獨立成長時的冷遇，形象畫面渾然一體，而又故作蓄勢，引出早已盤旋在作者心中那份徘徊不決的猶豫心情。

五、意味悲辛

龔詩兼具鬱怒與清深的語言作風，在辭趣上，也形成了悲辛的意味特徵。往往冷中有熱，柔中帶剛，屈中帶強，在平淡之中，隱含著辛辣的諷刺味道，在光滑的背後，有著尖銳的芒刺，表面上看似褒揚，實是寓貶於褒。如〈十月廿夜，大風不寐，起而書懷〉：

> 名高謗作勿自例，願以自訟上忍平生親。縱有噫氣自填咽，
> 敢學大塊舒輪囷？

龔自珍明白自己的遭謗，是因爲嘲諷權貴，抨擊時政所致，但是中傷的流言蜚語又如此教人無法辯駁，所以祇好將滿腔的怨憤吞咽心中。其實，這是憤淚之辭，名抑實揚，是說自己非像大塊噫氣爲風那樣，是不足以抒發胸中不平之氣的。在〈釋言四首之一〉中，他就說：

> 東華環顧愧群賢，悔著新書近十年。木有文章曾是病，蟲
> 多言語不能天。略耽掌故非匡濟，敢侈心期在簡篇。守默
> 守雌容努力，毋勞上相損宵眠。

此詩表面上是自愧、自悔與自解之作，其實是採用反語，曲折地傳達了自己不甘雌伏的奮鬥精神。龔自珍的試圖努力，終究還是會使「上

相」們輾轉難眠的。

　　這種語悲含辛的辭趣，在〈寒月吟〉之二中，更是流露無遺：

　　　勞者本庸流，事事乏定識。朴愚傷于家，放誕忌于國。皇
　　　天誤矜寵，付汝憂患物。再拜何敢當，藉以戰道力。何期
　　　閨闥中，亦荷天眷別？多難淬心光，澠勉共一室。憂患吾
　　　故物，明月吾故人。

原本是個人的堅持，卻說成不知難而退的毫無果決之心；明明是上天
對自己的懲罰，卻強說是祂的誤加矜寵，把憂患當作禮物賞賜下來。
而又何其幸運，妻子也跟著自己蒙受上蒼的特殊眷顧。在隆重拜謝
後，衹好攜同妻子借著憂患來磨煉道力了。在瀟灑背後，實含著龔自
珍無盡的悲憤與辛辣的芒刺。

　　而在〈己亥雜詩〉中，如第三首的「終是落花心緒好，平生默感
玉皇恩」，第十一首的「君恩殼向漁樵說，篆墓何須百字長」，第十二
首的「掌故羅胸是國恩，小胥脫腕萬言存」等，也都是挖苦的反語，
表面上說不所怨恨，感恩不盡，實都是奚落之詞。

肆、雄奇哀豔的氣質格調

　　文本的氣質格調，是作品整體面貌上的呈現，從主觀成因而
言，它實是作者心理機制的總體釀造，是主體情志在趣尚方面的雕
塑，換言之，它是作者的「個性」體現在文本的總體相。所謂「個
性」，主要是指作者的識見、情趣、格調與氣勢而言。這是除了情感
基調、傳達特徵與語言作風之外，另一瞭解龔詩的文本形態的重要切
入點。

　　從以下的論述，我們將會發現龔詩的氣質格調，遠較龔文所呈
現的，多重而複雜許多。這主要是文體在審美主體上的性質有異使
然。自從陸機以後，詩體的「緣情」成分漸漸成為一種「強勢」，與
「言志」相比，它具有較鮮明的心理與生理的趣尚。換言之，前者
較後者更富於個性，較偏向「獨善」，以致作者的生命態度，往往能
夠較儘情的反映在作品中，而後者因本身的倫理傾向較鮮明，較偏

向於「兼濟」，作者的個人情感往往隱藏在對社會情感背後，成為一種弱勢，而此正是傳統的散文體的主流。尤其宋以後，在「言志」幾等於「明道」的情況下，更是明顯。此所以同是屬於同一作者的生命態度的外現，而龔詩在氣質格調上，卻顯較龔文多重複雜許多的緣故。

一、識見

作者在器識上的高低廣狹，是文本形成一定風格的重要主觀條件。劉熙載在《藝概》中就說：「文以識為主。認題立意，非識之高卓精審，無以中要。才、學、識三長，識尤為重要。」〔註59〕

從風格構成的心理條件來看，龔自珍在識見趣向上的徘徊壯志凌雲與風懷旖旎之間，正是形成龔詩在氣質格調上，兼具雄奇與哀怨的最好說明。在〈己亥雜詩〉第一三五首中，龔自珍回顧從出仕到歸隱的平生經歷時就說：

> 偶賦凌雲偶倦飛，偶然閒慕遂初衣。偶逢錦瑟佳人問，便說尋春為汝歸。

由於時代亟需變革，起積弊於沉痼的情勢急迫，龔自珍不僅將由傳統所承繼而來的「劍氣」，作為個人「內美」的象徵，更乾脆將之視為「平生意」。而且，由於這種「劍氣」與變革當時的「風氣」息脈相通，其思想內涵本身也就特別的豐富，充滿了生氣盎然的現實感與歷史使命。它在政治改革上，要呼喚「大音聲起」的時代風雷；在社會思潮上，要力挽相襲成風的「頹波」；在學術研究的領域裡，要提倡與實踐「天地東西南北之學」。它是「高吟肺腑走風雷」的人生，是期望開創嶄新風氣的人生，也是一種莫之能禦，「來何洶湧須揮劍」的浩然之氣，具有著排擊黑暗的強大力量。這種上沖斗牛的凌雲劍氣，與他個人的狂言結合在一起，全面地反映了清朝嘉、道時期的社會現實，對社會要求改革的惰性以及障礙進行了深刻的剖析。

〔註59〕劉熙載《藝概・文概》，廣文書局。

　　值得注意的是，從意象的審美感受來看，呼喚「大音聲起」的風雷本身，離不開雷霆萬鈞的強烈震憾；力挽「頹波」的本身，就是一種魯戈回日的壯美感受，而所謂「天地東西南北之學」，更具有一種縱橫天地東南西北的廣漠與蒼茫。因此，儘管龔自珍的理想終究是「惘然」的，是「壯志未酬」的，但龔詩的氣勢，則仍是磅礡而悲壯的，自始至終它都有著一強猛的共感力量，使人們產生一種持久而強烈的審美感受，將審美對象的有限觸發，化成無限的心靈沉思。梁啟超的「觸電」說，正可以說明龔詩在識見上的深刻內涵，是形成雄奇的氣質格調的原因之一。

　　龔自珍雖然懷抱著儒者的經世濟民，又有俠客的跌宕不羈，但畢竟一事無成，徒留蒼涼而已。在政治理想幻滅之後，呼喚「風雷」的現實使命，轉為「選色談空」的「幽情麗想」，委頓在「溫柔鄉」中，「借銷英氣」。在學術領域上的「天地東西南北之學」，也轉而為「狼藉丹黃」的考據校勘之學。這種「簫心」的內涵，是嚴峻的現實中沉埋萬恨的結果，它雖也有憂國憂民的一面，但它畢竟是喜愛風花的「選色」人生，是「借瑣耗奇」的人生，是「不忘東南曼妙山居」的人生，也是一種旖旎纏綿，如怨如慕的落花人生。從意象的審美感受來看，這些都不足以喚起壯美的感受；「風花」是旖旎而豔麗的，縱使英氣十足，也祇是「指揮小婢帶韜略」罷了；「丹黃」雖則顏色斑爛，卻是毫無生命的構建；「東南」是清秀的，卻是龔自珍失意境遇的代稱詞；而「落花」的綺綺灕灕，更是哀豔人生的象徵。從風格的心理構成因素來看，這種偏向「哀豔」的心靈沉思，與具有著磅礡震撼的「雄奇」見識交滲的結果，就不難想像龔詩的氣質格調的面貌為何？

二、情趣

　　情趣主要是由作者審美情感的旨趣與其情緒狀態所組成。作者特定的審美情感在作品中具有一定的表現形態，這就形成了文體風格中

的情趣。

首先，在審美情感的旨趣方面，龔自珍也是兼得亦壯亦憂的雄奇哀豔之美的。明明是得於陰柔之美的落花景象，在龔自珍的眼中，卻是奔騰浩渺，激昂排蕩的壯麗場面：

> 如錢唐潮夜澎湃，如昆陽戰晨披靡；如八萬四千天女洗臉罷，齊向此地傾胭脂。

落花是生命的終結，其物象不能說不豔麗，而其本質更是悲哀的；但龔自珍卻賦予它如波濤壯闊般的氣勢，在飄零之姿中，有一分飛舞迴旋的態勢，這就是寓雄奇於哀豔之中了。

同樣是垂垂老矣的枯樹，龔自珍的枯樹，一反庾信〈枯樹賦〉中的蕭瑟蒼涼情調，賦予它一臂撐天的雄奇姿態：

> 西牆枯樹庇縱橫，奇古全憑一臂撐。

枯樹也同落花一樣，是生命終結的物象，其本質仍然是蕭瑟悲涼的；但龔自珍卻從縱橫不拘的枝姿，看出它奇古挺拔之勢不減從前，而不忍斧去。這是通過體物的移情過程，傳達了他兼具悲涼與奇古的審美情趣。

而美人的意庇，原是以纖柔傾向為基調的；但龔自珍卻說：「美人才調信縱橫，我亦當筵拜盛名。一笑勸君輸一著，非將此骨媚公卿。」也同樣說明龔自珍的審美情趣，是以兼具雄奇與哀豔為理想的。他對陶淵明的評論，就更能說明他個人交織著劍氣與簫心的二重性的審美情趣。在〈己亥雜詩〉第一三〇首中，他就說：

> 陶潛酷似臥龍豪，萬古潯陽松菊高。莫信詩人竟平淡，二分梁甫一分騷。

指出了陶淵明有其「平淡」的一面之外，更有著屈原與諸葛亮的遠大抱負與熾熱情感。這是對古人正確且全面的評價，也可以說是龔自珍將個人的深沉抱負寄寓在其中。它有著「怨去吹簫」的一面，也有著「狂來說劍」的一面。它交織著「狼藉丹黃竊自哀」的「怨」，與「高吟肺腑走風雷」的「狂」。

　　由於作者的審美情趣，既要用熾熱的情感催發想像，又要對意象進行理性的分析；既要覓取能夠表明自己真性情的典型，又要描繪出形成所以如此的關鍵所在。因此，儘管作家由於生平的階段性不同，以及作品因不同構思而形成萬象紛紜的情形，但其審美情趣的主流卻始終是一貫的。所以，從審美意象來看，儘管是千絲萬縷，龔自珍的美學情趣不外是徘徊在亦劍亦簫，或壯或憂，或狂或怨的「雄奇」與「哀怨」之間。從這樣的審美情趣出發，便不難發覺龔詩的氣質格調的由來。

　　其次，在作者的情緒狀態方面，龔自珍「哀樂過人」的情緒特徵，也是從心理構成，瞭解龔詩所以兼具雄奇與哀艷的氣質格調之所在。在〈琴歌〉之中，他就說：「之美一人，樂亦過人，哀亦過人。」在〈寒月吟〉中，他也說：「我生受之天，哀樂恆過人。」這種鮮明而強烈的情感特徵，一旦遭遇個人理想的幻滅時，其所顯現的情緒狀態，就是「來何洶湧須揮劍」的「怒若潮」，與「去尚纏綿可付簫」的飄忽恍惚。他一方面渴望「九州生氣恃風雷」的理想能夠付諸實現，一方面又陷溺在「萬馬齊瘖究可哀」的悲情之中。但風雷的喚起，是需要銳意進取的人才，如此一來，龔自珍的壯志未酬，也就使他不能不因為人才的棄置而感到悲憤，也不能不因為自己的富有終、賈才華而意氣難平。怨懟現實環境的污濁，其本身就涵蓋著對自己才能的自信與褒讚。對人格美的自豪，有如劍氣的昂揚，由於受到排擠而引起的自慨，則有如簫心的鬱憤。從這種亦壯亦憂的情緒狀態出發，龔詩的氣質格調也就自然呈現出一種亦雄奇亦哀怨的面貌。

三、格調

　　格調主要是指作者人格在作品中的外現。文本的氣質格調，既是作者心裡機制的總體相，上面也就必然打上作者在人生態度上的印記。

　　如前所論，龔自珍在人生的態度上，是集儒、仙、俠、禪與艷

於一身的。事實上，其本身的氣質格調就已兼具了雄奇與哀豔的形態。在〈己亥雜詩〉第九一首的自注中，他就說：「凡騶卒，謂予燕人也；凡舟子，謂予吳人也。」若說「燕人」的格調，是偏向於「劍氣」式的「雄奇」，那麼，「吳人」也就是偏向於「簫心」式的「哀豔」了。

陳元祿在〈羽珡逸事〉中就有幾則記載，適足以說明龔自珍兼具凌厲發飆與柔情旖旎的性格：

> 公廣額巉頤，戢髯炬目，興酣，喜自擊其腕。

> 善高吟，聲淵淵若金石。

> 公與同志縱談天下事，風發泉湧，有不可一世之意。

這種「風發泉湧」，高談縱論，加上亦狂亦俠的神情姿態，確是雄奇之極。然而，他又有飄逸綺麗的一面：

> 公童時居湖上，有小樓在六橋幽窈之際。嘗於春夜梳雙丫髻，衣淡黃衫，倚欄吹笛，歌東坡〈洞仙歌〉詞，觀者豔之，爲作〈湖樓吹笛圖〉，以紀其事。〔註60〕

程金鳳評龔詩說：「聲情沉烈，惻俳猷上。」〔註61〕依龔自珍自己的說法，即是「哀以沉造怒則飛」。這仍然是兼具雄奇與哀豔之美的。而所謂「惻俳猷上」，簫心確是「惻俳」的，但有時發而爲憂國憂民的蒼涼激越，則又是「憂」中有「壯」的。「風發泉湧」的劍氣，也的確算得上「猷上」，但對晚年的龔自珍而言，劍氣早已沉埋，祇能委頓於「溫柔鄉」中「借銷英氣」，則又是「壯」而兼「憂」的。

四、氣勢

氣勢，是作者在心理機制上的活動強度，速度以及靈活度在作品中的外現。從風格構成的心理因素來看，它也有一定的決定作用。

〔註60〕見陳元祿《羽珡逸事》，轉引自《資料集》，頁55、56。

〔註61〕程金鳳《己亥雜詩書後》，轉引自《資料集》，頁69。

　　龔詩的形象與意境，往往倏忽之間，萬象出沒，流動變幻，似在此而又不在此，不在此而又似在此，令人難以實際把握。程金鳳就說龔詩：「變化從心，倏忽萬匠，光景在目，欲捉已逝，無所不有，所過如掃，物之至也無方，而與之也無方。」從風格構成的心理因素來看，這些與龔自珍的才思敏捷，頭腦機靈，反應快速有密切的關聯。

　　龔詩中喜用「怒」字，如「四廂花影怒於潮」、「幽夏靈氣怒百倍」、「東海潮來月怒明」、「太行一臂怒趨東」、「哀以沉造怒則飛」、「何物千年怒若潮」。《莊子》一書中善用「怒」字，從龔自珍與莊子間承繼關係來看，這自然是修辭手法上的步武；但亦不妨將之視為他個人在心理機制上的反應特徵。

　　所謂「怒」，並不單是指情緒活動的強度而言，在「狂」之後，情緒是陷入一連串迴腸盪氣的「幽怨」之中的。在〈又懺心一首〉中，對於「何物千年怒若潮」的自設之問，龔自珍就說是「來何洶湧須揮劍，去尚纏綿可付簫」的「幽光狂慧」。可見「怒」在表現形態上，是兼具雄奇的「狂」與哀怨的「幽」。「狂來擊劍」是怒，「怨去吹簫」也還是離不開愁。

　　龔自珍一生多奇氣，其詩中亦屢屢自言有奇氣。如「幽想雜奇悟，靈香何鬱伊」、「遂挾奇心怘縹渺，別以沈痼搜纏綿」、「奇氣一縱不可闔」。龔自珍所自矜的「奇氣」，就文學的創造活動而言，它實際上即是一種豐富的聯想力，是靈敏的心靈活動的代稱，所謂「縹渺」與「不可闔」，都指向龔自珍在〈神思銘〉中所說的「離故實，絕言語」的心理活動。這種靈活的心理活動特徵，是一種「漫漫漠漠，幽幽奇奇」的境界。在龔詩中，也就是具有「哀豔」特質的「幽情麗想」，與傾向「雄奇」的「雲情煙煙想」。這種縱橫飄忽的心理活動，對龔詩在修辭手法上的錯綜複雜，以及氣質格調上兼具雄奇與哀豔之美，都有一定的決定作用。

第三節　整體評價的研究

　　龔詩的思想性與藝術性，彼此是頗能夠相得益彰的，但這袛是就龔詩言龔詩而已；評價文學作品，除了要站在作品本身設身處地之外，還要站在時代與歷史的綠上，測量它的重要性在那裡？纔能得到較爲客觀的評價成績。歷來論者對龔詩褒揚者有之，詆毀之亦有之。褒者未必眞能看見龔詩的好處，詆毀者或許也能提供另一個新的省思空間。如同龔自珍在「經世致用」之學上的喜用「古時丹」一樣，今天我們要了解龔詩的現實意義，取其精華，去其糟粕，從而達到古爲今用的目的，也必須考察前人對龔詩的評價，以明確其貢獻，也了解其侷限與錯誤。

壹、有關思想性的評價

一、前人評價的檢討

　　在思想內容方面，最早對龔詩作出評價的應是王芑孫。龔自珍在廿六歲時，曾出示詩文各一冊，就教於當時耆宿王芑孫。王氏在覆書中，善盡諍友之義說：「詩中傷時之語，罵坐之言，涉目皆是，此大不可也。」〔註62〕張祖廉在《定庵先生年譜外紀》的後記中，卻對王說表示了不同的看法：「特先生奇氣鬱蟠，才氣縱橫，根柢百氏，發爲文章，初非佗傺無聊兀傲自熹者可比，故不容執繩墨以相切磨。」〔註63〕王氏或居於諍友之義，或未眞正體會到龔自珍的憂危情懷，但所謂「傷時之語、罵座之言」，實反面襯顯出龔詩所具有的風人之旨。而張祖廉結合著龔自珍個人的「奇氣鬱蟠」，爲龔詩迴護，則不失爲設身處地之論。

　　事實上，前人從思想內容上肯定或否定龔詩的，大抵都立基在這兩個觀點上，作出評價。鈕樹玉在〈龔君率人出示詩文走筆以贈〉一

〔註62〕見氏著《覆龔瑟人書》，轉引自《資料集》，頁7。
〔註63〕轉引自《資料集》，頁8。

詩中就說：

> 大雅久不作，斯文日惝恍。蛙聲與蟬噪，傾耳共嗟賞。浙
> 西挺奇人，獨立絕俯仰。萬卷羅心胸，下筆空依仗。……君
> 今方盛年，負志多慨慷。大器須晚成，良田足培養。〔註64〕

也結合著「獨立絕俯仰」的氣質，指出龔詩在旨趣上「多慨慷」的特
徵。梁章鉅在《師友集》中，也對於讀者每嫌龔自珍「語多觸忌」一
事，提出說明：

> 渤海佳公子，奇情若老成。文章忘忌諱，才氣極縱橫。正
> 約風雲會，何緣露電驚。舊時過庭地，忠孝兩難成。〔註65〕

龔自珍曾有〈嗚嗚磑磑〉之作，詩中曾針對「忠孝兩難成」的問
題，作了深刻的反省。梁氏能在「奇氣」之外，為龔詩的諷諭之旨
提出新的根源因素，比起張、鈕二氏，實更進一步，不失為知龔自珍
的人。

　　而歷來咸認為是龔自珍化身的程金鳳，在〈己亥雜詩書後〉更
說：

> 天下震矜定庵之詩，徒以其行間璀璨，吐屬瑰麗；夫人讀
> 萬卷書供驅使，璀璨瑰麗何待言？要之有形者也。若其聲
> 情沉烈，惻悱獻上，如萬玉哀鳴，世鮮知之。抑人抱不世
> 之材與不世之奇情，及其為詩，情赴乎辭，而聲自異，要
> 亦可言者也。〔註66〕

對於向來稱揚龔詩的人，僅著重它字裡行間所煥發的瑰麗色彩，程氏
認為這是「讀萬卷書供驅使」的自然結果，不足為奇。反而，龔詩的
「聲情沉烈，惻悱獻上，如萬玉哀鳴」，纔是作者的旨趣所在，卻為
「世鮮知之」。觀龔自珍一生「舍天下之樂，求天下之不樂」，志在「平
人鬼之所不平」，視文學一科為末技，又不欲以此名家。然則，程氏
的這番論述，不僅符合了龔自珍「一簫一劍平生意」的行跡，也揭示

〔註64〕轉引自《資料集》，頁9。
〔註65〕轉引自《資料集》，頁16。
〔註66〕轉引自《資料集》，頁69。

了龔詩在思想內容上，所有的「萬玉哀鳴」的諷諫之意。

常州派論詩文一向講究「微言大義」，此尤以推尊詞體的「意內言外之旨」爲甚。譚獻在〈明詩〉中，就從同樣的學派宗旨出發說：

> 今海內多事，前五十年之文章，已可測知。蓋賢者如汪容父、龔定庵、周保緒諸君子，智足以知微也。〔註67〕

則又以「知微」，強調龔詩的諷諫之意。

從「知微」的觀點看龔詩的大有人在。胡懷琛在《中國文學史概要》中就說：「默深文與定庵詩文皆爲亂世文學的預兆。清末文壇劇變，龔、魏早開其端。」〔註68〕也能從時代與文學的互動關係，看龔詩的思想內容。

但是，章太炎對於足以「知微」的龔詩，卻有完全不同的看法。在〈箴新黨論〉中，他就說：

> 生長貴游，憑藉家世，一端之長，足以傾動朝野，自謂與國家同休戚，不敢有貳，而學術未具，徒能詩歌，所賦不出佩蘭贈芍之詞，所擬不離鳴鵙啼鵑之狀，而又挾其惰性，喜逐狎邪，燕私之情形於動靜，則有父朝宗兄定庵者。〔註69〕

在〈校文士〉中，對於後生信龔自珍之「狂耀」，而「以爲巨子」，章太炎更說：

> 誠以舒縱易效，又多淫麗之詞，中其所嗜，故少年靡然成風。自珍之文貴於文士，而文學塗地垂盡，將漢種滅亡之妖耶？〔註70〕

章氏的這番話，可謂嚴苛至極，近於詆毀。雖也揭示了評價龔詩時新的省思空間。但由於其中同時挾雜著學術與文學上的門戶之見，這祇要看他〈箴新黨論〉的篇名即知，如此一來，也就無法有較超然而客

〔註67〕轉引自《資料集》，頁87。
〔註68〕轉引自《資料集》，頁221。
〔註69〕見《章太炎全集四·太炎文錄初編·別錄》卷一，上海人民出版社，1980年10月，頁299。
〔註70〕轉引自《資料集》，頁141。

觀的評價了。

李詳對龔詩的評價，也承龔了章氏的看法：

> 道咸以降，涪翁派蔓延天下：又以定庵恢奇鬼怪，殽亂聰
> 明子弟，如聚一丘之貉，籌火妄鳴，爲詳爲制，至於亡國；
> 聲音之道，不可不正也。余論詩好從實處入，又喜直起直
> 落，而致情款；不喜作儔語及仙佛一切雜碎，比於奸聲
> 音。〔註71〕

既忽略了「憂愁之志，則哀傷起而怨刺生」與「亂世之音怨以怒」的
道理，又挾著文學上的門戶之見強人所難，是又拘於主觀的藩籬看
法。而王國維在《人間詞話》中，亦謂「豔詞可作，唯萬不可作儔薄
語。龔定庵詩云：『偶賦凌雲偶倦飛，偶然閒慕遂初衣。偶逢錦瑟佳
人問，便說尋春爲汝歸。』其人之凉薄無行，躍然紙上。」〔註72〕是
亦不解龔自珍難言深衷之論也。

然亦有對龔詩集儒、俠、仙、禪、豔於一身好感者。張蔭麟在
〈龔自珍誕生日四十年紀念〉中就說：

> 在〈己亥雜詩〉中，實展開自珍一生之全景，其中除寫景
> 記游外，有感時諷政之作，有談禪說偈之作，有論經史考
> 據之作，有思古人詠前世之作，有敘交游品人物之作，有
> 話家常描瑣事之作，益有傷身世道情愛之作。自有七絕體
> 以來，以一人之手，而應用如此之廣者，蓋無其偶。……
> 欲攫取嘉、道間（近世我國史上之一關鍵時代，鴉片戰爭
> 之前夜）之「時代精神」者，尤不可不於此中求之。但有
> 此作，即無其他造詣，自珍亦足千古矣。〔註73〕

張氏的眼界顯然較李詳等寬廣許多，能就詩言詩，不僅肯定龔詩具有
「詩史」的意義，謂其思想內容能掌握合嘉、道間的這一關鍵時期，
而且是獨樹一幟，絕無僅有的。

〔註71〕 轉引自《資料集》，頁192。
〔註72〕 轉引自《資料集》，頁171。
〔註73〕 轉引自《資料集》，頁223。

不過，他在前文的〈按語〉中，也指出了龔詩的局限說：

> 龔定庵詩之浪漫氣質，本有陽剛陰柔二種，以雄奇而兼溫
> 柔，既慷爽而復穠麗，合此兩美，自成特殊。雖托體不高，
> 有傷側媚，而動人艷羨，啓人模仿。〔註74〕

則又稍拘於道學之見，不知情詩正是龔詩別開生面的所在。柳亞子在
〈定庵有三別好詩，余仿其意作論詩三截句〉中就說：

> 三百年來第一流，飛仙劍客古無儔。只愁孤負靈簫意，北
> 駕南驪到白頭。〔註75〕

南社諸君是「愛國詩人」，其詩風多蒼涼兼哀艷的情調，而此一生命
態度的形成，在很大的程度上，則來自龔詩的啓示與影響。因此，柳
亞子的稱龔自珍爲「三百年來第一流」，是可理解。但他揭示龔詩在
內容上兼具叛逆性質的仙、俠與艷的特徵，則是事實。張蔭麟在前揭
按語中就說：

> 龔定庵詩，在近世中國影響極大。既係維新運動之先導，
> 亦爲浪漫主義之源泉。甲午、庚子前後，凡號稱新黨，案
> 頭莫不有《龔定庵詩集》，作者亦競效其體。〔註76〕

二、今日評價的商榷

從以上前人對龔詩在思想內容上的評價來看，有兩點是我們今日
評價龔詩時，需要特別留意的。一是有關龔詩的諷諭性問題，一是有
關龔詩中的「選色」問題。傳統的詩文評家每對具有諷諭性質的詩文，
抱持著好感。這自然與我國文人強烈的「使命感」有關。因此，詩作
的價值所在，能否諷諭便是重要的關鍵。

龔自珍個人是有著崇高的政治懷抱的，他對國家治亂的問題相
當關心，希望能力挽狂瀾，回旋天地，以酬報一份屬於知識分子應有
的憂患胸襟。他詩中富有諷刺性質的詩作頗多，題材的層面亦極廣
泛，舉凡人材、科舉、治河、經濟、民生等問題，他都作出了深刻的

〔註74〕轉引自《資料集》，頁 231。
〔註75〕轉引自《資料集》，頁 234。
〔註76〕同註 70。

觀察。我們可從其中，感觸到他思想的脈搏與時代的脈搏是同時起伏，緊密相連的。他曾自述作詩之旨是「詩成侍史佐評論」，看來他是作到了。尤其是晚年的〈己亥雜詩〉，感時諷政之作往往深刻，可謂一針見血。無怪乎張蔭麟認為要求得清朝嘉、道時期的「時代精神」，不可不求之於龔詩。從歷史的角度來看，這自然是龔詩在思想內容上的價值。

可是，章太炎卻也指出了龔詩在思想內容上的局限，是「自謂與國家同休戚，不敢有貳」。在龔詩，確實有些詩作，作者往往故作反語，啓人猜疑。〈己亥雜詩〉應是龔自珍在政治迫害之下，不得不辭官出都的憤慨作品。但他卻說：

> 罡風力大簸春魂，虎豹沈沈臥九閽。終是落花心緒好，平生默感玉皇恩。
>
> 浩蕩離愁白日斜，吟鞭東指即天涯。落紅不是無情物，化作春泥更護花。
>
> 祖父頭銜舊潁光，祠曹我亦試為郎。君恩穀向漁樵說，篆墓何須百字長。
>
> 棄婦叮嚀囑小姑，姑恩莫負百年劬。米鹽種種家常事，淚濕紅裙未絕裾。

自己遭遇了如「落花」與「棄婦」一般的命運，卻仍然不忍「絕裾」離去，還要化作滋養新花的「春泥」。由於詩歌的形象每具多義性，難以確認其所指究竟為何？不過，從龔自珍近百年在京為官的家世與詩中每用反語來看，所謂「姑恩莫負百年劬」，其所流露的，實是因自己無法好好繼續的光大門楣，維護先人苦心經營的遺澤，是對祖父與父親的愧疚之情。而「平生默感玉皇恩」則是暗含諷意的奚落之詞，就像在面對清朝滿、漢畛域的問題時，在〈漢朝儒生行〉中，他也是語含暗諷的說：

> 嗚呼！漢家舊事無人知，南軍北軍頗有私。北軍似姑南似嫂，嫂疏姑戚群僮欺。可知舊事無人信，門戶千秋幾時定。

門户原非主上心，譏蕩吾知漢皇聖。

張蔭麟說：「『南軍，北軍』用漢典，南軍指漢將士，北軍指滿將士；而『門户』則朝中滿漢之門户也。」〔註77〕在〈己亥雜詩〉第一二五首中，龔自珍曾有「不拘一格」的呼籲，期望由打破滿、漢畛域的用人限制，使漢族人才得以參與改革的行列。這在龔自珍看來，應該是比較行得通的改革之路。如此再來看章太炎「不敢有貳」的批評，就顯然有些過頭了。

其次在有關龔詩中的豔情方面：在〈己亥雜詩〉中，豔詩佔了很大的比例。雖然曾遭受王國維的「涼薄無行」之譏，而對〈己亥雜詩〉頗爲好感的張蔭麟也認爲「有傷側媚」。但是，龔自珍雖涉足風月場所，卻是不願意以美人金粉風流放誕終其一生的。在〈京師樂籍說〉中，他既已識破樂籍制度的設立，是人主牢籠銷磨天下游士的苦心奇術，而他所欣賞的倡妓，如靈簫、小雲等，均非一般泛泛的女子。他稱賞小雲是「非將此骨媚公卿」，稱道靈簫是「胸有北山文」，能以韜略之術使喚婢女的健康女子。他因爲自己年事已長，不虛留後約，誤人青春，婉拒了靈簫的要求說：「臣朔家原有細君，司香燕姑略知文。無須詗我山中事，可肯花間領右軍。」可見龔自珍並不是一個「涼薄無行」的人。他的豔詩儘管穠麗，是時代苦悶的象徵，但其內容卻是健康的，而不流於狎妓冶游的淫穢，較之當時那些嗜纖趾、祀衛郎的紈褲子弟的惡習，又何只是千里的差別！這是龔詩在內容方面，另一值得肯定的地方。

貳、有關藝術性的評價

一、前人評價的檢討

在藝術上最早肯定龔詩的人，要推龔自珍的外祖父段玉裁。在〈懷人館詞序〉中，他就說：

嘉慶壬申，其父由京師出守新安，自珍見余吳中，年才弱

冠，余索觀所業詩文甚夥，間有治經史之作，風發雲逝，
有不可一世之概。〔註78〕

段氏的評價，其中應有滲入長輩對後輩的扶持與鼓勵的成分在。不
過，所謂「風發雲逝，有不可一世之概」，實是龔詩一貫的氣象所在。
後人有關龔詩在藝術上的評價，往往著眼於此。與龔自珍為忘年交的
王曇，在〈與陳雲伯書〉中，就說龔自珍的詩文是「絕世一空，前宿
難得。」〔註79〕鈕樹玉在〈龔君率人出示詩文走筆以贈〉一詩中也說：
「浙西挺奇人，獨立絕俯仰。萬卷羅心胸，下筆空依傍。」〔註80〕無
不揭示龔詩在術上所具有的絕世獨立，一空依傍的恢宏氣象。

氣象的恢宏，往往與意境的錘煉有密切的關係。因此，龔詩的意
境，也曾引起不少人的注意。林昌彝在《射鷹樓詩話》中就說：

詩亦奇境獨闢，如千金駿馬，不受線，美人香草之詞，傳
遍萬口。善倚聲。道州何子貞師謂其詩為近代別開生面，
則又賞識於絃外絃味外味矣。〔註81〕

「千金駿馬」的不受羈絆，是不落凡想，以新奇取勝，自然就有「別
開生面」的氣象形成。

龔詩在氣象上的恢宏與意境上的奇闢，其實即是程金鳳在〈己亥
雜詩書後〉中所說：

至於變化從心，倏忽萬匠，光景在目，欲捉已逝，無所不
有，所過如掃，物之至也無方，而與之為無方，此其妙明
在心，世烏從知之？……定公其殆全于神者哉！〔註82〕

下筆一空依傍，神明自然變化無端，從心所欲，倏忽之間，新奇萬象
出沒，每遇一種題目，則有一種與之迎合的筆墨，意境也就隨之流
動而變化，無法實際加以保握。但卻又無一語落空，無一字閒放，
無不達之情，無不發之蘊，故程氏以象徵圓滿藝術境界的「全神」

〔註78〕轉引自《資料集》，頁4。
〔註79〕轉引自《資料集》，頁8。
〔註80〕同註60。
〔註81〕轉引自《資料集》，頁38。
〔註82〕同註62。

稱頌之。

對龔詩在藝術形式上的評價，除了側重氣象與意境外，也有些詩論家較爲全面地從意境、格律、詞采等多方面進行了評價。李慈銘在《越縵堂日記》光緒丙子七月二十八日條中說：

> 其詩不主格律家數，筆力矯健，而未免疵累，其情至者，往往有獨到語。〔註83〕

又，光緒戊寅九月十二日條：

> 夜偶取定庵詩略評點之。定庵文筆橫霸，然學足副其才，其獨至者往往警絕似子，詩亦以霸才行之，而不能成家。又好爲釋家語，每似偈贊，其下者竟成公安派矣。然如〈能令公少年行〉、〈漢朝儒生行〉、〈常州高材篇〉，亦一時之奇作也。

光緒壬午十月十六日條，論高心夔時則說：

> 詩文皆模擬漢魏六朝，取境頗高，而炫奇襮采，罕所眞得。……大底詩文皆取法近人劉申甫、魏默深、龔定庵諸家，而學問才力皆遠遜。

龔自珍因爲家學之故，與小學的淵源頗深，但是，生性奇氣鬱蟠，才氣橫溢，所以詩家往往講求的格律與家數，自不能拘圉住他。他既不寄意於此，則入律與否，與是否注重師法、信守家數等，自不是評價龔詩在藝術形式上的要件。王文濡在〈龔定庵全集序〉中就說龔詩「清剛雋上，自成家數。」〔註84〕

而以「霸才」形容龔詩，的確能反映龔詩的基本風格。它的「風發雲逝」、「絕世一空」，都是霸氣十足的。前人評龔詩時，就有「定公詩五言古、七言絕，神妙不可幾及。七古則不可學，才太橫也。」〔註85〕胡懷琛在《中國文學史概要》中也結合著時代因素說：「論者謂『定庵詩文皆有劍拔弩張之概，盡是霸氣』，此言甚是。因道光、

〔註83〕轉引自《資料集》，頁84。
〔註84〕轉引自《資料集》，頁185。
〔註85〕轉引自《資料集》，頁181。

咸豐以來，海內多故，已非太平景象，文學當然要隨時代而發生變化。默深文及定庵詩文皆為亂世文學的預兆。〔註86〕

在辭采的絃奇方面，自來論者每以「瑰奇」論龔詩。程金鳳在〈己亥雜詩書後〉開宗明義就說：「天下震矜定庵之詩，徒以其行間璀璨，吐屬瑰麗。」〔註87〕程說雖意不在此，但龔詩確有「炫奇襮采」的修辭傾向，時而端麗淵雅，時而又如古蕃錦繡，五色紛陳，令人目迷。再者，龔詩往往語必驚人，字忌習見。姚瑩在《湯海秋傳》中已說：「定庵言多奇僻，世頗訾之。」〔註88〕陳衍在《石遺詩話》中也說：「前清詩學，道光以來，一大關捩，略別兩派。……其一派生澀奧衍，自急就章……以下逮韓愈、孟郊……黃道周之倫，皆所取法，語必驚人，字忌習見。……定庵瑰奇，不落子尹之後……麗而不質，諧而不澀，才多意廣者，時樂為之。」〔註89〕陳衍因龔詩有其「幽峭」的一面，將之派為「浙詩」的一流，自是自壯聲勢的不確作法。但是，詩歌的表現形式與藝術繼承之間，本有密切的關係，加上龔自珍性又好古矜奇，在造句使字上，龔詩也就難免有「奧衍」的情形產生。

二、今日評價的商榷

龔詩的藝術性是頗能與其思想性互相配合的。前人亦認為其藝術形式有別開生面，自成家數的意義在。而且，其藝術性各方面的發展也頗為平衡。無論在表現技巧或典型概括上，均取得了一定的成就。由於典型意義的高度，主要是取決於作者的襟抱，愈能趨近時代，親身感受時代的脈動，其作品的典型性自然愈高。龔詩中雖同時存在對時代的深切關懷與反映時代的苦悶，後者縱使較偏向於個人際遇的情感，但其中也未嘗不聯繫著整個時代所可能遭遇的苦難。因此，無論

〔註86〕同註64。
〔註87〕同註62。
〔註88〕轉引自《資料集》，頁24。
〔註89〕轉引自《資料集》，頁120。

就時代面貌的反映，或是個人精神生活的體驗，龔詩都能確實的掌握住；他不僅唱出了時代的強音，也具體的流露出個人精神生活的哀音。其詩中的藝術性概括，是頗具有典型意義的。以〈己亥雜詩〉為例，他既有感時諷政之作，同時又有談禪說偈、傷身世道情愛之作，它既是「龔自珍一生之全景」，也是「欲攫取嘉、道間之時代精神」的重要憑據，而其所表現的作者性格，又是一「富於矛盾意味之性格」。〔註90〕所以龔詩中所慣用的辭藻，如「劍氣簫心」、「風雷」、「落花」、「三生」、「春魂」等，由於其中往往交滲著作者憂世與憂生的情感，概括性詞，具有典型意義，故往往為後人所揹揩殆盡，檢視近人集中，如南社諸作者等，觸目皆是。

其次，就龔詩的形象與語言的運用是否準確、鮮明與生動而言。顯而易見的，龔自珍在形象描繪與語言運用方面，較側重於新奇瑰麗的一派。他描述形象的準確，是於新奇之中顯現出來的；而形象的鮮明，又是從頗為瑰麗的色彩中襯顯的。新奇與瑰麗的兩相結合，就使得龔詩在意境上，往往有創新而且趨向於流動的趣尚產生。

形象與語言的準確，既能表現為體物風格上的洗煉，也能表現為細密。龔詩因作者本身兼有雄奇與溫柔、慷爽與穠麗的氣質格調，因此，一方面他以幾近鋪排的修辭手法，在洗煉而健勁的筆力之下，窮形盡相，儘量刻劃物象以抒情，如〈行路易〉、〈西郊落花歌〉、〈能令公少年行〉與〈儗鼎行〉等，都是著名的例子。另一方面，他則又以探幽索微的淡筆，細細描繪古雅端麗的詩境，表現出一種細密的準確，如〈記遊〉、〈後遊〉等，都是這類作品的代表。

而形象與語言的鮮明，又與作者能否將情感完全表達，為讀者所感受，有密切的關聯。龔自珍往往透過借喻的手法，扣緊感受最為深切的情景，從事多方面的描寫。詩中的許多篇章，形象往往十分鮮明。如〈題盆中蘭花四首〉、〈夜坐〉、〈秋心三首〉等，都是意遇朝廷棄置

〔註90〕同註69。

的無限感慨，形象的情感色彩都很明朗。即如有一些「東雲露一鱗，西雲露一爪」之作，作者的情感儘管屈曲繚戾，其本事雖不易考得，但借喻的本義則仍然有跡可尋。何況在他「詩成侍史佐評論」的創作旨趣規範下，他所有的詩都有繫年，〈己亥雜詩〉更是幾乎每首題於下，使其創作的本義不致湮沒難尋。

　　形象與語言的生動，自然是與鮮明相結合的。能鮮明，纔足以進一步談是否生動的問題。龔詩在風格上，是趨向於新奇瑰麗的一派的，因此，它的形象也就是在新奇中見生動擅長。如此一來，自然較不會走上晦澀的道路。但追求新奇，雖能取得「麗而不質，諧而不澀」的藝術效果，卻也往往有流於淺薄粗獷的弊端產生。梁啓超在《清代學術概論》中就說清代文學，「以言夫詩，眞可謂衰落已極。……嘉道間，龔自珍、王曇、舒位，號稱新體，則粗獷淺薄。」〔註91〕

　　整體而言，龔詩在藝術風格上是有其一定的獨創性的。它在吸收了屈原的屈曲綿邈之後，將賦體的綿邈濃縮入格律嚴整的律體詩中，又同時混合了李白的雄奇，使其形象往往具有飛動飄逸之姿，但又同時加入韓愈與盧仝詩的散文化，李賀詩的古與怪，以及李商隱的深幽穠麗，而煥發出一種既雄奇且哀豔，亦健崛亦灑落的詩風。蕭蛻在〈摩西遺稿序〉中就說：「有青蓮之逸，昌黎之奇，長吉之怪，義山之麗，求之近世，王仲瞿，龔定庵其儔也。」因此，儘管龔詩對於各家當行本色的學習所得，未足以與之相頑抗，但他融合各家之長，開出一種亦壯亦哀，極具「近代」〔註92〕的詩風，則是我們所應予肯定的。

〔註91〕轉引自《資料集》，頁158。
〔註92〕借用郁達夫〈雜評曼殊的作品〉的話，轉引自《資料集》，頁249。